Inhalt

  9 Prolog
11 Meine Schokoladenerzählung

Schokolade und ihre Geheimnisse

Rohstoffe

  45   Geschichte des Kakaos
  52   Kultivierung – Kleine Pflanzenkunde
  89   Zucker
109   Milch
131   Aromen / Vanille

Herstellung

153   Von der Bohne zur Roh-Schokolade

Die Schokoladenmarke

196   Wie wird man eine Marke?

Rezepte

212   Klassische und ungewöhnliche Rezepte mit Kakao

246 Epilog
250 Text- und Bildnachweis

Versuche einmal, wie Dir das Leben eines guten Menschen bekommt,
der seine Freude an dem hat, was ihm die Allnatur zuteilt,
und sein Genügen in seinem eigenen sittlichen Handeln
und seiner guten Gesinnung findet.

MARC AUREL

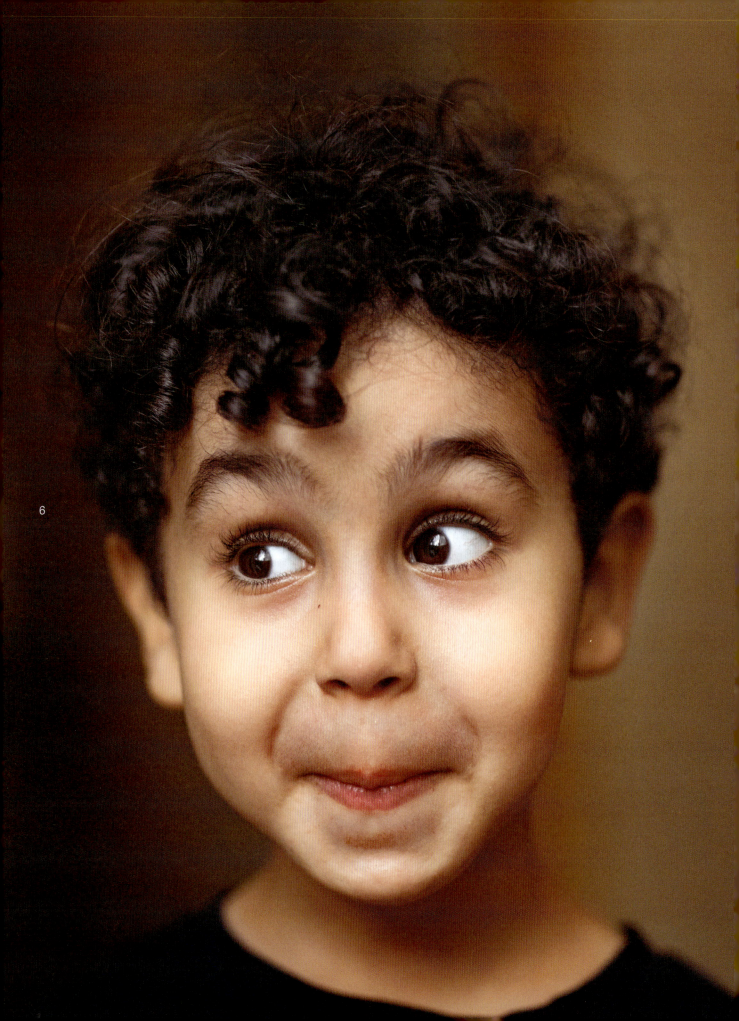

Si tu veux construire un bateau, ne rassembles pas les hommes pour leur donner des ordres, pour expliquer chaque détail, pour leur dire où trouver chaque chose. Si tu veux construire un bateau fais naître dans le cœur de tes hommes le désir de la mer.

ANTOINE DE SAINT-EXUPÉRY

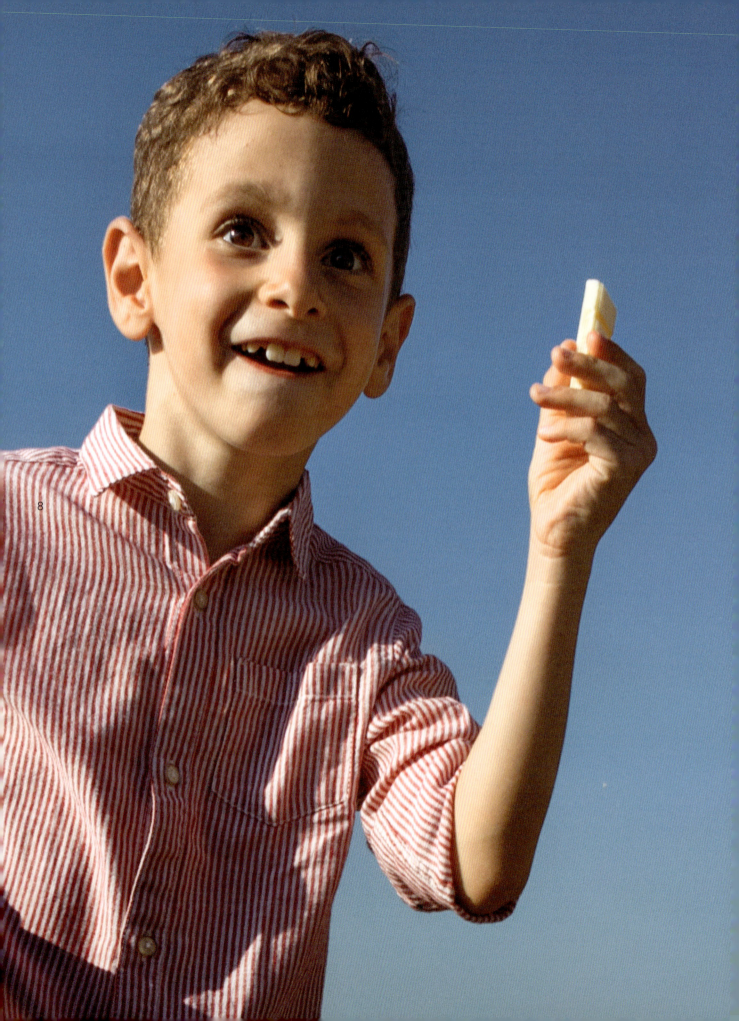

Prolog

> Schokolade bewirkt unweigerlich ein ehrliches unbeschreibliches Lächeln der Augen bei Kindern - diese Emotion, diese Bilder sind eine unendliche Kraftquelle & Triebkraft um ein Buch wie dieses zu schreiben.

Mein Name ist Alessandra Sophia Manna. Es freut mich ungemein, dass Sie dieses Buch gekauft haben, und Sie bekommen nun meine ganz persönliche, sicherlich spannende Geschichte zu hören sowie alles zum Thema Schokolade erzählt, was Sie schon immer wissen wollten.

Ich bin in einem kleinen Ort der französischen Schweiz im Wallis geboren und aufgewachsen. Die prägende Figur in meinem Leben war mein Vater, der ein fanatischer Chocolatier und für mich ein großes Vorbild gewesen ist.

Diese Vater-Tochter-Beziehung sowie viele gemeinsame Reisen und Gespräche mit besonderen Menschen unserer Zeit sind Teil dieser Erzählung.

Französisch ist die Sprache des Genusses, der Großzügigkeit, der Lebensfreude, der Leidenschaft, der Sehnsucht, der Liebenden, und sie klingt einfach so wunderschön – so dass der Name CHOCOLAT alles ausdrückt, was es in diesem Buch zu lesen gibt.

Sie erfahren alles über Schokolade, über die bestimmenden Rohstoffe und geheime Rezepte, Sie erfahren, wie Schokolade erzeugt wird sowie alle Hintergründe, über die es zu berichten gibt und die ich für wissenswert halte.

All diese Geschichten zum Thema werden von kompetenten Personen erzählt, von Freunden meines verstorbenen Vaters, die ich in meinem Leben auch persönlich kennenlernen durfte. Sie erzählen authentisch, sachkundig und für uns alle verständlich.

Sie geben uns somit Einblick in ihre spannende Welt. Eingebettet ist dieses umfassende Wissen zu CHOCOLAT – wie bereits gesagt – in meine persönliche Geschichte, die den Rahmen gibt.

Manches ist meiner Phantasie entsprungen – das meiste hat sich aber tatsächlich so abgespielt und spiegelt sich in den interessanten Gesprächen wider. Ich nehme Sie mit auf meine spannende Reise, die kein richtiges Ende hat, die vielleicht eine Fortsetzung finden wird. Ich lasse Sie an meinen Gedanken und Träumen teilhaben, an Selbstzweifeln und getroffenen, lang überlegten Entscheidungen.

Das alles soll nicht belehrend sein und auch nicht als altklug gemeinte Ratschläge aufgefasst werden. Vielleicht helfen Ihnen diese Geschichten und Überlegungen aber bei der Findung Ihrer eigenen Lebensausrichtung oder – was noch schöner wäre – sie bestätigen diese.

Zu Beginn eines Buches muss der Platz sein, um jenen einen Dank auszusprechen, die es ermöglicht haben. Jenen, die mich unterstützt haben, es zu schreiben, und jenen, die selbst einen spannenden Beitrag geliefert haben.

Sie sind in diesem Buch alle namentlich festgehalten und finden ihre Erwähnung in den von ihnen verfassten interessanten Beiträgen.

Gewidmet habe ich das Buch meinem Vater, der leider nicht mehr unter uns weilt und der bestimmt stolz darauf gewesen wäre, dass ich es zustande gebracht habe.

Ein Spruch von Reinhold Niebuhr, der mich prägte:

Gib mir die Gelassenheit,
die Dinge zu ertragen, die ich nicht ändern kann,
gib mir den Mut,
die Dinge zu ändern, die ich ändern kann,
gib mir die Weisheit,
beides voneinander zu unterscheiden.

Haben Sie viel Freude beim Lesen des Buches und beim Backen der Rezepte.

Ihre Alessandra Sophia Manna

Meine Schokoladenerzählung

Ich war schon sehr früh umgeben von Schokolade und ausgewählten süßen Köstlichkeiten. Als Kind begann mein Tag, bevor ich zur Schule gehen musste, mit einem Besuch bei meinem Vater in der Konditorei. Streng und mit großer Selbstdisziplin waltete er seines Amtes, hatte alles im Blick und unter Kontrolle. Es herrschte ein gutes Arbeitsklima bei uns, mein Vater arbeitete sehr hart. Er war frühmorgens der Erste und spätabends der Letzte, der den Betrieb verließ. Nach der Schule half ich meistens noch gerne in der Backstube. Nachmittags nahm sich mein Vater öfters Zeit, den Lehrlingen und mir etwas Neues zu zeigen oder selbst eine neue Kreation auszuprobieren.

In dieser Zeit ist es ihm gelungen, in mich diese uneingeschränkte Faszination für CHOCOLAT einzupflanzen, und so kam es dann auch, dass ich die Konditorenlehre begann und es bis zur Meisterprüfung schaffte. Nebenbei studierte ich Philosophie und Kunst. Aber das Wichtigste war wohl in dieser prägenden Zeit die Nähe zu meinem Vater. Er lehrte mich alles über Schokolade und über die wirklich wichtigen Dinge im Leben, die mich so prägten, dass ich den Mut fasste, dieses Buch zu schreiben. Auch die Wirkung, die der Film „Chocolat" aus dem Jahr 2002 auf mich hatte, sollte man nicht unterschätzen. Mein Vater erzählte mir auch immer gerne die Geschichte eines Berichtes in der „ZEIT", in dem er gelesen hatte, dass bei einer Befragung von „alten"

Menschen darüber, was sie in ihrem Leben ändern würden, wenn sie noch einmal jung wären, die häufigste Antwort war: Mehr zu riskieren und mehr Wagnis einzugehen und nicht ein Leben vollständig auf Sicherheit aufzubauen. Auch seinen Träumen nachzugehen und ihnen zur Verwirklichung zu verhelfen.

Dieses Risiko, sichere Häfen zu verlassen oder nicht anzusteuern, Abenteuer einzugehen und der Versuchung zu erliegen, Unsicherheit zuzulassen, das würden sie eingehen, wenn sie noch einmal von vorne anfangen könnten. Diese Aussage hat mich beeindruckt, und ich kann dieser Erkenntnis, obwohl ich selbst noch im jungen Alter bin, sehr viel abgewinnen. Mein Vater meinte, es sei unbedingt wichtig, sich auf Abenteuer und Erlebnisse mit unsicherem Ausgang einzulassen, um nicht am Ende des Lebens im Gefängnis der sicheren Einsamkeit zu landen. Er selbst hatte sehr viel erlebt in seiner Kindheit. Seine Familie hatte ein großes Industrieunternehmen, das Gusseisenprodukte herstellte, und man lebte in Wohlstand und hoch angesehen im Ort. Doch dann änderte sich das wirtschaftliche Umfeld – Gusseisen wurde viel günstiger im Osten produziert – und nach hartem Kampf gab man auf. Der Betrieb musste Insolvenz anmelden.

Mein Vater sprach nicht gerne über diese Zeit. Aber nur so viel: Man verlor wirklich alles, sogar die ganz persönlichen Dinge wurden gepfändet. Vom geordneten, gesicherten Lebenswandel im Wohlstand einer Industriellenfamilie zurück in ein ganz einfaches, sparsames Umfeld zurückzukehren, das war eine harte, aber im Endeffekt gute Schule für ihn. Das Positive an dieser Erfahrung in jungen Jahren war, dass er frei war in seiner Entscheidung, was er im Leben machen wollte. Er hatte somit in seiner Kindheit bereits beide Seiten des Unternehmertums am eigenen Leib verspürt und kennengelernt.

Dies war auch ein Grund, warum er auf wahre Freundschaften sehr großen Wert legte. Freundschaften bedeuteten für ihn nicht nur, diese in guten Zeiten zu pflegen, sondern ganz bewusst hatte er auch vielen seiner Freunde in schwierigen Zeiten geholfen – ohne dabei zu urteilen, zu werten oder bei jemandem „Schuld" zu suchen. Warum mein Verhältnis zu meinem Vater so ein inniges gewesen ist, habe ich oft versucht zu ergründen. Natürlich – ich war seine einzige Tochter. Und ich bin zu dem Schluss gekommen, dass er meine große Achtung, meinen Respekt und meine Verehrung in den ersten Jahren meines Lebens gewonnen hat. Er hat sich in dieser Zeit fürsorglich und zeitintensiv um mich gekümmert. Ich konnte dies ja im zarten Alter noch nicht zum Ausdruck bringen, es dürfte sich aber im Unterbewusstsein stark verankert haben. Prägend war, wie er mir in diesem Alter jeden Abend von ihm selbst erfundene, traumhafte Einschlafgeschichten – wie zum Beispiel die Geschichten von 1001 Nacht, umgemünzt auf das Abendland – erzählte, die immer ihre Fortsetzung gefunden haben, ohne dass er den Teil vom Vortag vergessen hätte, und die mir bis heute in Erinnerung geblieben sind. Eine handelte damals schon von einer kleinen Konditorei in Triest und einem kleinen Mädchen aus einem Waisenhaus, und sie war jedes Mal spannend für mich. Dieses tiefe Vertrauen, die Zuneigung und Liebe haben dadurch ihren ewigen Bestand gewonnen und sich in große Hochachtung, Respekt und Akzeptanz für meinen Vater als Vorbild weiterentwickelt.

Ja, und da war noch meine Mutter. Eine wirklich imposante Erscheinung. Sie stammte aus einem altem Adelsgeschlecht von Neapel. Sie war voller Lebensfreude, war Ärztin aus Leidenschaft und für alle Menschen immer erreichbar, sie opferte sich auf für uns Kinder sowie für ihren Göttergatten und half allen Menschen, die etwas bedrückte. Sie verkörperte den Charme von Capri und Positano. Die Herzenswärme Süditaliens strahlte sie aus – natürlich gab es bei ihr auch immer al dente gekochte Pasta vom Feinsten. Kennengelernt hatte mein Vater sie auf einem Empfang eines Freundes. Wo – wie so oft in der Schweiz, von Calvin und Zwingli geprägt – Zurückhaltung auf allen Gebieten herrschte. Meine Mutter fiel auf, sie trug damals als einzige am Empfang einen übergroßen Hut – nach neuester italienischer Mode – sowie einen extravaganten Seidenschal, damit war sie die Erscheinung des Abends. Zwischen meinen Eltern war es Liebe auf den ersten Blick, wie es so schön heißt. Es wurde in Italien geheiratet, meine Mutter organisierte ein rauschendes Fest – es gab Brunello di Montalcino ohne Ende – was die Schweizer teilweise als eine große Verschwendung und Übertreibung empfanden. Ich wurde wahrscheinlich in der Hochzeitsnacht gezeugt, so wie sich das gehörte im alten Italien. Ich bin also ein Kind der Liebe und obendrein erblickte ich dann auch noch an einem Sonntag das Licht der Welt. Meine Mutter hat mich als Frau entscheidend geprägt. Mein Vater meinte immer: „Deine zukünftigen Verehrer werden immer nach dem Motto Wie die Mutter – so die Tochter zuerst unseren Vulkan aus Neapel unter die Lupe nehmen – und da hast du wirklich ausgezeichnet gute Karten."

Unseren Familiennamen Manna erklärte mir mein Vater wie folgt: Seine humoristische Lieblingssatire, die er in seiner Jugend oft gelesen hatte, war „Der Münchner im Himmel" von Ludwig Thoma (1911). Sie erzählt die Geschichte von Alois Hingerl, Dienstmann Nr. 172, der immer so hastig arbeitet, dass er unerwartet vom Schlag getroffen stirbt. Zwei Engel schleppen ihn in den Himmel, wo er mit „Aha! Ein Münchner" begrüßt wird. Dort erhält er von Petrus den Namen „Engel Aloisius", er bekommt eine eigene Wolke samt Harfe zugeteilt und kann ab nun „frohlocken" und „Hosianna" singen. Auf seine Frage an Petrus, wann er denn endlich etwas zu trinken – sprich ein Bier – bekomme, erhält er die Antwort: „Du wirst dein Manna schon bekommen". Es gab also ein himmlisches Manna. Es ließ meinem Vater keine Ruhe, exakt zu ergründen, was es mit dem damit auf sich hatte.

Als Manna oder auch Himmelsbrot wird in der Bibel (2 Mos 16) die Speise bezeichnet, die den Israeliten auf ihrer 40-jährigen Wanderschaft durch die Wüste als Nahrung diente. Beschrieben wird Manna als „etwas Feines, Knuspriges, fein wie Reif" (2 Mos 16,14). Diese nach Honig schmeckende Frucht fiel nachts auf den Wüstenboden und konnte des Morgens aufgesammelt werden. Es wird bei allen monotheistischen Religionen beschrieben. Im Hebräischen bedeutet es „Was ist das", was sich auf sein plötzliches Erscheinen in der Wüste beziehen soll. Im Neuen Testament (Joh 6, 30–35) bezeichnet sich Jesus Christus unter Hinweis auf Manna als „Brot des Lebens". Und im Koran heißt es zum Beispiel in der Sure 7 Al-A`raf Vers 160: „... Und wir ließen sie von Wolken überschatten und sandten ihnen MANNA und Wachteln herab..."

Mein Vater hatte es sich nun in den Kopf gesetzt, dieses heilige Manna zu finden und es in unserer Schokolade zu verarbeiten (Brot des Lebens), und es war immer ein Thema auf unseren Reisen, von denen ich später erzählen werde. Und dann gab es da noch unseren Notar Dr. Samuel Blum, mit dem sich mein Vater sehr gerne unterhielt und der uns oft in der Konditorei besuchte. Dr. Blum kam aus dem kleinen Ort Paradiesli im Kanton Solothurn, und er verwendete gerne die Metapher, er käme zwar aus dem Paradiesli, aber das Leben könne ihm dies leider nicht bestätigen. Mir gefiel der Ortsname ungemein und ich prüfte auch nach, ob es ihn wirklich gab, diesen Ort Paradiesli, da man ja Anwälten nie wirklich trauen sollte. Dr. Blum jedoch war ein sehr gewissenhafter, kluger und ehrlicher Mensch. Er erzählte oft von den vielen Streitigkeiten bei Verlassenschaften, Betriebsübergaben und Scheidungen – wenn es nur um das Geld und das Rechthaben ging. Wie viel gelogen und verleumdet wird, nur um ja nicht selbst zur Verantwortung gezogen zu werden oder um Dinge zu bekommen, die einem eigentlich gar nicht zustehen. Er vermisste immer die wahren Größen und Tugenden im Menschen. Wenn mein Vater und Dr. Blum bei einem guten Glas Wein – meistens war es eben ein Brunello di Montalcino – philosophierten, durfte ich mithören und mich dazusetzen. Sie träumten beide von der großen, weiten Welt und hingen der Sinnfrage nach. Dr. Samuel Blum war ein gläubiger Jude mit Augenzwinkern – trotz seiner notariellen Ernsthaftigkeit. Und mein Vater war Hobbyphilosoph, sehr belesen, und beide waren sie reich an Erfahrung und guter Selbsteinschätzung. Mein Vater erwähnte in diesem Zusammenhang immer eine Lebensweisheit seines Schwiegervaters (er war Richter in Neapel gewesen und gewohnt, in fließendem Latein zu rezitieren) wie folgt:

Kaiser Justinian setzte im Corpus Iuris Civilis die Feststellung: „Iuris Praecepta sunt haec: honeste vivere, alterum non laedere, suum cuique tribuere – Die Gebote des Rechts sind diese: Ehrenhaft leben, den anderen nicht verletzen, jedem das Seine gewähren" – dem muss man eigentlich nichts hinzufügen. Für mich hatten beide Herren immer den Satz übrig: „Sieh dir die Welt an, bereise sie, lerne interessante Menschen kennen, und falls du den Willen und das Zeug dazu hast, mach was Großes daraus in deinem Leben und verkümmere nicht so wie wir beide im kleinen Schweizer Wallis."

Wir hatten auch einen kleinen Bauernhof, der für meinen Vater Ausgleich und Hobby zugleich war. Über die Eingangstür hatte er den Spruch schreiben lassen: „Mach es mit Liebe und Herzblut (Leidenschaft), dann hast Du Erfolg." Naja, nach dem fünften Glas Brunello wurden sie ganz melancholisch, die beiden, aber als wirklich wichtig erkannte ich schon damals die Beziehung zu und das persönliche Gespräch mit anderen Menschen und anderen Kulturen. Auch die Philosophie und die Sinnfrage verfolgten mich immer nach diesen Diskussionen und sie wurden ein wichtiger Bestandteil meines ständigen Nachdenkens.

An dieser Stelle möchte ich eine hochinteressante Begegnung mit Herrn Dr. Thomas Bauer (Universitätsprofessor aus Deutschland) einfügen. Denn sie passt ideal dazu. Er erklärte uns, wie lebenswichtig „Ambiguitätstoleranz" sei. Nachfolgend fasse ich seine Ausführungen hierzu kurz zusammen: Der Begriff „Ambiguität" ist im Deutschen eher weniger ge-

15

bräuchlich als zum Beispiel im Französischen (ambiguité). Es gilt als Begriff der Mehrdeutigkeit, der Unentscheidbarkeit und Vagheit. Oft wird Ambiguität willentlich erzeugt, zum Beispiel in der Diplomatie, wenn Verträge bewusst nicht eindeutig formuliert werden, um die Zustimmung aller Beteiligten zu erhalten. Stefan Zweig erkannte die Bedeutung von Ambiguität schon 1925. Die Mehrdeutigkeit zwischen Eindeutigkeit und Vieldeutigkeit (Belanglosigkeit), also der Weg der Mitte, erlaubt uns überhaupt ein friedvolles Zusammenleben – die Ambiguitätstoleranz wurde im Mittelalter gelebt.

Im Islam hatte man sich zum Beispiel auf 13 Auslegungen des Korans geeinigt. Heute gilt für Salafisten jedoch nur eine „eindeutige Interpretation" als die einzig wahre.
Der manische Drang nach Eindeutigkeit ist die Ursache von großem Unheil. Thomas Bauers Buch „Die Vereindeutigung der Welt" sollte einen Fixpunkt im schulischen Literaturunterricht darstellen. Ben Gurion (aramäisch „Sohn des Sterns", sein ursprünglicher Name war David Grün), Begründer des Staates Israel, hatte viel Gutes von sich gegeben – unter anderem meinte er: „Ja, beten, meditieren ist schon sehr wichtig, aber was bedeutet das im Konkreten – es bedeutet ständiges Nachdenken". Wie wahr dieser Ansatz ist! Hier noch einige seiner politischen Aussagen, die mich auch sehr beeindruckt haben:
– Falls er wählen müsste zwischen Frieden oder Beibehaltung der Okkupation der besetzten Gebiete nach 1967 (die geschichtlich ja für die Israelis von großer Bedeutung sind, da man aus der Tora einen Anspruch darauf ableitet) so würde er sich für den Frieden entscheiden und sich aus den besetzten Gebieten zurückziehen.
– Nicht jede Kritik am Staate Israel sollte sofort mit Antisemitismus verbunden werden (stammt von mir).
„Gleich allen anderen Völkern ist es das natürliche Recht des jüdischen Volkes, seine Geschichte unter eigener Hoheit selbst zu bestimmen. Demzufolge haben wir, die Mitglieder des Nationalrates, als Vertreter der jüdischen Bevölkerung und der zionistischen Organisation, heute, am letzten Tage des britischen Mandats über Palästina, uns hier eingefunden und verkünden hiermit Kraft unseres natürlichen und historischen Rechtes und aufgrund des Beschlusses der Vollversammlung der Vereinten Nationen die Errichtung eines jüdischen Staates im Lande Israel – des Staates Israel."
(Ben-Gurion in der israelischen Unabhängigkeitserklärung)
„Wenn ich ein arabischer Führer wäre, würde ich nie einen Vertrag mit Israel unterschreiben. Es ist normal; wir haben ihr Land genommen. Es ist wahr, dass es uns von Gott versprochen wurde, aber wie sollte sie das interessieren? Unser Gott ist nicht ihr Gott. Sie sehen nur eine Sache: Wir kamen und haben ihr Land gestohlen. Warum sollten sie das akzeptieren?"
„Der Gott, an den ich nicht glaube, ist ein jüdischer."
–Wer nicht an Wunder glaubt, ist kein Realist."
Mein Vater drückte seine Meinung zum so alten wie aktuellen Konflikt in Nahost immer mit folgenden Worten aus:
„Auch die Söhne Israels wurden während ihrer Zeit bei den Ägyptern als Gäste gut behandelt. Die Perser unter Kyros dem Großen haben ihnen geholfen, den Sanhedrin 70 n. Chr. wieder aufzubauen. Warum fällt es den 12 Stämmen Israels so schwer, eine auf Toleranz, Güte und gegenseitigem Respekt beruhende gemeinsame Staatenlösung mit den Söhnen und Töchtern von Ismaels (Halbbruder) zu finden. Und es gilt seit ewig, dass man auch Fehler bei sich selbst suchen muss und einige seiner Verhaltensmuster verändern sollte – wenn einem von einer großen Menge von Menschen nur Hass und Intoleranz (Antisemitismus) entgegenschlägt."

Meine Reisebeschreibungen und die damit verbundenen wiedergegebenen Gespräche, die nun folgen, kommen schön langsam zum Kern des Buches, nämlich meiner großen Faszination und Leidenschaft: CHOCOLAT.

SUCHE NACH DEM MANNA – TEIL 1

Das Reisen in die weite Welt und somit das Verlassen der kleinen Idylle des wunderschönen Schweizer Bergdorfes war für meinen Vater essentiell.
Er wurde ganz nervös und unruhig, wenn er nicht wegkonnte. Für ihn war es von Anfang an wichtig, dass ich ihn begleitete, ab meinem achtzehnten Lebensjahr war ich seine Chauffeurin, kritische Zuhörerin und begehrte Herzeige-Tochter bei diversen Anlässen. Unsere Reisen innerhalb Europas führten uns sehr oft nach Österreich, das ist zwar jetzt auch nicht unbedingt die große weite Welt, aber mein Vater liebte Österreich. Wien hatte es ihm besonders angetan, der Charme, die Musik, die vielen Theater und Opernhäuser an allen Ecken der Stadt und nicht zuletzt die typische, spezielle Wiener Art zu sprechen, die man unter dem Begriff „Wiener Schmäh" zusammenfassen könnte, im Gegensatz zur zurückhaltenden, eher reservierten Schweizer Mentalität. Die Wiener meinten immer, die Schweizer würden nachts in den Keller zum Lachen gehen. Aber dazu etwas später mehr. In der Schweiz besuchten wir oft im kleinen Ort Hochdorf die Molkerei Hochdorf AG. Milch (Rahm) ist ein ganz wichtiger Rohstoff bei der Erzeugung von Schokolade und Pralinen. Hier trafen wir immer wieder Herrn Ingenieur Werner Lorenz. Er war für meinen Vater immer der „Mister Milch", und wenn er etwas über Milch wissen wollte, griff er zum Telefon, um mit ihm zu sprechen. Herr Lorenz war eigentlich Steirer. Die Steirer bezeichnete mein Vater immer als die sympathischste Spezies der Österreicher. Sehr leutselig, musikalisch, authentisch, treu und verlässlich.

Oft besuchten wir auch das schöne Engadin. Die einzigartige Landschaft, geprägt von den hohen Bergen, war für meinen Vater immer wieder ein großartiges Erlebnis. St. Moritz und der kleine Ort Tarasp mit seiner kleinen Kirche waren unsere beliebtesten Reiseziele.

Hier trafen wir zwei ganz große Persönlichkeiten der Schweizer Schokoladeindustrie. Hans Ruedi Christen – Chef des größten Schokoladeproduzenten der Schweiz, Chocolat Frey AG. Ein sehr netter Zeitgenosse, ein echter Schweizer, sehr überlegt und immer den Überblick bewahrend, mit ausgeprägtem Hang zur Kontrolle, mit ihm hatte mein Vater eine ausgezeichnete Gesprächsbasis. Und Ernst Tanner, der es als „Big Boss" geschafft hatte, Lindt zur Weltmarke zu machen. Lindt Schokolade deckt weltweit mehr als 60 Prozent des Premiummarktes ab. Eine großartige Lebensleistung an Konsequenz, Disziplin und Unbeirrbarkeit wie Kompromisslosigkeit in Sachen Qualität, Umsetzung und Führung durch eine große Vision, und das alles auf industriellem Niveau im globalen Wettstreit. Herrn Tanner habe ich als sehr umgänglichen Menschen in Erinnerung, der trotz seiner riesigen Verantwortung und Position immer zuhörte und eine ausgezeichnete Gesprächsbasis mit meinem Vater hatte.

Auf dem Weg nach Wien machten wir immer Halt in Kreuzlingen, um Marcel Leemann zu treffen. Er war auch ein sehr guter Kollege meines Vaters und in der ausgezeichneten Schokoladefabrik Bernrain beschäftigt. Sie werden noch viel hören von ihm in diesem Buch, zu Themen, wo es intensiv um Kakao geht. Wir reisten über Salzburg nach Wien und machten immer einen Stopp in einer der wohl schönsten Gegenden Europas, dem Salzkammergut. Der Blick, wenn man die Straße von der Anhöhe nach St. Gilgen am Wolfgangsee hinunterfährt, vermittelt eine einzige Pracht an landschaftlicher Schönheit. Hier besuchten wir immer Pater David (Steindl-Rast), einen ganz berühmten Benediktinerpater, und seinen Freund, den Jesuitenpater Ignazius. Diese Treffen mit Pater David und Pater Ignazius haben mich so beeindruckt, dass ich hier einen kurzen Auszug der Gespräche mit den beiden wiedergeben möchte.

Pater David zählt zu den beeindruckendsten Persönlichkeiten, die ich in meinem bisherigen Leben kennenlernen durfte. Er lebte einen Großteil seines Lebens in den USA, war Professor an der Cornell University und erhielt ganz viele Auszeichnungen. Nach dem zweiten Vatikanischen Konzil wurde er beauftragt, sich mit dem interreligiösen Dialog zwischen Christentum und Buddhismus zu befassen. Er wurde Zen-Meister und vertrat eine pluralistische Religionstheologie, derzufolge keine Religion „einzig wahrer" Heilsmittler ist. Laut Pater David entstanden Religionen in einem spezifischen kulturellen und historischen Umfeld und jede Religion könne die gleiche Funktion erfüllen.

Am meisten beeindruckt haben mich seine vielen Bücher, die ich zum Großteil gelesen habe (wie „Credo" u. a. m.). Seine zentrale Botschaft ist: „Nicht das Glück ist die Quelle der Lebensfreude, sondern die Haltung der tiefen Dankbarkeit."
„Da gehört auch der Mist als Humus dazu, der Humor und eine gewisse verbissene Geduld."

Pater Ignazius, ein sehr gebildeter Jesuit, wartete auch mit viel klugen Aussagen auf. Wie wichtig sei doch Immanuel Kant gewesen, der uns auf das „Selbst denken" verwiesen hat und durch die damit einhergehende Zeit der Aufklärung entscheidend zur Entwicklung des christlichen Europa beigetragen hat. Pflichtbewusstsein im Positiven und die Dinge in einem größeren Zeitfenster zu sehen, damit einhergehend eine entsprechende Gelassenheit zu entwickeln, sei ein Gebot der Stunde. Stolz verwies Pater Ignazius auf Papst Franziskus I. (ein Jesuit), der das Christentum unter „Der Name Gottes ist Barmherzigkeit" zusammenfasst.

Seine Erklärung für die ordnende Hand Gottes hört sich ebenfalls sehr spannend an: Wenn Sie einen LKW voll Ziegel und vier Paletten Zement neben eine Wasserquelle hinstellen, wird auch kein Haus daraus, sondern es bedarf einer Initiative /eines Willens, um all die Dinge zu einem Haus zusammenzuführen. Es gibt ihn also nicht, den Zufall, den Urknall als Erklärung der Weltentstehung, sondern überall steht eine Ordnung und übergeordnete Macht / Unendlichkeit dahinter, die wir nicht verstehen – weil unser Geist zu klein ist."

Und ganz zum Schluss kam dann noch mit einem verschmitzten Lächeln die „3-H-These" der zu verwendenden Pfeilspitzen, die immer ein Dreieck darstellen: Der dickste, unterste Balken des Pfeiles steht dafür, dass man die Dinge mit Herz (Leidenschaft) machen soll, der mittlere steht für die Basis aller Dinge, dem Humor (über sich selbst lachen zu können), und darüber steht nicht zuletzt die wahre Spitze, das Hirn, das Denken, die Mutter aller Gedanken … Es war immer ein Hochgenuss, den Nachmittag mit den tief gläubigen, aber vor allem humorvollen Herren zu verbringen (die vielen Witze erspare ich Ihnen). Wir besuchten auf unseren Reisen durch das Salzkammergut auch jedes Mal meinen Bruder Ludwig, der damals eine sehr gute internationale Privatschule in St. Gilgen besuchte. Mein Bruder hat großes künstlerisches Talent von meiner Mutter und ihren Vorfahren aus Neapel vererbt bekommen.

In Wien angekommen, kam mein Vater aus dem Schwärmen nicht mehr heraus. Wir nächtigten zuerst immer im Haas-Haus am Stephansplatz (Do&Co) und später im Hotel Triest in der Nähe des Karlsplatzes.

Ein Pflichtbesuch im Café Demel im Zentrum von Wien war unumgänglich. (Kult-Kaffeehaus in Wien). Hier trafen wir meistens zum Abendessen den Doyen der Marken- und Werbewelt, Herrn Johannes K. Ein Osttiroler, ein Mann von Welt, dem man anmerkte, dass er es bereits geschafft hatte, im Leben seine Ziele zu erreichen. Mein Vater mochte ihn sehr, es verband die beiden eine große Freundschaft. Hans hatte ihm schon oft geholfen und war ihm auch in schwierigen Situationen immer treu und verlässlich zur Seite gestanden. Sie waren sich einig darin, dass Loyalität gepaart ist mit Vertrauen und daher vor Transparenz zu stellen ist. Der Frauenwelt schien der gute Hans sehr zugetan zu sein, das merkte man ihm an und das ist jetzt nicht bös gemeint – er genoss es, wenn ihn die Damenwelt bewunderte. Auch ich erwischte mich, dass er mich faszinierte, obwohl wirklich ein großer Altersunterschied zwischen uns war. Ich hörte ihm gern zu, wenn er sprach, er war kritisch, eloquent, und man spürte seine große Erfahrung, in kurzer Zeit eine Situation zu erfassen und sich eine klare Meinung zu bilden. Er war im Sternzeichen Wassermann und dadurch auch ein uneingeschränkter Freigeist und mit starkem Hang, einmal gefasste Meinungen nicht mehr zu ändern. Meistens begleitete ihn Thomas G., eigentlich aus Krems stammend, der seit längerer Zeit die Außenstelle der Agentur in Los Angeles leitete. Ein wirklich ganz sympathischer Kerl – leider auch zu alt für mich und schon verheiratet. Mein Vater pflegte mir immer einzutrichtern: „Fang dir ja nichts mit einem verheirateten Mann an, die bleiben im Endeffekt meistens immer bei Ihrer Familie und ihrer Frau, und das ist auch gut so!" Aber der Thomas, wenn ich älter gewesen wäre und er noch nicht verheiratet? Mit beiden unterhielt sich mein Vater immer zum Thema „Kraft der Marke", und in den nachfolgenden Beiträgen kommen sie ganz groß zu Wort. Bei einem unserer Aufenthalte in Wien wurden wir auch zu einem Vortrag von Karl Habsburg eingeladen, im alten Zuhause der Familie, nämlich der Hofburg. Er wäre eigentlich der amtierende ös-

terreichische Kaiser, wenn es die Monarchie noch gäbe … Gemeinsam mit seinem Vater Otto hatte er uns mehrmals in unserer kleinen Konditorei im Wallis besucht.

Sein Vortrag zur zukünftigen Entwicklung der Europäischen Union und dem Bekenntnis zum Patriotismus war sehr beeindruckend und vielschichtig. „Die Habsburger sind ja eigentlich Schweizer aus dem Aargau", bemerkte mein Vater ganz stolz, und wenn er Österreicher gewesen wäre, hätte er sich sicherlich als Monarchist geoutet. Daher verstand er es nie, wie die Österreicher mit den Habsburgern umgingen. Er verwies gern auf Hugo Portisch (ein berühmter österreichischer Journalist und ein Lexikon der Zeitgeschichte), der immer sehr wohlwollend von der großen Persönlichkeit und dem hohen ehrenhaften Verhalten von Otto v. Habsburg berichtete.

Mein Vater vertrat den Standpunkt, dass ein militärisch unbedeutendes Land, ein Land mit geringem Bevölkerungsanteil in der Welt, ein Land mit entsprechend unbedeutender Rolle im globalen Spiel der Weltwirtschaft sich nur auf eines besinnen sollte: auf seine bedeutende historische Rolle von über 700 Jahren, die Europa geprägt hat. Und diese Rolle und die mit ihr einhergehenden Errungenschaften sind unausweichlich mit dem Hause Habsburg und seinen großen Persönlichkeiten wie zum Beispiel der Kaiserin Maria Theresia verbunden. Jedes Haus in Wien erinnert an diese große Zeit als Imperium, und Österreich lebt heute davon. Wirklich schlimme Dinge wie in anderen Ländern Europas hat es in Österreich unter den Habsburgern nicht wirklich gegeben. Die Revolutionen in Österreich waren bei weitem nicht so blutrünstig wie in Frankreich. Die österreichische Seele saß lieber gemütlich beim Heurigen, als sich zu Handlungen wie jenen von Danton und Robespierre hinreißen zu lassen. Der Bundespräsident hat heute in Österreich eine hohe moralische Position inne, er hat nicht wirklich große Macht, aber er stellt für den einfachen Bürger, der sich hauptsächlich damit beschäftigt, die Dinge des täglichen Lebens in den Griff zu bekommen, eine Vater- oder Mutterfigur oder noch besser eine Art Ersatzkaiser dar, dem man vertraut, die Geschicke des Staates positiv zu beeinflussen und das Land nach außen hin zu vertreten. Diese Position, von einem Habsburger ausgefüllt, wäre für viele Österreicher kein Problem – wenn die Person eine gute ist, wie in den Ländern Japan, England … Mein Vater wurde nicht müde, dieses Thema in seinen Diskussionen anzusprechen. Sein Vorschlag war immer eine österreichische Lösung, beispielsweise jene, dass man dem Hause Habsburg das Vorschlagsrecht zur Wahl des Bundespräsidenten einräumt – und damit die Nachfahren des Hauses Habsburg wieder einen würdigen Platz in ihrer angestammten Heimat finden lässt. Am liebsten wäre ihm jedoch die Wiedereinführung der Monarchie nach dem Vorbild Englands gewesen. Denn wenn man Österreich heute betrachtet, so stellt diese jahrhundertelange Periode der Zeit als k.u.k. Monarchie die DNA des Österreichers dar. Ganz davon abgesehen fände auch ich es nicht wirklich dramatisch, wenn von der Hofburg ein Habsburger seinem Volk zuwinken würde. Ob man bei den Habsburgern auch bereit wäre, dass so wie in England ihre Privatsphäre eine öffentliche wird, sei dahingestellt. Auch das Führen in einem Staat, der Umgang zwischen den Staaten und Völkern muss gelernt sein, und wem scheint dies besser in die Wiege gelegt zu sein als … Und wenn ein Habsburger die Länder der alten Monarchie besucht, so hat das auch heute noch sicherlich eine andere Wirkung, als wenn zum Beispiel ein Wiener Baumeister als Bundespräsident die Interessen Österreichs vertritt.

Und es gibt wirklich keinen besseren als die Österreicher in Sachen Tourismus und Gastfreundschaft, auch hier wäre eine solche Heimholung von unschlagbarem Wert. Dies ist eben die nicht zu ändernde Macht der Geschichte. Aber was erlaube ich mir hier eigentlich mit der Wiedergabe der politischen Weltanschauung meines Vaters zu Österreich, dies ist Sache der Österreicher und man braucht sicherlich nicht die Meinung eines Schweizer Chocolatiers dazu!

Der Höhepunkt bei unseren Aufenthalten in Wien war der Besuch bei Dr. Carl Manner im 16. Bezirk. Die älteste Schokoladenfabrik Österreichs seit 1890 hatte sich im Lauf der Zeit zum großen Waffelexperten entwickelt und ist neben der Mozartkugel das eigentliche süße Wahrzeichen des ehemaligen k.u.k. Hofstaates.

Beim Betreten des alten Werkes in Wien Ottakring spürte man die Geschichte, das „Fluchen und Sempern" der Mitarbeiter auf Wienerisch, das man mithörte, wenn man sich in den großen Produktionshallen und langen Gängen bewegte, vermittelte einem Wien, wie es leibt und lebt … Dr. Carl Manner hatte sein Werk heil über all die großen Krisen gebracht, war seit ewig an der Wiener Börse notiert und führte gemeinsam mit den Familien Riedl und Andres den Familienbetrieb mit großem Erfolg.

Er war Humanist, ein großer Liebhaber der klassischen Musik und Hundefreund sowie ein Autofahrer, der immer viel zu rasant unterwegs war – trotz seines bereits fortgeschrittenen Alters. Im Manner-Werk lernte mein Vater auch Herrn Karl Rickl kennen, ein echter Freund und ganz sympathischer Mensch. Karl war im Mühlenbetrieb seiner Eltern in Niederösterreich aufgewachsen. Laut Erzählungen war er schon als Jüngling eine stattliche Person (heute hat er garantiert über 120 kg) und den schönen Dingen im Leben nie abgeneigt. Karl war Einkaufsleiter und der große Experte und Analyst in Sachen Rohstoff. Er erklärte uns immer, wie die Börse funktioniert und die Kakaopreise sich entwickeln werden. Er war, bevor er seine Karriere bei Manner startete, Getreidehändler in der Ukraine. Hier hatte er einen sehr schweren Unfall, der ihn fast für sein Leben lang in den Rollstuhl gebracht hätte. Wie durch ein Wunder und vor allem durch ärztliches Können überlebte er diesen Vorfall und konnte nach vielen Monaten mit einer implantierten Platinplatte wieder gehen. Dies zeigt uns einmal mehr: Ohne etwas Glück/Zufall/Gottes Hand im entscheidenden Moment geht es nicht. Karl Rickl wird uns nachfolgend alles über das Funktionieren des weltweiten Rohstoffhandels berichten.

Eine der wohl schillerndsten Persönlichkeiten in der Schokoladewelt lernte mein Vater auch bei den Besuchen bei Manner im 16. Bezirk kennen – Johann Georg Hochleitner, einen Salzburger. Neben den Steirern stellen auch die Salzburger eine wohl sehr gute Spezies der Österreicher dar, kunstsinnig, freigeistig, oft auch streng katholisch und sehr fleißig. Mein Vater beschrieb Hochleitners Stärken immer mit der uneingeschränkten Begeisterung und Leidenschaft für das Detail, gepaart mit dem Adlerblick für das Große, seine enorme Sachkenntnis, hohe Kreativität und die unbeschreibliche Beharrlichkeit, mit der er seine unmöglich erscheinenden komplexen Ideen umsetzte – ein Visionär der Branche. Georg war auch dem guten Wein (im Speziellen schwerem Rotwein sowie dem Grünen Veltliner der Marke „Heimkehrer" und zum Abschluss meistens gutem Portwein) nicht ganz abgeneigt, und so trafen wir ihn meistens abends zu fortgeschrittener Stunde im MAK am Stubenring (Museum für moderne Kunst – samt Gasthaus), da er sich meistens vorher noch eine Ausstellung anschaute. Die Nächte mit ihm wurden meistens sehr, sehr lange. Es war ungemein amüsant zuzuhören, wenn er die Geschichten seiner Unternehmungen erzählte. Er hatte viel erfunden und kreiert. Eine lange Liste von Kreationen, die er als wirklich weltweit erster in Umlauf gebracht hatte, gab es da, die wohl verrückteste Geschichte war die seiner Kamelmilchschokolade. Er erzählte uns von seinen großen Erfolgen, aber auch dramatischen Niederlagen – er erzählte spannend und ausführlich im Detail, so dass ich unbedingt versuchen muss, einen kleinen Auszug davon wiederzugeben. Georg hatte sich intensiv mit den Milchsorten dieser Welt beschäftigt, von Yakmilch, Rentiermilch bis hin zu Kamelmilch. Das Kamel faszinierte ihn. Es hat nicht runde, sondern ovale Blutkörperchen und regelt seinen Wasserhaushalt über den osmotischen Druck auf eine einzigartige Art und Weise, so dass es 30 Tage ohne Wasser auskommen und innerhalb von Minuten ein Drittel seines Körpergewichtes an Flüssigkeit zu sich nehmen kann, ohne dabei tot umzufallen. Es hält die extremen Temperaturschwankungen aus, hat ganz spezielle Augenlider, die es bei Sandstürmen schützt, und seine „Platten" am Ende des Beines ermöglichen es ihm, sich ausgezeichnet im Wüstensand zu bewegen.

Das Kamel hat aber auch einen starken Charakter - in der arabischen Welt werden unendliche Geschichten über das Verhalten des Kamels erzählt – so wie die eine, in der das Kamel sich an jemandem, der es geschlagen und schlecht behandelt hatte, rächte, indem es sich auf ihn, frühmorgens, als er schlief, einfach draufsetzte. Dies sind nur einige der markanten Merkmale dieses einzigartigen Tieres. Es ist im Koran oft erwähnt und hat eine immense Bedeutung in der arabischen Kultur. Gewisse Kamelrassen geben eben auch einiges an Milch (2 500 l pro Jahr). Überdurchschnittlich hohe Werte an natürlichen Vitaminen und Mineralstoffen ergeben die wohl gesündeste Milch der Welt (ca.1,8 % Fett). Viele Mythen umgeben die Kamelmilch, aber davon an anderer Stelle. Georg begab sich also auf die Reise, um zu Kamelmilch zu kommen. Die bereits tragisch verstorbene, schillernde politische Persönlichkeit in Österreich, Dr. Jörg Haider, brachte ihn in Kontakt mit dem Sohn des Herrn Muammar al Ghadafi. Aber in Lybien waren einfach die hygienischen Gegebenheiten eine Katastrophe. Danach führte ihn sein Weg über Kasachstan nach Abu Dhabi und Dubai. Nach extremen Rückschlägen und Schwierigkeiten kam er in Kontakt mit HH Sheikh Mohammed bin Rashid al Maktoum von Dubai. Dieser hatte gerade die modernste Kamelfarm mit über 5 000 Kamelen samt angeschlossener Molkerei mitten in der Wüste errichtet. Nach vielen Gesprächen und Verhandlungen startete man das gemeinsame Projekt „Al Nassma" (der Name eines Wüstenwindes), durch Gründung einer gemeinsamen Firma in Dubai die weltweit erste Kamelmilchschokolade zu produzieren. Georg entwickelte gemeinsam mit Ingenieur Wolf Zieger im Hause „Chocolat Manner" die Rezepturen. Doch die Hürden waren hoch, man musste die frische Milch trocknen und sie zur Produktion nach Wien bringen, was wiederum große veterinärtechnische Problemstellungen mit der Europäischen Union mit sich brachte. Nach vier Jahren eisernen Willens und mit Disziplin und Glauben an die Sache brachte man das Schokoladenbaby „Al Nassma" im Oktober 2008 in Dubai zur Welt. 14 Tage später erfasste die große Finanzkrise durch Lehman Brothers auch Dubai, und alle Baukräne standen für einige Zeit still. Aus dieser Zeit kursiert auch der Spruch, man möge doch in Zukunft bei Finanzfragen mehr auf „Lehman Sisters" vertrauen, da Frauen einfach einen besseren Zugang zu und Umgang mit Geld aufweisen. Heute ist „Al Nassma" die einzige Schokolade aus der arabischen Welt, die es geschafft hat, auf der internationalen Bühne nachhaltige Aufmerksamkeit zu erlangen.

Georg hatte seinen Kopf aber schon wieder voll mit neuen Ideen und Ansätzen, die ihn beschäftigten, das Schicksal von kreativen Geistern, dass sie nicht still und bei einer Sache bleiben können. Sein nächstes Projekt sollte eine Büffelmilchschokolade für Italien und ein Schokoladetruthahn zu Thanksgiving für die USA sein. Wirklich intensiv in der Diskussion mit meinem Vater wurde es aber nach dem fünften Glas Wein, da kam wieder die Philosophie ins Spiel. Georg war ein Verfechter der anarchistischen Erkenntnistheorie, die ein Wiener Philosoph namens Paul Feyerabend aufgestellt hat. Laut Feyerabend (1924–1994) entsteht keine wissenschaftliche Theorie oder neue Errungenschaft in Form eines rationalen, vorgegebenen Denkschemas. Mit seinem Satz: „Anything goes" – auf wienerisch: „Irgendwos ged imma" – wurde er schnell berühmt. Schon Albert Einstein brachte mit seinem berühmten Bild – auf dem er dem gesamten wissenschaftlichen Betrieb die Zunge zeigt, und damit zum Ausdruck bringt, man könne ihn mal – zum Verständnis, dass kein Wissenschaftler so gut organisiert arbeitet, wie es zum Beispiel Herr Popper vorschreibt. Forschungen, kreative Prozesse und nicht nur diese beruhen auf mangelndem Respekt, auf produktiven Irrtümern, auf arroganter Ignoranz, auf Träumen, auf Intuitionen gegenüber vorherrschenden Regeln, durchaus auch auf einer ausgeprägten Tendenz zur Unordentlichkeit. Alle Großen dieser Welt wie Einstein, Newton, Freud oder Chomsky – sie haben bei aller Unterschiedlichkeit doch die Gemeinsamkeit, dass sie wie Künstler davon ausgehen, alles könne auch ganz anders erklärbar sein. Gute Wissenschaft ist anarchistisch. Jede Position kann konterkariert werden, man ist auf radikalen Pluralismus angewiesen – es gibt keine autoritäre Letztinstanz. Laut Paul Feyerabend sollten freie Bürger jeder Expertokratie misstrauen. Er stellt die verlässlichen, auf Rationalität beruhenden Regeln in Frage und schlägt Antiregeln vor. Wissenschaft hat für ihn mehr mit Kunst zu tun, als vielen Wissenschaftstheoretikern lieb ist.

Na, das reicht jetzt aber, nach so viel Philosophie muss ich auch noch unbedingt erwähnen, dass Georg und mein Vater gemeinsam einige Kakaoplantagen sowie Vanilleplantagen besucht haben. Eine davon war die Plantage von Conacado in der Dominikanischen Republik sowie für Vanille in Papantla-Veracruz/Mexiko und Madagaskar. Er wird uns davon noch erzählen. Die Suche nach dem wahren Manna und in die Welt des Kakaos führte uns in die weite Welt, lesen Sie davon im nächsten Kapitel.

SUCHE NACH DEM MANNA – TEIL 2

Die Suche nach dem wahren Manna aus der Bibelgeschichte war für meinen Vater sehr wichtig. Deshalb reisten wir nach Israel / Tel Aviv und trafen dort einen guten Freund meines Vaters, Rabbi Ariel Goldmann, sowie Jeshajahu Leibowitz. Rabbi Ariel wusste auf alles eine Antwort. Deshalb war es ungemein angenehm, mit ihm zu sprechen, man lernte daraus jedes Mal. Zum Thema „Manna" sagte er uns im Grunde Folgendes:

Eine ältere Deutung interpretiert Manna als die Thalli der im Nahen Osten verbreiteten, essbaren Mannaflechte (Lecanora esculenta). Die Einheitsübersetzung der Bibel verweist auf das Harz der Manna-Tamarisken, macht aber gleichzeitig deutlich, dass dieses in zu geringen Mengen vorkommt, um der Speisung einer größeren wandernden Gruppe zu dienen. (Anmerkung zu 2 Mos 16,31 EU). Einer weiteren Theorie zufolge ist Manna ein Ausscheidungssekret von im Sinai auf Tamarisken lebenden Schildläusen, eine Flüssigkeit, die meist nachts in Form von glasartig durchsichtigen, zuckerreichen Wassertröpfchen ausgeschieden wird und infolge Kristallisation nach wenigen Tagen eine milchigweiße bis hellgelb bräunliche Färbung annimmt. Bei den in Frage kommenden Schildläusen handelt es sich vorwiegend um die Arten Najococcus serpentinus und Trabutina manipura. Manna ist also eine besondere Art von Honigtau.

Rabbi Ariel vermittelte uns einen Kontakt im Iran, an den wir uns wenden sollten – und mein Vater und ich beschlossen, dass uns die nächste Reise ins alte Persien führen würde. Und er erwähnte hierbei ganz unerwartet, dass Kyros der Große im 1. Jahrhundert nach Christus den Juden geholfen hat, den Sanhedrin nach dessen Zerstörung aufzubauen. Es gibt also auch etwas Verbindendes zwischen Juden und Persern. Auf die Frage meines Vaters an Rabbi Goldmann, welche Geschichte aus dem Talmud er uns noch kurz erzählen möchte, gab es folgende spannende Erzählung zu hören:

Die Geschichte von Rabbi Hillel und Rabbi Schammai

Tanu rabanan (Babylonischer Talmud): Zweieinhalb Jahre trennte ein wilder Streit die Schüler Schammais und Hillels. Die ersten sagten: Es wäre für den Menschen besser gewesen, wenn er nicht geboren wäre. Ihre Gegner vertraten die Ansicht: Das Leben ist ein Segen für die Lebenden. Nach einer dreißig Monate währenden Debatte wurde über die Frage abgestimmt, und diesmal obsiegte die Schule Schammais. Zum Schluss ließ sich eine himmlische Stimme vernehmen: „Alle habt ihr Recht; denn die einen und die anderen geben das lebendige Wort Gottes weiter." Dennoch war es die Interpretation der Hillel-Schüler, die den endgültigen Sieg davontrug. Wenn etwas wahr ist, kann das Gegenteil nicht ebenfalls wahr sein?

Diese Frage wie auch die Antwort darauf liegen in der Geschichte selbst. Das Gesetz stellt sich auf deren Seite, weil sie menschenfreundlicher, toleranter und demütiger sind, sie unterlassen es nie, das Argument ihres Gegners zu nennen, bevor sie ihre eigenen Argumente ins Feld führen. Wir haben seit Moses gelernt, dass die Tora Gott nicht mehr gehört, weil er sie uns geschenkt hat. Der Mensch allein besitzt das Recht, sie zu interpretieren. Die Tora hat ihren Sitz nicht im Himmel. „Du sollst dich für das Leben entscheiden", befiehlt uns die Schrift. So viel steht fest, der Talmud wäre nicht das, was er ist, wäre ihm nicht eine dauernde Konfrontation zwischen Ideen und Prinzipien inne, ein tiefer Widerstreit zwischen Strenge und Milde und eine Feier des Wortes und der Erinnerung. Diese deprimierende Geschichte bot dem großen jüdischen Humoristen Scholem Aleichem Anlass zu folgendem Kommentar: „Natürlich ist es besser, überhaupt nicht geboren zu werden, aber wer bekommt schon diese Chance? Von einer Million vielleicht einer."

Hillel wurde in Babylon geboren und kehrte nach Jerusalem zurück, wo er über vierzig Jahre lang an der Spitze des Sanhedrin stand. Er erreichte gleich wie Moses das Alter von 120 Jahren. Schammai war eine rätselhafte Gestalt, seltsam verschlossen und schwer zugänglich. Nichts kann und darf das Gesetz aufhalten, weder Gefühle noch Tränen oder Mitleid, absolut nichts, nicht einmal ein Gedanke. Das heißt, dass für Schammai die Absicht genauso zählte wie die Tat. Das Gesetzt untersteht dem Absoluten. Schammai war unnachgiebig und kannte kein Mitleid. Für Schammai war die Schriftauslegung an den Wortlaut gebunden, während Hillel ihr eine poetische Dimension zuerkannte.

Hier noch eine Geschichte: Ein Heide suchte Schammai auf und bat ihn, ihm die gesamte Tora beizubringen, und zwar so schnell, wie er auf einem Bein stehen könne. Schammai musste sich zusammenreißen, um ihn bis zum Ende anzuhören, aber dann jagte er ihn ohne Angabe von Gründen hinaus. Natürlich begab sich der ungeduldige Schüler auch zu Hillel, der ihn mit offenen Armen empfing und ihm sagte: „Jawohl, mein Sohn, du sollst die Tora in noch kürzerer Zeit als gewünscht kennenlernen. Hör mir gut zu, denn das ist das Kernstück des Gesetzes: Was du nicht willst, das man dir tu, das füge auch keinem anderen zu. Alles Übrige ergibt sich daraus. Und jetzt geh und fang an zu studieren." Dies ist heut noch in einem Bild in der Knesset festgehalten.

Gott allein hat immer Recht; nur er allein kennt die ganze Geschichte; wir sehen lediglich Fragmente. Die Wahrheit des Menschen kann nur Stückwerk bleiben und ist begrenzt. Trotz Leiden, Prüfungen und Ungerechtigkeit und dem Tod zum Trotz lohnt das Leben, gelebt zu werden. Denn es ist nicht Sache des Menschen, Ort und Zeit seiner Geburt zu wählen; aber es ist seine Aufgabe, seiner Existenz eine Richtung, das heißt einen Sinn zu geben, einen Sinn für das Absolute, und damit das Absolute zu rechtfertigen. Diese Schlussfolgerung unterschreiben beide Schulen. Niemand von uns weiß, warum er lebt, oder vielmehr, warum er, er und nicht ein anderer, überlebt hat. Für uns ist jeder Augenblick ein Augenblick der Gnade und jedes Lebewesen eine Quelle des Staunens und der Dankbarkeit. Ich weiß, dass das Geheimnis unserer Existenz nicht enthüllt werden kann. Und akzeptiere es.

Wir, die Juden, haben scheinbar Angst vor dem Frieden. Vorbehalte gegen unser Volk gibt es viele. Dies ist sicherlich durch Handlungen von Israelis geprägt – solche Personen gibt es übrigens bei jeder Volksgruppe dieser Welt – die durch extremes Fehlverhalten diese Vorurteile begründen oder bestärken. Aber diese Vorurteile bestehen auch aufgrund unseres Umgangs miteinander. Wir bauen gerne überzogene Extrempositionen auf und im Streitgespräch wird intensiv diskutiert und man nähert sich der Mitte. Der Rabbi empfahl uns auch für den Aufenthalt in Persien einen Imam (Sufi), der eine Rose im Turban hat, in Isfahan aufzusuchen – doch davon später in einem anderen Buch.

Ein ganz großer Geist aus Israel ist Jeshajayhu Leibowitz (leider schon verstorben). Er war ein großer Verfechter der Lehransätze von Moses ben Maimonides (dem einzigen, dem es zusteht, nach Moses diesen Namen zu tragen). Mein Vater sprach mit ihm über das weite Thema „Determination" im Leben, Leibowitz brachte auch Auszüge aus dem Tao Te King von Laotse, die mir sehr zu denken gaben.

Die Essenz der Gespräche meines Vaters mit ihm versuche ich kurz wiederzugeben (teilweise enthalten sie Auszüge aus Maimonides' Hauptwerk „Führer der Unschlüssigen"):

Die Frage, ob die Welt determiniert ist oder nicht, bildet die größte Auseinandersetzung in der Wissenschaftsphilosophie der Neuzeit. Für den Menschen, der um des Glaubens willen glaubt, existiert dieses Problem nicht. Ist dies nicht außerordentlich problematisch? Das ist für denjenigen problematisch, der sich mit der Situation nicht zufrieden gibt und fordert, dass es dem Gerechten gut gehen soll. Aber mit welcher Berechtigung fordert er das? Genau hierin liegt das Problem des Hiob-Buches. Die Auslegungen zu Hiob sind weitverzweigt und vielfältig. Ich denke jedoch, dass die eigentliche Aussage des Buches gerade von Moses ben Maimonides getroffen wird. Er sieht das Entscheidende darin, dass der Verfasser des Buches Gott eine Antwort an Hiob in den Mund legt, die sich über drei Kapitel streckt und in der es keinen Verweis auf eine Belohnung des Gerechten und eine Bestrafung des Übeltäters durch Gott gibt. Die Antwort Gottes in Kapitel 39-42 (Buch Hiob) können wir wie folgt zusammenfassen: Das ist meine Welt; nun musst du, Hiob, entscheiden, ob du bereit bist, die Herrschaft Gottes in dieser Welt, so wie sie ist, zu akzeptieren. Ich bin dir keine Antwort auf deine Frage, warum diese Welt so ist, schuldig. Dies ist meine Welt und sie ist nicht herrenlos, das gilt für das Licht, das Nilpferd und den Leviathan. Das großartigste Wort im ganzen Hiob-Buch aber ist: Ich hatte von dir nur vom Hörensagen vernommen, aber nun hat mein Auge dich gesehen. Deshalb verwerfe ich (meine frühere Meinung) und bereue über Staub und Asche. Um

Haupteingang der Manner – "Schokoladefabrik" in Wien Ottakring, historisches Foto

diese Erkenntnis zu verstehen, ein Auszug aus den Schriften von Moses ben Maimonides: (Musa bin Maimun/Moshe ben Maimon, 1135 n.Chr. in Cordoba geboren und 1204 in Kairo gestorben): Auszug aus „Führer der Unschlüssigen" – Von der natürlichen Beschaffenheit des Menschen – Kapitel 8:

Dem Menschen kann nicht gleich ursprünglich von Natur eine Tugend oder ein Fehler anerschaffen sein, ebenso wie ihm nicht gleich von Natur der Besitz irgendeiner praktischen Kunstfertigkeit anerschaffen sein kann. Wohl aber kann ihm die Disposition zu einer Tugend oder einem Fehler anerschaffen sein, so dass ihm die derselben entsprechenden Handlungen leichter werden als andere. Es neigt sich jemandes Temperament mehr zur Trockenheit, die Substanz seines Gehirnes ist klar und enthält nur wenig Feuchtigkeit: einem solchen wird es leichter werden, etwas im Gedächtnisse zu behalten und Denkobjekte zu verstehen, als einem Phlegmatischen, der viel Feuchtigkeit im Gehirne hat. Wenn nun aber jener durch sein Temperament zu dieser geistigen Tüchtigkeit Disponierte durchaus ohne Unterricht gelassen und keine seiner Kräfte richtig geleitet wird, so bleibt er ohne Zweifel unwissend. Ebenso wird aber auch dieser von Natur Stumpfe, mit einer Menge Feuchtigkeit behaftete, wenn er unterrichtet und sein Verstand gebildet wird, Wissen und Verstandestüchtigkeit, jedoch nur mit Schwierigkeit und Anstrengung, erlangen. In ganz derselben Weise wird jemand, dessen Herz ein etwas hitziges Temperament hat, als gerade recht ist, tapfer, ich meine: zur Tapferkeit disponiert sein, so dass er, wenn man ihn (noch dazu) tapfer zu sein lehrt, mit Leichtigkeit wirklich tapfer wird. Hingegen wird ein anderer, dessen Herz ein kälteres Temperament hat, als gerade recht ist, zu Feigheit und Mutlosigkeit disponiert sein, so dass er, wenn man ihn (noch dazu) feige und mutlos zu sein lehrt und gewöhnt, diese Gewohnheit mit Leichtigkeit annimmt. Hält man ihn aber zur Tapferkeit an, so wird er zwar nur mit einiger Anstrengung, aber wenn man ihn nur unablässig daran gewöhnt, doch endlich etwas tapfer werden. Du aber wisse, ein von unserer Religion und der griechischen Philosophie auf Grund einer durch die bündigsten Beweise erhärteten Gewissheit übereinstimmend gelehrter Satz ist der, dass alle Handlungen des Menschen ihm anheimgestellt sind, indem er hinsichtlich ihrer weder irgend einem Zwange noch irgend einem Einfluss von außen unterliegt, der ihn zu einer Tugend oder einem Fehler

hintriebe; sondern es gibt (in ihm), wie wir auseinandergesetzt haben, nur eine Temperaments-Disposition, durch welche (ihm) etwas leicht oder schwer wird; dass er es aber tun müsse oder nicht tun könne, ist durchaus nicht wahr.

Wäre der Mensch zu seinen Handlungen gezwungen, so wären die Gebote und Verbote des göttlichen Gesetzes zweck- und nutzlos und alles dies wäre reiner Unfug, da ja der Mensch in dem, was er tut, keine freie Wahl hätte. Ebenso würde so wie des Erlernens irgendwelcher praktischen Künste folgen, und alles dies wäre eitel Spielerei, da ja, nach der Lehre der Anhänger dieser Meinung, der Mensch durch einen von außen auf ihn einwirkenden Antrieb unumgänglich genötigt wäre, die und die Handlung auszuüben, die und die Kenntnisse zu erwerben, die und die Charaktereigenschaft anzunehmen. Dann wäre auch jede Belohnung und Bestrafung reine Ungerechtigkeit, statthaft weder von Seiten der Einen von uns gegen andere, noch von Seiten Gottes gegen uns. Denn wenn dieser Simon, der den Räuber tötet, unter der Gewalt einer zwingenden Notwendigkeit tötet und der Andere unter der Gewalt einer zwingenden Notwendigkeit getötet werden muss, warum sollten wir dann Simon bestrafen und wie wäre es ihm, dem Allerhöchsten, der „gerecht und gerade" ist, möglich, ihn wegen einer Handlung zu bestrafen, die er notwendig verüben musste, die nicht zu verüben er, auch wenn er es gewollt, doch nicht vermocht hätte? Vergeblich wären dann auch durchaus alle Vorkehrungen (der Menschen), wie die Erbauung von Häusern, die Anschaffung von Nahrungsmitteln, das Fliehen beim Eintritt einer Gefahr usw., weil das, was einmal bestimmt wurde, dass es geschehe, notwendig geschehen müsste. Dies alles aber ist durchaus undenkbar und falsch, widerstreitet aller geistigen Erkenntnis und Sinneswahrnehmung, reißt die Mauer des Religionsgesetzes nieder und misst Gott Ungerechtigkeit bei, Ihm, der darüber hocherhaben ist. Die keinem Zweifel unterliegende Wahrheit ist allein diese, dass alle Handlungen des Menschen ihm selbst anheimgestellt sind: will er etwas tun, so tut er es, will er es unterlassen, so unterlässt er es, ohne irgendwelchen ihn dazu nötigenden oder ihm Gewalt antuenden Zwang.

Hieraus nun folgte notwendig die Verpflichtung (des Menschen) zur Gesetzeserfüllung; Gott sprach: „Siehe, ich habe dir heute vorgelegt das Leben und das Gute, den Tod und das Böse, wähle das Leben!" und er ließ uns hierin freie Wahl. Weiter folgten daraus die Bestrafung derjenigen, welche dem Gesetze zuwiderhandeln, und die Belohnung derjenigen, welche ihm gehorchen. (wie es heißt): „Wenn ihr gehorchen werdet, und wenn ihr nicht gehorchen werdet." – Ferner folgte daraus das Lernen und Lehren (wie es heißt): „Ihr sollt sie lehren euren Kindern – ihr sollt sie lernen und beobachten, um sie auszuüben". Was aber den bei den Weisen vorkommenden Ausspruch betrifft: „Alles ist in Gottes Hand mit Ausnahme der Gottesfurcht", so ist er wahr und geht auf eben das hin, was wir gesagt haben. Es verhält sich zum Beispiel genauso mit dem, welcher eines Anderen Geld und Gut raubt oder stiehlt oder veruntreut und es dann ableugnet und über desselben Geld und Gut, der einen (falschen) Eid gegen ihn schwört; sagen wir, Gott habe für den Ersten die Vorherbestimmung getroffen, dass jenes Geld und Gut in seinen Besitz komme, hingegen jenem Anderen verloren gehe, so hätte ja Gott über eine Gebotsübertretung Vorherbestimmung getroffen.

So aber ist es nicht, sondern nur bei allen freiwilligen Handlungen des Menschen findet ohne Zweifel Gesetzesbefolgung oder Gesetzesübertretung statt. Religiöse Gebote und Verbote haben nur auf jene Handlungen Bezug, bei welchen der Mensch die freie Wahl hat, sie auszuüben oder zu unterlassen. Mit dem Wort „Alles" meinen die Weisen also nur die natürlichen Dinge, hinsichtlich deren der Mensch keine freie Wahl hat, wie zum Beispiel, dass er groß oder klein ist, dass es regnet oder dürre ist, dass die Luft ungesund oder gesund ist ...

Hierbei ist dem Ausspruche Jeremias' zu folgen, der also lautet: „Aus dem Munde des Höchsten geht nicht das Böse und das Gute hervor" – denn das „Böse" bedeutet die bösen, das „Gute" die guten Handlungen, und demnach sagt er, Gott bestimme nicht vorher, dass der Mensch das Böse oder das Gute tun soll. Es ist auch wahr gesprochen, dass das Stehen und Sitzen und alle Bewegungen (Tätigkeitsäußerungen) des Menschen nach dem Willen und Beschlusse Gottes geschehen, doch nur in einem gewissen Sinne, nämlich so, wie wenn jemand einen Stein in die Luft wirft, dieser daraufhin herabfällt, und wir sagen, er sei nach Gottes Willen herabgefallen. Man sagt jedoch, der (göttliche) Wille sei bei jeder Sache immerfort von neuem wirksam. Wir aber sind nicht dieses Glaubens, sondern der (göttliche) Wille bestimmte alles in den sechs Schöpfungstagen und alle Dinge haben beständig ihren naturgemäßen Verlauf, wie er (Salomo) sagt: „Was gewesen ist, dasselbe wird sein, was geschehen ist, dasselbe wird geschehen, und nichts Neues gibt es unter der Sonne." Alles zusammengenommen also hast du zu glauben, dass, so wie Gott gewollt hat, dass der Mensch aufrechte Gestalt, breite Brust und Finger und Zehen habe, er auch gewollt hat, dass der Mensch von selbst tätig oder untätig sei und nach freiem Willen handle, ohne von irgendetwas gezwungen oder verhindert zu werden – laut seiner Aussage in der Schrift: „Siehe, der Mensch ist geworden wie einer von uns, zu erkennen Gutes und Böses." Da dies nun notwendig dem Wesen des Menschen gegeben ist, nämlich dass er nach seiner freien Wahl, wann er will, das Gute oder das Böse tut, so müssen ihn die Wege des Guten gelehrt, müssen ihm Gebote und Verbote gegeben, Strafe und Lohn zugeteilt werden, was alles eine Forderung der Gerechtigkeit ist. Jede Handlungsweise lässt sich ändern, sowohl durch Wendung vom Guten zum Schlechten als auch durch Wendung vom Schlechten zum Guten. Es bleibt nun nur noch der irrige Gedanke zu klären, dass Gott die gesetzwidrige Tätigkeit vorherbestimme und (die Menschen) dazu zwinge. Wenn nämlich der Pharao und sein Gefolge nichts anderes verschuldet hätten, als dass sie die Israeliten nicht frei gaben, so wäre die Sache zweifelsohne schwierig; denn erst hätte Gott jene abgehalten diese freizugeben, wie er sagt: „Denn ich habe verstockt sein Herz und das Herz seiner Diener", dann vom Pharao verlangt, sie freizugeben, während dieser gezwungen war, sie NICHT freizugeben, darauf ihn gestraft, weil er sie nicht freigegeben hatte, und ihn und sein Gefolge untergehen lassen. Dies wäre eine große Ungerechtigkeit. Doch der Sachverhalt ist anders, der Pharao sündigte aus eigenem freiem Willen, ohne Nötigung und Zwang, indem er sagte: „Siehe, das Volk der Kinder Israels ist zahlreicher und stärker als wir. Wohlan, lasset uns dasselbe überlisten." Die Strafe nun, welche Gott ihnen dafür auferlegte, bestand darin, dass er sie von der Bekehrung abhielt, auf dass sie dann von derjenigen Strafe betroffen würden, hinsichtlich derer die göttliche Gerechtigkeit bestimmt hatte, dass gerade dies ihre Strafe sein sollte. Denn Gott kennt die Sünder, und seine Weisheit und Gerechtigkeit bestimmen das Maß der Strafe – so bestraft er bald nur in dieser Welt, bald nur in jener Welt, bald auch in allen beiden!

Wir haben aber nicht nötig, mit Gottes Weisheit bis zu dem Grade bekannt zu sein, dass wir wüssten, weshalb er gerade diese Art der Strafe und nicht die und die andere angewendet hat, ebensowenig als wir wissen, welches die Ursache ist, die sie bewirkt. Ein großes offenkundiges Wunderzeichen für alle Menschen liegt darin – wie es heißt: „damit man meinen Namen rühme auf der ganzen Erde" –, dass Gott nämlich den Menschen bisweilen dadurch straft, dass er es ihm unmöglich macht, kraft seiner Willensfreiheit irgendetwas zu tun, während der Mensch selbst dies weiß, dabei aber doch nicht im Stande ist, seine Seele auch nur versuchsweise dieser Gebundenheit zu entziehen und zu jener Willensfreiheit zurückzuführen. Und so hat Gott auch dem Propheten Jesaja kundgetan, dass er einige Ungehorsame dadurch strafe, dass er ihnen die Bekehrung unmöglich mache und ihnen hinsichtlich derselben keine Willensfreiheit lasse, wie es heißt: „Verstockt bleibe das Herz dieses Volkes und seine Ohren schwer und seine Augen stumpf, dass es nicht sehe mit seinen Augen und höre mit seinen Ohren und sein Herz nicht einsehe und sich bekehre und wieder genese."

Es ist noch ein Punkt übrig, über den wenige Worte zu sagen sind. Dieser Punkt ist das Wissen Gottes von den seienden und werdenden Dingen. Höre also, was ich sagen werde, und überlege es wohl; es ist ohne Zweifel die Wahrheit. Es steht nämlich in der Wissenschaft vom Göttlichen (Metaphysik) als erwiesen da, dass Gott der Allerhöchste nicht wissend ist durch irgendein Wissen und nicht lebend durch irgendein Leben, so dass er und das Wissen zwei verschiedene Dinge wären, wie der Mensch und sein Wissen; denn der Mensch ist etwas anderes als das Wissen und das Wissen etwas anderes als der Mensch, und darum sind sie zwei verschiedene Dinge. Wäre aber Gott wissend durch irgendein Wissen, so würde daraus eine Mehrheit folgen und der urewigen Dinge wären mehrere. So steht fest, dass Gott mit seinen Eigenschaften identisch ist und ebenso seine Eigenschaften mit ihm selbst identisch sind. Er sei also das Wissen und zugleich der Inhaber und der Gegenstand des Wissens, er sei das Leben und zugleich das Lebende und der sein Wesen, das Leben, den Geschöpfen mitteilende, und ebenso hinsichtlich der übrigen Eigenschaften. Aber dies sind schwer fassliche Sätze, die du nicht hoffen darfst, durch zwei Zeilen meiner Abhandlung vollkommen begreifen zu lernen. Es steht in der Metaphysik ferner als erwiesen fest, dass es unserem Verstande nicht möglich ist, das Wesen Gottes vollkommen zu begreifen, und zwar wegen der Vollkommenheit seines Wesens und der Mangelhaftigkeit unseres Verstandes, und weil es keine Mittel gibt, durch welche sein Wesen erkannt werden könnte; ferner, dass das Unvermögen unseres Verstandes, dasselbe zu erfassen, dem Unvermögen des Augenlichtes gleicht, das Sonnenlicht zu erfassen; denn dies kommt auch nicht von der Schwäche des Sonnenlichtes, sondern davon, dass dieses Licht stärker ist als dasjenige, von welchem es erfasst werden soll. Denn die vollkommene Erkenntnis Gottes besteht darin, dass er erfasst wird, wie er in seinem Wesen ist: in dem Wissen, der Macht, dem Willen, dem Leben und seinen anderen herrlichen Eigenschaften. Hiermit haben wir gezeigt, dass das Nachdenken über Gottes Wissen reine Torheit ist. Nur das wissen wir, dass er wissend ist, ebenso wie wir wissen, dass er IST. Aus allem dem, was wir gesagt haben, hat sich also ergeben, dass die Handlungen des Menschen ihm überlassen sind und es ihm frei steht, tugendhaft oder lasterhaft zu sein, ohne dass er von Seiten Gottes irgendwie zu einer dieser beiden Handlungsweisen gezwungen würde; und dass hieraus auch die Notwendigkeit der Pflichtanweisung, des Unterrichtes, des Treffens von Vorkehrungsmaßregeln sowie die Belohnung und Bestrafung hervorgeht. In all diesem liegt keine Schwierigkeit. Was aber die Beschaffenheit von Gottes Wissen und die Art, wie er Alles erkennt, betrifft, so ist, wie wir dargelegt haben, unser Verstand unfähig, es zu begreifen.

Einige Auszüge aus dem Tao Te King von Laotse, die mir zur Erlangung einer gewissen Erkenntnis sehr wichtig scheinen:

Beim Wohnen ist der geeignete Platz wesentlich,
beim Denken die Tiefe,
beim Umgang mit anderen die Güte,
beim Reden die Ehrlichkeit,
beim Regieren die Gerechtigkeit,
beim Arbeiten das Können,
beim Handeln der richtige Zeitpunkt!
Wo kein Streit ist, da ist auch keine Schuld.

Man formt Ton zu einem Gefäß, doch erst durch das Nichts im Inneren kann man es benutzen. Man macht Fenster und Türen für das Haus, doch erst durch ihr Nichts in den Öffnungen erhält das Haus seinen Sinn. Somit entsteht der Gewinn durch das, was da ist, erst durch das, was nicht da ist.
Zum Ursprung zurückkehren heißt: in die Stille gehen. In die Stille gehen heißt: zu seiner Bestimmung zurückkehren. Zu seiner Bestimmung zurückkehren heißt: das Ewige erkennen. Das Ewige erkennen

Manner-Kalender Illustration (1940)

heißt: erleuchtet sein.

Gib die Heiligkeit auf und verzichte auf Weisheit; das ist für alle hundertmal besser. Gib die Güte auf und verzichte auf Gerechtigkeit, und alle Menschen werden die Liebe neu entdecken. Gib die Findigkeit auf und verzichte auf Gewinnsucht, und Räuber und Diebe werden verschwinden.

Mit diesen drei, die falscher Schmuck sind, ist es nicht genug. Die Menschen müssen etwas haben, das ihnen Halt gibt. Entfalte das Schlichte und mach dir das Wesen des unbehauenen Holzklotzes zu eigen, vermindere deine Selbstsucht und gib auf die Begierden.

Als der Weg verlorenging, tauchte die Tugend auf. Als die Tugend verlorenging, tauchte die Güte auf. Als die Güte verlorenging, tauchte die Gerechtigkeit auf. Als die Gerechtigkeit verlorenging, tauchte die Moral auf. Die Moral ist eine Verkümmerung von Vertrauen und Treue und der Anfang der Verwirrung; Das Wissen um die Zukunft ist nur eine blühende Falle am Rande des Weges und der Anfang der Torheit. Darum lebt der Weise in der Wirklichkeit und nicht an der Oberfläche.

Er lebt im Sein und nicht im Schein.

Er lässt das eine und zieht das andere vor.

Der Weise macht sich keine Sorgen um sein eigenes Leben; er macht sich die Bedürfnisse der Menschen zu eigen. Ich bin gut zu denen, die gut sind, aber ich bin auch gut zu denen, die nicht gut sind, denn so vermehre ich die Güte.

Ich vertraue den Menschen, die vertrauensvoll sind, und ich vertraue den Menschen, die nicht vertrauensvoll sind, denn so vermehre ich das Vertrauen.

Der Weise hält sich zurück und ist bescheiden in dieser Welt.

Man sieht ihn, man hört ihn, und er behandelt alle Menschen wie Kinder. All diese vielen gehörten Weisheiten brachten mich zum intensiven Nachdenken und zu nachfolgendem Entschluss:

ALEA IACTA EST

Das richtige, wahre, echte Manna, welches wir für unser ultimatives Lebensmittel verwenden wollen, haben wir noch nicht gefunden – aber wir sind auf der Suche ein großes Stück weiter gekommen. Die nächste Reise wird uns nach Persien führen. Aber nach all dem Gehörten und Gelesenen stellt sich auch die wichtige Frage: wie wurde ich zu dem, was ich bin, eine Frage, die man sich unbedingt stellen sollte im Lauf des Lebens. Hierbei stellt man fest, dass dies durch Prägungen in der Kindheit passiert: Erziehung der Eltern / Lehrer / Freunde und danach durch – wie Erich Fromm sie nannte – magische Freunde / jene, die zum richtigen Moment mit Rat und Tat zur Seite stehen. Ich wurde in einem kleinen Schweizer Bergdorf geboren und wuchs sehr behütet in meinem Elternhaus auf. Ich versteckte mich oft am Dachboden vor meinem Vater, der mich zur Arbeit einteilen wollte – um Bücher zu lesen. Es kam einiges zustande an Büchern in dieser Zeit, und diese Bücher veränderten mich – sie brachten mich zum Nachdenken, zum „Selbst denken" (wie es Immanuel Kant immer forderte), und ich entwickelte meine eigene Welt. Ab einem gewissen Moment in meinem Leben habe ich verstanden, welche Rangordnung in der Prioritätenliste ich einführen muss, um ein erfülltes Leben zu haben. CHOCOLAT bedeutet Glücksgefühle, dieses Buch ist also auch meine Quintessenz zum erfüllten, glücklichen Leben nach dem Studium vieler guter und schlechter Bücher und Lehrmeister. Laut Aristoteles erlangt man Glückseligkeit nur durch ein sinnerfülltes Leben, wobei man sich an den Kardinaltugenden orientieren soll. Zu einem bestimmten Zeitpunkt sind die Würfel gefallen – ALEA IACTA EST – und ich habe entschieden, was zur Erlangung meiner Glückseligkeit führt. Wichtig für mich ist hierbei, dass ich dies eigentlich mit niemandem in einem persönlichen Gespräch kommuniziere, es ist meine ureigene Sache, ich will niemanden davon überzeugen und mich rechtfertigen dafür, warum ich daran glaube. Ich oute mich also gerade, aber das ist ja gut so.

Die Zahl Sieben hat für mich immer schon eine sehr große Bedeutung, deshalb habe ich mein Credo in sieben Punkten zusammengefasst. Kurz noch zur

Zahl Sieben: Sieben gilt in fast allen Kulturen der Welt als heilige Zahl, als geistschaffender Atem des Schöpfers. Septos-Semnos (frühgriechisch = heilig und erhaben) ist stammverwandt mit (lat.) Septem. Am siebten Tag der Schöpfung herrscht Arbeitsruhe, aber Wachheit für Schönheit und Heiligkeit. Arithmetisch ist die Sieben eine besonders eigenständige Primzahl, so kann auch die Sechserteilung des Kreises erst erfolgen, wenn ein Arm des Zirkels eingestochen worden ist, um den Kreis zu ziehen. Die Sieben ist augenscheinlich der kryptische Kern der materiellen Harmonie von sechs, da die Konstruktionen aller Hexagramme und Hexagone eines Kreismittelpunktes bedürfen. (Abbildung von sechs Kreisen, in deren Mitte ein siebter Platz hat). Sieben steht für:

Dynamisierende Geistigkeit, Offenbarung, spirituelle Schönheit, Reinheit, Unanfechtbarkeit, Brücke ins Jenseits – kryptische Weisheit. Sieben Tage galten bei den Juden auch als die sieben Tage der Schöpfung.
Sie gaben deshalb dem Tempelleuchter (Menora) sieben Arme. Sieben Weltwunder und sieben weise Männer, die dem Geist Orientierung geben, wusste die Antike zu nennen. Sieben Sakramente erkennen die Apostolischen Kirchen. Sieben geistige Zeitalter der Menschheit nennt der scholastische Theologe Bonaventura. Auf sieben Hügeln wurde Rom erbaut. Sieben spirituelle Dinge ordnet die Kabbala der Mystik zu. Und die Ägypter sahen aufgrund der sieben Öffnungen, die der menschliche Kopf als geistiger Dirigent des Körpers hat, die Sieben als den Schlüssel zur Wahrnehmung höherer Geistigkeit an. Die Zahlen, die eine gewisse Ordnung in unser Leben bringen, haben wahrlich große Bedeutung. Inhalte altbekannter Bestseller, die ewig aktuell sind, uralte Philosophen, deren Erkenntnissen auch heute nichts hinzuzufügen ist, haben mich folgende sieben Punkte festhalten lassen:

1. Sich der Frage nach dem Sinn des Lebens immer wieder zu stellen und darüber nachzudenken, betrachte ich als die wichtigste Aufgabe im Leben.

Auch wenn man auf diese Fragen nie eine wirkliche Antwort erhalten wird. Sie zu stellen, gehört aber zu den unerfüllten Aufgaben im Leben. Diese sehr private tägliche Annäherung kann im Atheismus enden oder zu einer Gläubigkeit, Spiritualität führen. Mein Studium von Moshe ben Maimon hat mir hierbei viel geholfen und mich zu einem spirituellen Menschen werden lassen. Er beschreibt die fehlerhaften Tugenden als die Schein-Trennwand zum Göttlichen, nur Prophet Moses war als einziges menschliches Wesen bis auf wenige Trennwände dem Angesicht Gottes nahe gekommen.

Hier kam die Antwort – Der Mensch wird mich nicht schauen, solange er lebt. Jeder einzelne Mensch ist das Ergebnis einer Geschichte, deren Wurzeln bis in das Gedächtnis Gottes reichen. Denn es ist nicht Sache des Menschen, Ort und Zeit seiner Geburt zu wählen, aber seine Aufgabe ist es, seiner Existenz einen Sinn zu geben, eine Richtung für das Absolute, und damit das Absolute zu Gott zu rechtfertigen. Auch der entscheidende Satz bei Hiob, nachdem er all sein Leid ertragen und den Glauben nicht verloren hatte: „Ich hatte von dir nur vom Hörensagen vernommen, aber nun hat mein Auge dich gesehen. Deshalb verwerfe ich (meine frühere Meinung) und bereue über Staub und Asche" hilft entscheidend weiter. Sein Sinn des Lebens ist die Verherrlichung Gottes. Den anarchistischen Ansatz, in seinem Leben nicht nach Sinn zu suchen oder ihm einen zu geben, hat auch einen gewissen Reiz, und viele halten die Sinnsuche für unnötig und überflüssig. Dass es auch möglich ist, die Sinn-Frage einfach auszublenden und in den Tag hineinzuleben, hat mich sehr beschäftigt, und dieser Ansatz ist auch wirklich nicht von vornherein abzulehnen – aber indirekt ist er ein Zugeständnis an die Erkenntnis, dass die Sinnfrage für den menschlichen Geist einfach nicht zu verstehen ist und es auch keine Antwort darauf gibt und geben wird!! Aber es hat jeder die Freiheit, diese Frage für sich persönlich zu entscheiden! Eine Art Neuauflage der Grundsatzdiskussion von Rabbi Schamai und Hillel.

2. Glückseligkeit nach Aristoteles – ein tugendhaftes Leben führen.

„Tugendhaftes Leben" klingt etwas naiv und weltfremd – so wie wenn jemand außerhalb des wirklich realen Lebens stünde. Aber ich erzähle ja niemandem, dass ich danach lebe – dennoch hat es einen gewissen Reiz, in regelmäßigen Abständen darüber nachzudenken, was es bedeutet – die Dinge abzuwägen, manchmal geht es besser und manchmal schlechter. Aber man wird besser im Lauf der Zeit, und das Entscheidende ist: man fühlt, dass es einem gut tut und richtig ist. (Aristoteles hatte schon damals Recht)

Die sieben Tugenden sind:
Die Gruppe von vier Haupttugenden wird erstmals bei dem griechischen Dichter Aischylos (460 v. Chr.) charakterisiert. In einem Stück beschreibt er den Seher Amphiaraos als tugendhaften Menschen, indem er ihn als
– verständig (sóphron),
– gerecht (díkaios),
– fromm (eusebés) und
– tapfer (agathós) bezeichnet

Platon übernahm in seinen Dialogen Politeia und Nomoi die Idee der Vierergruppe und benannte sie ab nun:
– Gerechtigkeit (iustitia),
– Mäßigung (temperantia)
– Tapferkeit und Hochsinn (fortitudo, magnitudo nimi bzw. virtus) und
– Weisheit oder Klugheit (sapientia bzw. prudentia).

Hinzu kommen die drei göttlichen Tugenden: Glaube, Hoffnung und Liebe.

Tapferkeit gefällt mir besonders, im Unterschied zum Mut setzt Tapferkeit voraus, dass man damit rechnet, selbst verletzt zu werden.

Den Ausgangspunkt für die Tugenden als Begriff stellt eine Kurzformel dar: „Sittlich richtig handeln bedeutet nach der Tugendethik tugendhaft leben." Als klassische Ausarbeitung der Tugendethik werden üblicherweise die ethischen Schriften des Aristoteles angeführt.

Viele antike Philosophen, darunter Sokrates, haben auf die Frage, wie man leben soll, um zu einem guten oder letztlich glücklichen Leben zu kommen, geantwortet: tugendhaft. Diese Antwort erfordert eine Theorie über die Natur von Tugenden – sie werden zum Beispiel als durch Gewöhnung erwerbbare charakterliche Dispositionen erklärt. Sie erfordert auch eine Auskunft darüber, welches die relevanten Tugenden sind. Angeführt wurden zum Beispiel Weisheit, Gerechtigkeit, Tapferkeit und Mäßigung. Die Ideengeschichte kennt diverse Kataloge von Tugenden. Beispielsweise stellt die christliche Tradition die sogenannten „Theologischen Tugenden" Glaube, Hoffnung und Liebe neben die vier eingangs genannten „Kardinaltugenden", sodass sich insgesamt sieben Tugenden ergeben. Die aristotelische Tugendethik orientiert sich an der Natur des Menschen und an den für die Qualität der Handlungen relevanten Umständen. Ziel ist die Glückseligkeit des Menschen. Die Tugendethik trägt der Tatsache Rechnung, dass das, was gut ist, von den Umständen abhängt und es deshalb keine einheitliche Regel gibt, die a priori jeden Einzelfall bestimmen kann. Prinzipiell ist Ethik für Aristoteles eine praktische Wissenschaft, die nicht ohne Beispiele und konkrete Untersuchungen auskommt. Denn es hängt von vielen konkreten Umständen ab, ob eine Handlung gut ist und die Steigerung des Glücks zur Folge hat. Tugend ist nach Aristoteles eine vorzügliche und nachhaltige Haltung (hexis), die durch die Vernunft bestimmt wird und die man durch Einübung bzw. Erziehung erwerben muss. Zur Bestimmung der Tugenden sucht man nach Aristoteles das Mittlere zwischen zwei Extremen (Mesotes-Lehre), zum Beispiel die Selbstbeherrschung (Mäßigung), die zwischen Wollust und Stumpfheit liegt, oder die Großzügigkeit als Mittleres zwischen Verschwendung und Geiz, oder die Tapferkeit, die zwischen Tollkühnheit und Feigheit liegt. Das Mittlere ist hierbei nicht als ein mathematischer Wert zu verstehen, sondern als das Beste, was man im Bereich einer Charaktereigenschaft jeweils erreichen kann. Es ist individuell bestimmt. „Die Tugend ist also ein Verhalten (eine Haltung) der Entscheidung, begründet in der Mitte in Bezug auf uns, einer Mitte, die durch Vernunft bestimmt wird und danach, wie sie der Verständige bestimmen würde." Da Aristoteles Realist war, wusste er um die Schwierigkeit und Vielfalt der konkreten Umstände. Deshalb ergänzte er auch seine Definition der Tugend als Recht der Mitte um den Zusatz, dass ein anderer verständiger beziehungsweise tugendhafter Mensch als Orientierung dienen kann. Diese Ergänzung folgt auch aus anderen Überlegungen der Tugendethik, die die Überzeugung vertritt, dass man richtiges und ethisch gutes Handeln erlernen kann und muss, um fortschreitend richtig und gut zu handeln und um sein Urteilsvermögen in Bezug darauf zu entfalten. Neben den vielen Fällen, in denen die Umstände über eine gute Handlung entscheiden, gibt es jedoch für Aristoteles auch Handlungen, die an sich schlecht sind. Bei diesen gibt es keine Mitte, weil es kein anderes Extrem gibt. Solches sind Mord, Ehebruch und andere Handlungen, die er als der Natur des Menschen grundsätzlich entgegengesetzt betrachtet. Die höchste Glückseligkeit erreicht man nach Aristoteles durch die Tugend der Weisheit (Sophia). Denn die Weisheit, im Sinne der Kontemplation oder Meditation über die ersten Dinge und den Sinn des Lebens, ist die höchste Tätigkeit des höchsten Vermögens des Geistes. Es ist

Manner Bub & Mädl Illustration

außerdem die Tätigkeit, die dem Menschen am reinsten, dauerhaftesten und ununterbrochensten möglich ist, wenn er darin geübt ist. Sie gewährt das größte Glück und mitfolgend auch die größte Lust.

Im Gegensatz dazu steht die Tugendlehre Immanuel Kants. Unter Tugendhaftigkeit versteht er die Pflicht, seine Fähigkeit zu vernunftbestimmtem Handeln zu gebrauchen, ungeachtet sonstiger Beweggründe und Antriebe. Mut als Tugend kann sowohl das Handeln des Verbrechers als auch das des Polizisten bestimmen. Tugenden sind daher zwar nützlich, aber nur relativ. Sie bedürfen der Begleitung durch das sittlich Gute mit dem Kategorischen Imperativ als Maßstab, da die Befolgung des Kategorischen Imperativs ein Gebot der Pflicht ist. Diese Pflichtbindung macht Kant zum Vertreter einer deontologischen Ethik.
Glückseligkeit als höchstes Gut erkennt Kant dann an, wenn wir sie für die anderen anstreben. Für uns selbst ist allein die Sittlichkeit der Maßstab. Im Judentum ist die Einhaltung der Gesetze von entscheidender Bedeutung. Ein gesetzestreues Verhalten garantiert einem Platz im Himmel. 613 Regeln (Mizwat) sind aufgestellt, die es heißt einzuhalten, sowie ein ständiges Studium der Tora.

3. Sich fortzupflanzen, Kinder zu bekommen und eine Familie zu gründen.

Dies sollte ein oberstes Ziel sein; sollte man dies nicht erreichen, so kann man ein Kind adoptieren oder ein verwandtes, bekanntes Kind als gute Patin im Leben begleiten. Die Spirale des Guten kann nur über die kleinste Zelle der Familie, über die Weitergabe und das Vorleben (als gutes Beispiel) von positiven Werten fortgesetzt werden.
Sowie In Freundschaft, Vertrauen und Redlichkeit zu leben. Die wohl wichtigste irdische Form des Lebens ist es, Freundschaften zu pflegen, diese Erkenntnis ist für mich fundamental. Heute, in der Zeit der Tribunalisierung wird alles eingeklagt, jeder besteht auf seinen scheinbaren Rechten und vergisst die Pflichten.
Laotse schreibt im Tao Te King aber auch sehr interessante, nachdenkliche Worte: Ich vertraue den Menschen, die vertrauensvoll sind, und ich vertraue den Menschen, die nicht vertrauensvoll sind, denn so vermehre ich das Vertrauen.

4. Für den menschlichen Geist ist es bedeutend, eine sinnstiftende Tätigkeit auszuüben. Beruflicher Erfolg und das Erreichen von wirtschaftlichen und beruflichen Zielen ist ein ganz wichtiges Streben im Leben.

Mein Vater sprach immer davon, dass finanzielle Unabhängigkeit das Denken erleichtert und es leichter ermöglicht, seine Gedanken in die Tat umzusetzen. Aber es birgt auch große Gefahr, die Demut zu verlieren, Geiz und Überheblichkeit dominant werden zu lassen sowie den Blick für das wirklich Wesentliche nicht mehr zu üben.

5. Auf die Gesundheit achten, seinen Körper und Geist pflegen.

Ewiges Lernen und die Entwicklung für den Sinn von Schönheit, dem Guten und das Wahre im Leben.

6. Für die Allgemeinheit und die anderen Mitmenschen einen Beitrag leisten.

Martin Buber: „Mein der Schwäche des Menschen kundiges Herz weigert sich, meinen Nächsten deshalb zu verdammen, weil er es nicht vermocht hat, Märtyrer zu werden."

7. Mich am Ende des Lebens auf mein Ableben vorbereiten

Im Buch Genesis hat Gott nach den vielen Verfehlungen der Menschheit (früher wurden sie laut Bibel alle zig hundert Jahre alt) das menschliche Dasein mit 120 Jahren begrenzt. In den letzten Jahrzehnten sieht man ein massives Ansteigen der Altersgrenzen. Ich hoffe, rechtzeitig zu erkennen, wann die letzten 10 bis 15 Prozent meines Lebens begonnen haben – und dass ich mit einer gewissen Gelassenheit und ohne Ängste diese letzte Phase erleben kann. Dies wünsche ich jedem – wir alle wissen, dass das Schicksal hier oft anders entscheidet.

Ich möchte meine sehr persönliche, als motivierend gedachte Erzählung mit den Worten meines Vaters beenden:„Sei gütig, hilfsbereit und edelmütig, halte die zehn Gebote ein und sei der Wahrheit verbunden, lass das Streben nach einem tugendhaften Leben einen Bestandteil deines Lebens werden, so wird dir die Gnade zuteil, Gottes Vertrauen und Erleuchtung zu erlangen." Nach so viel Philosophischem und Tiefgründigem – bitte vergessen Sie nicht: nur wer über sich selbst lachen kann und jeden Tag mit Humor lebt, ist in der Lage – zumindest im Ansatz – echte Gelassenheit im Leben aufzubauen! In meinem nächsten Buch werde ich Ihnen von unserer Suche nach dem Manna berichten und davon, wie es uns im Iran ergangen ist – und es wird von „Pain (Brot)" handeln, mit der gleichen Intensität und Leidenschaft, wie ich es in diesem Buch mit CHOCOLAT versucht habe. Aber es ist nun höchst an der Zeit, Ihnen nachfolgend alles zum Thema Schokolade zu erzählen.

Alles Gute,
Ihre Alessandra Sophia

Schokolade und ihre Geheimnisse

Rohstoffe

DIE GESCHICHTE DES KAKAOS

Liebe Alessandra-Sophie, die Geschichte von Kakao ist schon mal zeitlich gesehen eine sehr lange. Ich habe mich diesbezüglich eingelesen und werde versuchen, dir die markanten Punkte der Geschichte des Kakaos – vor 3500 Jahren beginnend – zu erzählen.

Am besten beginnt man aber wohl damit, dass ein schwedischer Naturforscher namens Carl von Linne im Jahre 1753 den Kakaobaum mit dem wohlklingenden lateinischen Namen „Theobroma Cacao" bezeichnete.

Das Universalgenie Alexander von Humboldt und der französischen Botaniker Aimé Bonpland waren gemeinsam über fünf Jahre in Südamerika und Mexiko unterwegs. Und da soll noch jemand sagen, die deutsch-französische Freundschaft habe keine Tradition.

Im Jahr 1800 stießen sie bei der Erkundung des oberen Flusslaufs des Orinoko in Brasilien auf kleine Kakaowälder. Sie erfassten den „Theobroma Cacao" exakt in ihren Büchern. Ich habe dazu einen Auszug aus ihren Aufzeichnungen wie folgt gefunden:

> Am 18. Mai gegen Abend entdeckten wir einen Ort, wo wilde Kakaobäume das Ufer säumten. Die Bohne derselben ist klein und bitter; die Indianer in den Wäldern saugen das Mark aus und werfen die Bohnen weg, und diese werden von den Bewohnern der Missionen aufgelesen und an solche verkauft, die es bei der Herstellung ihrer Schokolade nicht so genau nehmen.

Auch der Wiener Naturforscher Johann Natterer bereiste lange Zeit Brasilien (1817–1835), seine Sammlung ist noch heute im Naturhistorischen Museum in Wien zu sehen.
Er beschrieb ein traditionelles Getränk der Mauhé-Indianer und dessen Wirkung durch die Mischung von Guaraná und Kakao.

Forschungen aus Nordamerika (Maya-Forscher Prof. Michael D. Coe) stützen folgende Aussagen: Der erste Anbau der Kakaofrucht geschah um ca. 1500 v. Christus durch die Kultur der Olmeken (in der heutigen Gegend von Veracruz und Tabasco). Die Olmeken zeichneten auch für den sprachlichen Ursprung des Wortes: kakawa.

Ab 400 v. Christus beginnt die große Zeit der Maya; in ihrem heiligen Buch, dem Popol Vuh (auch bekannt als „Buch des Rates") ist die Götterfrucht mehrmals erwähnt.

Die Mayas nahmen Kakao in schaumig gerührter und wahrscheinlich auch erhitzter flüssiger Form zu sich. Durch zermahlenen Mais wurde die Trinkschokolade dickflüssig und die Beigabe von Gewürzen aller Art wie Chilipfeffer begründete den Kult um den Göttertrunk als Krafttrunk. Die Beigabe von Maisstärke zur Erlangung einer gewissen Dickflüssigkeit ist in Italien und Spanien auch heute noch üblich. Nach den Mayas kamen die Tolteken. Auch bei ihnen wurde Kakao als Gottesgeschenk angesehen und es wurde in einem Atemzug mit den großen Reichtümern ihres Volkes genannt.

Ganz aktuelle Forschungen haben ergeben und als bewiesen scheinen lassen, dass die menschliche Liebe zu Schokolade viel älter ist als bisher angenommen. Archäologen konnten bei einer Expedition im ecuadorianischen Amazonas-Regenwald die bislang ältesten Kakao-Spuren in Artefakten nachweisen. Die Funde gehörten der Mayo-Chinchipe-Kultur an, die auf dem Territorium des heutigen Ecuador von etwa 5500 bis etwa 1700 v. Christus existierte.

Die Forscher analysierten die auf der Ausgrabungsstätte Santa Ana (La Florida) freigelegten Gefäße und stellten mittels einer DNA-Analyse fest, dass ihre Besitzer dort neben anderen Kulturen wie Mais und Süßkartoffeln auch Kakao aufbewahrt hatten. Darüber hinaus kamen die Archäologen zu dem Schluss, dass der Konsum von Kakao ausgerechnet in Südamerika angefangen haben dürfte – und nicht in Mittelamerika, wie zuvor angenommen. Die Archäologen veröffentlichten ihre Studie im Fachmagazin Nature. In der Folge hielt Kakao dann auch bei den Azteken Einzug in die Buchführung über Tribute. Ab dem 14. Jahrhundert verlangten die mächtigen Azteken Tribute von unterworfenen Völkern und Stämmen. Ein wichtiger Bestandteil dieses Tributes war Kakao.

Der berühmte Aztekenherrscher Montezuma II, in Jaguarfell gekleidet, ließ sich unter der Mengenangabe „Traglast" – dies entsprach einem geflochtenen Korb mit einem Inhalt von etwa 8 000 Kakaobohnen – den Kakao zweimal im Jahr liefern. Ein Träger konnte damals dreimal die Traglast, also 24 000 Bohnen liefern. Bei den Azteken galt als Basis nicht das sogenannte Dezimalsystem, sondern die 20er Einheit (10 Finger und 10 Zehen), sie ergab die Zähleinheiten von 400 (zontli) und 8 000 (xiquipli).
Es erfolgte die sprachliche Weiterentwicklung des Kakaogetränkes zu „Xocolatl", von dem unser Wort Schokolade abgeleitet ist.

In der Hauptstadt der Azteken, Tenochtitlan, entwickelte sich nun reger Handel mit Kakao. Als erster Europäer hatte um 1502 Christoph Kolumbus seine Begegnung mit Kakaobohnen. Aber erst Hernán Cortés, der Eroberer Mexikos, berichtete seinem Kaiser Karl V. vom besonderen Status der Kakaofrucht am Hofe von Montezuma. Es war wiederum ein spanischer Jesuit namens José de Acosta (1590), der nicht wie viele seiner Kollegen indianisches Kulturgut als heidnischen Hokuspokus und sie selbst als Faulpelze beschrieb. Er verfasste einen der frühesten wissenschaftlichen Berichte über Kakao und ging auch auf die Bedeutung des Kakaos als Zahlungsmittel ein.

In all den Berichten von Europäern aus dieser Zeit von Italien bis Deutschland wird festgehalten, dass man der Schokolade die Eigenschaft eines Aphrodisiakums zuspricht, also eine des Menschen körperliche Liebesbereitschaft steigernde Substanz.

Ein interessanter Text aus Augsburg von 1725:

> Hier hast Du ein Getränk aus dem so fernen Westen / Wiewohl der nahen Lieb´ gewiß am allerbesten. / Es reitzet deinen Mut, erneuert deine Jahr. / Du kostest es, mein Schatz, drauf werd ich´s auch genießen / Ich reiche Dir's zugleich mit meinem Hertzen dar / Weil wir der späten Welt noch Enkel geben müssen.
>
> Eine Ausgabe der Zeitschrift VOGUE aus dem Jahr 2004 auf Seite 139 berichtete:
>
> Göttlich, Aztekenkönig Montezuma rieb sich mit „XOCOLATL" (deutsch: Götterspeise) ein, bevor er in den Harem ging. Effekt: 58 Kinder.

In den streng katholisch-gläubigen Ländern Europas war die flüssige Form jedoch zunächst noch sehr umstritten. Denn seit Schokolade durch die erste überseeische Kolonialmacht Spanien nach Europa kam, beschäftigten sich die Moraltheologen ihrer Zeit mit der Gewissensfrage: Verstößt der amerikanische Göttertrunk gegen katholische Fastenregeln? Dieser Diskurs füllte ganze Regale in gut sortierten Bibliotheken der damaligen Zeit.
Der Wiener J. Michael Haider legte im Jahr 1722 sogar eine Doktorarbeit vor, worin er die Schokolade als „Venus-Speise" bezeichnete. Seine Schriften wur-den angeblich verbrannt. Thomas Hurtado, ein Moraltheologe aus dem spanischen Toledo, gelangte in dieser Zeit aber zum salomonischen Schiedsspruch, dass zwar der Genuss von Schokolade in fester Form „die Fasten" breche, jedoch nicht der Genuss des Getränks. „Liquidum non frangit jejunum" – Flüssiges bricht nicht die Fasten.

Dem Holländer Jacob van Houten gelang es um 1830, mit alkalischen Lösungen einen Teil der Kakaobutter vom Kakaopulver zu trennen (Kakao enthält ca. 50 Prozent Fett), so dass es möglich wurde, leicht löslichen, fettarmen Kakao zu liefern. Das Kakaogetränk hielt in allen Königshöfen in Europa Einzug. Kaiserin Maria Theresia ließ sogar ein eigenes Kakaoservice entwerfen. Kakao hatte sich aber von den Mayas bis zum Hof von Ludwig XIV. nicht wirklich sehr verändert. Zur Geschichte der Entwicklung von Schokolade als Produkt kommen wir in einem anderen Kapital zu sprechen.
Bei diesem sehr wichtigen Thema habe ich Herrn Marcel Leemann, Frau Dr. Bea Maas und Herrn Karl Rickl gebeten, mich zu unterstützen.

KULTIVIERUNG – KLEINE PFLANZENKUNDE

Anbaugebiete

Die Kakaofrucht wächst und gedeiht nur im tropischen Gürtel rund um den Äquator. Ursprünglich kommt sie aus dem nördlichen Südamerika und wird mittlerweile in vielen Ländern Südamerikas wie Venezuela, Kolumbien, Peru, Ecuador, Bolivien, Brasilien und Trinidad angebaut. Sie hat auch ihren Weg nach Zentralamerika gefunden und wird nun auch in Costa Rica, Panama, Honduras, Nicaragua sowie auf den Karibikinseln der Dominikanischen Republik und Haiti kultiviert. Von Amerika aus hat sie dann auch den Weg in die ganze Welt dank der Seefahrer genommen und wird heute vor allem in Westafrika (Elfenbeinküste, Ghana, Nigeria und Benin) angebaut. Auch in Asien ist sie mittlerweile angekommen und man findet sie in Indien und vor allem auch Indonesien.

Die edle Frucht kann nur im tropischen Gürtel gedeihen, da sie auf eine hohe Luftfeuchtigkeit angewiesen ist und zu trockene Gebiete und vor allem auch zu kalte Temperaturen nicht verträgt.

Die Pflanze Theobroma cacao ist eine typische Schattenpflanze, das heißt, sie wächst vor allem im Schatten von größeren Bäumen in den Tropen, auch wenn sie selbst natürlicherweise eine Größe von bis zu 15 Metern erreichen kann. Da bei solch hohen Bäumen die Früchte, die direkt aus dem Stamm herauswachsen, nicht geerntet werden können, werden heute die Kakaobäume normalerweise auf 3 bis 5 Meter Höhe geschnitten.
Die Früchte wachsen das ganze Jahr über, auch wenn heute vor allem eine Haupterntezeit und dann noch ein bis zwei Zwischenernten gemacht werden. Es sind aber nicht alle Früchte gleichzeitig reif, weshalb die Ernte eine längere Zeit dauert.

Biodiversität

Auf meinen Reisen habe ich Frau Dr. Bea Maas in Indonesien getroffen. Sie hat sich intensiv über viele Jahre mit Kakao beschäftigt:

Liebe Bea, wie kommt man von Wien nach Indonesien, um sich mit Fragen des Kakaos zu beschäftigen?

Schon als Kind bin ich gemeinsam mit meiner Mutter viel gereist und umgezogen. So haben wir viele Orte in Europa, aber auch in Asien gesehen, unter anderem auch in Indonesien. So erwachte früh eine Begeisterung in mir, Neues zu entdecken, und mir wurde bewusst, dass ich Biologie studieren möchte, um unsere Natur verstehen und schützen zu können.

Wenn man heute in die Tropen reist und aus dem Flugzeug blickt, sieht man häufig ein dramatisches Bild: Die tropischen Regenwälder sind in vielen Teilen der Welt großflächigen, intensiven Landnutzungssystemen gewichen. Als Studentin stellte ich mir die Frage: Wie können wir nachhaltiger mit unseren Ressourcen umgehen und das Zusammenleben von Mensch und Natur verbessern? Wie kann man solche Erfahrungen transportieren?

Mit meiner in Sulawesi verfassten Diplomarbeit erfüllte ich mir somit einen Kindheitstraum: Ich durfte in den abgelegenen Tropen forschen, unter der professionellen Anleitung meines Betreuers und dennoch auf mich allein gestellt und frei. In dieser Arbeit beschäftigte ich mich mit der Frage, welche Auswirkungen die stetige Ausdehnung und Intensivierung von Landwirtschaft auf Vögel in der tropischen Landschaft hat. Doch schon bald entdeckte ich den Kakao, der damals schon die wichtigste Anbaufrucht für die zahlreichen Kleinbauern der Region war, und welches Potential dieses Agroforstsystem für Naturschutz und Nachhaltigkeit hat. Die kleinen Kakaofarmen waren reich an anderen Pflanzenarten und somit auch reich an tierischem Leben. Nicht so sehr wie der tropische Regenwald, aber doch unvergleichlich reicher als die anderen Anbausysteme. Da ich in dieser Region nicht nur forschte, sondern auch lebte, mich mit vielen Menschen unterhalten und Freundschaften aufbauen konnte, lernte ich den Kakao bald als ein wertvolles Medium schätzen: als eine Übergangsform von Wald und eindimensionalen Anbausystemen. Kakao entpuppte sich als eine regelrechte Kommunikationsplattform für mich und die Menschen in dem kleinen Dorf Wuasa inmitten von Sulawesi, denn er sicherte nicht nur das Einkommen der meisten Kleinbauern, sondern auch das Überleben vieler Arten.

Es war also bald klar, dass es nicht bei der Diplomarbeit bleiben würde. Viel zu sehr war ich mit dieser Region verwachsen und von den Möglichkeiten weiterer Forschung begeistert. Über die Universität Göttingen und ein Stipendium der Studienstiftung des deutschen Volkes bekam ich die Möglichkeit, meine Forschung in Sulawesi für eine Doktorarbeit fortzuführen.

Um zu sehen, was mit dem Kakao passiert, wenn Vögel und Fledermäuse weiterhin verschwinden sollten, weil sie beispielsweise ihren Lebensraum verlieren, bauten wir riesige Käfige um insgesamt 240 Kakaobäume auf 15 unterschiedlichen Farmen. Tatsächlich hatte dieser Ausschluss dramatische Folgen für die Kakaoernte, die um ein ganzes Drittel sank. Im Umkehrschluss kann man also sagen, dass Vögel und Fledermäuse ein Drittel der Kakaoernten mitfördern, indem sie schädliche Insekten fressen – nur eine der zahlreichen wertvollen Ökosystemleistungen für die diese Artengruppen verantwortlich sind. Unser Team und auch andere Kakaoforscher in den Tropen konnten beeindruckende Belege für den wirtschaftlichen Wert biologischer Vielfalt im Kakao finden sowie für dessen Bedeutung für die zahlreichen Kleinbauern, für nachhaltige Anbaumethoden und den Schutz der umliegenden natürlichen Landschaft und Wälder.

> Liebe Bea, welche Art des Anbaus von Kakao würdest du nach deinem Wissensstand heute den vielen Kakaobauern auf dieser Erde empfehlen – mit welcher Begründung. Was sollen sie beachten – was sollten sie nicht tun?

Als Ökologin, die ihre Wurzeln im Naturschutz hat, plädiere ich natürlich für einen möglichst nachhaltigen Kakaoanbau, der natürliche Ressourcen nutzt und schützt. Doch wie die Ergebnisse meiner und auch internationaler Forschung zeigten, ist dies auch wirtschaftlich durchaus sinnvoll. Vögel und Fledermäuse konnten nicht nur in Sulawesi ein Drittel der Kakaoernten und somit enormes Ertragseinkommen sichern. Ähnliche Ergebnisse gibt es aus anderen Teilen der Welt und für andere Tiergruppen, wie etwa Ameisen. Viele Studien belegen beispielsweise, dass das Vorkommen, aber auch die Vielfalt von Schattenbäumen in Kakao positive Auswirkungen auf solche Nützlinge haben, die Schädlinge fressen und auch die Widerstandsfähigkeit steigern. Außerdem vermeidet man durch die Nutzung von ökologischen Methoden, in denen auf Umweltgifte verzichtet wird, auch zahlreiche Ausgaben und gesundheitliche Risiken, die für viele sogenannte Pflanzenschutzmittel noch nicht einmal gut erforscht sind. Mit einem Insektengift beispielsweise vernichtet man ja nicht nur die Schädlinge, sondern oft auch zahlreiche Nützlinge wie Ameisen und Spinnen. Mittel gegen Unkräuter und auch Dünger können auf Dauer erhebliche gesundheitliche Schäden bei Menschen verursachen und ermüden außerdem den Boden. Leider wird in vielen Anbauregionen des Kakaos bis heute eine möglichst rasche Steigerung des Ertrags angestrebt. Dies wird unter anderem dadurch erzielt, dass Schattenbäume entfernt und viele Chemikalien in die Systeme eingebracht werden, was jedoch wiederum zur Folge hat, dass solche Kakaofarmen schon nach wenigen Jahren kollabieren und neue Anbauflächen gebraucht werden, um den Bedarf zu decken. Dies ist weder nachhaltig für die Umwelt noch für die Kakaobauern. In den Tropen werden oftmals intakte Regenwälder gerodet, um neue Flächen zu schaffen, und Kleinbauern aus den ehemals produktiven Regionen verlieren ihre Lebensgrundlage.

Der Kakaobaum stammt aus den Regenwäldern Südamerikas. Er braucht Schattenbäume, um optimal gedeihen zu können, und genau hier liegt auch sein großes Potential für nachhaltigen Anbau. Kakao hängt nicht nur von der Natur ab, er kann auch enorm von ökologischen Prozessen profitieren. Dies steckt sozusagen in dieser Pflanze und ich halte nachhaltigen Anbau dabei sowohl aus persönlicher als auch wissenschaftlicher Sicht für sinnvoll, nach all den Jahren, die ich Kakaobäume und die damit verbundenen Menschen und Lebensräume aus nächster Nähe studieren und kennenlernen durfte. Liebe Bea, was würdest du noch gerne zum Thema Kakao sagen, was unsere Leser zu diesem Thema interessieren könnte?

Die für mich wertvollste Erkenntnis, die ich durch meine Arbeit mit Kakao und mein Leben in Indonesien erfahren durfte, ist, wie stark alle Prozesse des Lebens miteinander verbunden sind. So wie all die Tiere und Pflanzen in den Landschaften miteinander verbunden sind, so sind es auch die Menschen auf diesem Planeten. Kakao wächst in den Tropen, aber die Schokolade wird vor allem in Europa und Amerika konsumiert. Wir können viel vom gemeinsamen Austausch lernen und als Konsumenten wertvolle Zeichen setzen. Kakao kann uns helfen, diese Sinne zu schärfen und Nachhaltigkeit zu fördern - nicht nur, weil so viele Menschen Schokolade mögen, sondern auch, weil der Kakao ein gutes Beispiel für diese vielfältigen Wechselbeziehungen ist und noch so viele Geheimnisse birgt, die es zu entdecken gibt.

Welche Aromen kommen bei der Schokolade-produktion zur Anwendung und wie entsteht diese Vielfalt an Aroma in einer Tafel Schokolade?

Grundsätzliche werden für eine gute Schokolade keine zusätzlichen Aromen benötigt. Alle Aromen kommen aus der Kakaofrucht selbst, diese müssen aber aus der Kakaobohne „herausgekitzelt" werden. Man kann nicht einfach die Kakaoschote aufbrechen, die Kakaobohnen herausnehmen und diese zusammen mit Zucker zu einer Schokolade vermahlen. Vielmehr ist es ein längerer, komplizierter Prozess, der benötigt wird, um die Kakaoaromen hervorzubringen.

Der gesamte Prozess beginnt damit, dass der richtige Erntezeitpunkt erwischt wird; die Früchte müssen wirklich reif sein. Sehr wichtig ist dabei das Fruchtfleisch, welches als Nährmittel für die Mikroorganismen bei der Fermentation gilt. Bei der Fermentation werden durch den mikrobiellen Abbau viele Stoffe gebildet, welche später die typischen Kakaoaromen hervorbringen. Die Fermentation ist daher ein zentraler Schritt für den späteren Geschmack einer Schokolade. Damit ist es auch klar, dass eine fehlende oder eine falsch ablaufende Fermentation einen sehr negativen Einfluss hat und zu unerwünschten Stoffen führen kann, welche Fehlaromen entstehen lassen.

Nach der Fermentation ist eine gute und ausreichende Trocknung wesentlich, so dass auch die Fermentation gestoppt wird und nicht noch unter unkontrollierten Bedingungen weiterläuft. Ebenfalls verhindert eine gute Trocknung das Wachstum von Schimmel und Hefen, die zu Fremdgeschmack und sogar bis zum Verderb führen können.

Nach der Trocknung werden die Kakaobohnen gelagert, und auch da ist es wichtig, dass keine unerwünschten Geruchstoffe über die Luft auf die Kakaobohnen übertragen werden, da diese von der Kakaobohne aufgrund ihres hohen Fettgehalts sehr schnell aufgenommen werden.

Die effektive Aromenbildung vieler typischer Kakaonoten findet jedoch erst während des Röstens statt. Das Ziel einer guten Röstung liegt darin, möglichst viele Aromen herauszuheben und neue Röstaromen zu bilden. Gleichzeitig wird auch der Säuregehalt reduziert. Mit unterschiedlichen Röstparmetern wie Temperatur, Verweildauer oder auch Wassereinspritzung können ganz viele verschiedene Aromen erzeugt werden, je nach erwünschtem Geschmack.

Selbstverständlich ist es wichtig, die Kakaobohnen nicht zu überrösten, da schnell ein verbrannter Geschmack entstehen kann und die Kakaobohnen dadurch auch bitter werden. Ebenfalls muss vermieden werden, mit zu starker Röstung Aromastoffe wieder zu zerstören oder durch zu große Hitze oder zu lange Dauer diese wieder zu verflüchtigen.

Das Kakaoaroma besteht übrigens aus einer solch großen Vielfalt an verschiedenen Stoffen, dass noch lange nicht alle genau erforscht sind und dieses auch nicht so einfach künstlich kopiert werden kann.

Der effektive Kakaogeschmack in der Schokolade kommt schlussendlich erst nach der Herstellung hervor. Dabei ist der wichtigste Schritt das sogenannte Conchieren. Dieser Ausdruck kommt vom spanischen Wort „la concha", was so etwas wie „Schale" oder „Muschel" bedeutet, da die Maschine zum Conchieren ähnlich wie eine muschelförmige Schale aussieht. Eigentlich ist Conchieren nichts anderes als kräftiges Rühren, wobei die Partikel in der Schokoladenmasse sehr stark aneinander gerieben werden. Dabei gehen flüchtige Stoffe wie unerwünschte Säuren in die Umgebungsluft und es entsteht eine feinere Verteilung aller in der Schokolade enthaltenen Stoffe, besonders des Fettes, wodurch sich auch die Geschmacksstoffe besser und ausgewogener verteilen.

Der Kakao selbst bringt also schon genügend Aroma

in einer Schokolade hervor. Es ist aber Ansichtssache, ob man einer Schokolade noch zusätzliche Aromen beigeben will. Gerade bei Milchschokoladen kann die Zugabe von puren Vanilleschoten eine Abrundung des Aromas bewirken und den Geschmack sogar zum Teil verstärken. Es liegt aber im Ermessen des Genießers, was er lieber hat, mehr Ecken und Kanten durch den Kakao selbst oder eher einen harmonischeren, lieblicheren Geschmack durch die Zugabe von Vanille.

In der industriellen Massenproduktion wird oft künstlich hergestelltes Vanillin verwendet, welches das Aroma der Schokolade jedoch viel weniger komplex beeinflusst als ganze Vanilleschoten, dafür aber den Vorteil mit sich bringt, dass viele Konsumenten diesen intensiven Geschmack gewohnt sind und dass vor allem die Schokoladen von verschiedenen Produktionschargen immer gleich schmecken. Natürlich ist das künstlich hergestellte Vanillin auch deutlich günstiger als echte Vanille und vor allem auch immer verfügbar, was bei der echten Vanille nicht immer garantiert ist.

Manchmal wird auch mit Gewürzen nachgeholfen, die den Geschmack des Kakaos unterstützen können oder auch ganz neue Geschmäcker in der Kombination herausholen, was aber eher von kleinen, auf Kakao spezialisierten Firmen gemacht wird.

Nach welchen Kakaoaromen die Schokoladen schlussendlich schmecken, liegt natürlich an den verwendeten Kakaoprovenienzen. Man kann es eigentlich am besten mit Wein vergleichen. Man macht eher eine Mischung von verschiedenen Kakaoprovenienzen, um eine optimale Ausgewogenheit und einen gleichbleibenden Geschmack zu erzielen, oder man holt mit nur einer Herkunft eher dessen Ecken und Kanten hervor.
Oft fängt der Schokoladeneuling mit stark aromatisierten Schokoladen an und landet schlussendlich als Purist bei reinem Kakao mit allen Eigenheiten und den großen Unterschieden der Sorten, Provenienzen, Herkunftsländer wie auch Verarbeitungsmethoden.

Was würde man zum Begriff „Plantagenschokoladen" sagen, kann man den Unterschied überhaupt erkennen – so wie zum Beispiel beim Wein?

Man kann die Unterschiede zwischen einzelnen Provenienzen sehr gut erkennen, wenn man an den Geschmack gewohnt ist und Schokolade bereits über längere Zeit genießt. Wie bei allen Geschmäckern muss dieser aber zuerst erlernt werden. Zu Beginn ist es gut möglich, dass man nur die Süße, Säure oder Bitterkeit einer Schokolade bemerkt und erst mit der Zeit den Kakaogeschmack und dessen Aromen zu schätzen lernt.

Zum Glück gibt es immer mehr Schokoladen, die entweder nur mit Kakao aus einem Land, aus einer Region oder sogar von der gleichen Plantage gemacht werden, da es erst seit kurzem überhaupt möglich ist, sich auf solche Geschmacksnuancen zu konzentrieren. Der Schokoladenkenner kann die Unterschiede der einzelnen Sorten und Herkünfte aber sehr gut wahrnehmen, da der Geschmack verschiedener Herkünfte sehr unterschiedlich ist. Einige Kakaos sind sehr fruchtig, andere haben mehr blumige Noten, wieder andere zeigen kräftige Zitrusnoten, und natürlich ist auch immer die Intensität des jeweiligen Geschmackes unterschiedlich.

Schwieriger ist es, Jahrgangsunterschiede herauszuholen, da im Gegensatz zum Wein der Kakao über die Jahre nicht unbedingt besser wird, da sehr viel Fett in ihm enthalten ist und sich dieses mit der Zeit verändert. Am Anfang kann eine Lagerung sehr positiv sein, da die Säuren reduziert werden und der Geschmack abgerundeter wird. Zugleich geschieht aber auch ein oxidativer Abbau des Fettes, was schlussendlich zu einer Geschmacksverminderung führt.

Eine Lagerung wie beim Wein bringt entsprechend nichts, außer es etabliert sich irgendwann wie beim Käse eine Kultur, bei der auch verschiedene Abbauprodukte gewürdigt werden. Dies würde aber zu ganz anderen Produkten führen als jenen, die man heute unter dem Begriff Schokolade kennt, und es würde noch viel Zeit benötigen, darum vielleicht auch nie entstehen.

Welche Entwicklungen und Innovationen kann man erkennen? Was sagt man zur neuen Entwicklung von Dieter Meier aus der Schweiz?

Es gibt einige interessante Ansätze sowohl im Kakaoanbau als auch in der Kakaoverarbeitung beziehungsweise in der Schokoladenherstellung. Sehr spannend sind die derzeitigen Arbeiten und Versuche, bei denen bakterielle Starterkulturen eingesetzt werden, um eine optimale Fermentation der Kakaobohnen zu erzielen. In einem weiteren Schritt kann damit sogar das Hervorbringen von speziellen Geschmacksstoffen im Kakao erzielt werden, so dass ähnlich wie bei einem Käse durch verschiedene Mikroorganismen verschiedene Stoffe hervorgebracht werden. Jedoch ist die Biotechnologie bei der Kakaofermentation noch nicht weit entwickelt, da sie sehr schwierig zu organisieren ist, weil der Kakao dezentral und kleinbäuerlich angebaut wird und vor allem auch nicht aus Industrieländern stammt.

Ein neuer Trend in den letzten Jahren ist die Entwicklung von neuen kleinen Schokoladeproduktionsanlagen, in welchen sehr kleine Batches von Kakaobohnen bis zum Endprodukt verarbeitet werden können. Damit wird im Gegensatz zur Großproduktion viel eher auf die Unterschiede des Kakaos eingegangen, weil kleinere Batches an Kakaobohnen verarbeitet werden und somit keine Vereinheitlichung des Geschmacks durch zu große Vermischung geschieht.

Eine ganz neue Technologie ist die Methode der Aromaextraktion direkt aus der Kakaobohne. Dies ist sehr interessant, ja geradezu eine Revolution, was den Geschmack von Schokolade betrifft, da man der Kakaobohne das Aroma vor dem industriellen Prozess entnimmt. Der Vorteil liegt darin, dass das ursprüngliche Aroma erhalten bleibt und nicht ein Teil des Aromas durch das Debakterisieren, Rösten und Conchieren verloren geht. Vielleicht ist der Konsument darauf noch nicht vorbereitet, es kann aber sein, dass so vielleicht eine ganz eigene Schokoladegeschmacksrichtung entsteht.

Aus Amerika hört man Begriffe wie „Raw Chocolate" und „Superfood" – wie würde man diese kurz beschreiben?

Kakao an sich ist bereits ein Superfood, er ist sehr reich an Antioxidantien und besitzt auch sonst viele Stoffe, die dem Menschen gut tun, ja ihn sogar glücklich machen. Leider werden viele dieser positiven Eigenschaften durch industrielle Prozesse vermindert, weshalb momentan ein großer Trend ist, dass man die Kakaobohne möglichst im Urzustand halten möchte.

„Raw Chocolate", auf Deutsch „rohe Schokolade", ist Schokolade, die aus Kakaobohnen in einem Prozess hergestellt wird, bei welchem die Temperatur einen bestimmten Wert nicht überschreitet. Grundsätzlich entspricht somit die Schokolade der Rohkosternährung, wie es sie bereits seit Jahrzehnten vor allem in den Vereinigten Staaten von Amerika und Westeuropa gibt.

Es ist aber wichtig zu erwähnen, dass der Begriff „raw" nicht genau definiert ist. So ist für die einen wichtig, dass keine zu hohen Temperaturen erreicht werden, für andere, dass so wenig Prozessschritte wie möglich gemacht werden, wieder für andere geht es darum, dass der Kakao so konsumiert wird wie zu den Zeiten der Olmeken oder Inkas.

Bereits bei der Fermentation der Kakaobohnen herrschen Temperaturen, welche normalerweise höher sind als dass man das daraus entstehende Produkt noch als Rohkost bezeichnen dürfte. Wenn der Kakao deshalb nicht oder nur sehr wenig fermentiert wird, ist er sehr bitter, jedoch auch sehr gesund, da zu diesem Zeitpunkt am meisten Antioxidantien vorliegen.

Die Bitterkeit kann natürlich nicht gewünscht sein, da damit das Geschmackserlebnis stark verringert wird. Ein anderer problematischer Punkt liegt in der Keimbelastung, welche durch die Fermentation geändert wird. Bei unfermentiertem Kakao herrscht immer die Gefahr, dass der Kakao noch mit Keimen belastet ist, welche für die Menschen potentiell gefährlich sind, erst durch die Fermentation bilden sich viele Milchsäurebakterien, wodurch Säure und ein entsprechend tiefer pH-Wert im Kakao entsteht, welcher das Wachstum von potentiell pathogenen Keimen verhindert.

Um eine rohe Schokolade herstellen zu können, muss aus diesen Gründen einerseits sehr sauber gearbeitet werden oder es müssen andererseits gewisse Abstriche bei den Maximaltemperaturen gemacht werden. Ansonsten fällt auch die Qualität der rohen Schokoladen anders aus als bei traditionell hergestellten Schokoladen, da eine perfekte Schokoladenkristallisation während der Produktion gewisse höhere Temperaturen benötigt, damit die Textur der Schokolade schön zartschmelzend wird. Oft wird diese eher körnige Struktur von rohen Schokoladen aber bewusst gesucht, da sie sehr der Form ähnelt, wie Kakao ursprünglich bei den Olmeken und Mayas genossen wurde.

Ein neuer Trend ist die Zugabe von Superfoods zu Schokoladen in Form von Stücken oder Pulvern. Sogenannte Superfoods sind pflanzliche Produkte wie Beeren, Früchte oder Wurzeln mit ernährungsphysiologisch besonderen Eigenschaften. Oft ist der Vitamingehalt bei solchen Rohstoffen sehr hoch oder sie enthalten eine hohe Menge an Antioxidantien. Da solche Rohstoffe kombiniert mit Schokolade gerade sehr beliebt und gefragt sind, gibt es mittlerweile eine riesige Anzahl verschiedener solcher Produkte auf dem Markt.

Welche Bedeutung haben die vielen Kakaosorten – kann man eine Qualitätsbewertung vornehmen?

Criollo ist eine Varietät des Kakaobaumes (Theobroma cacao). Man geht davon aus, dass alle Kakaosorten von den beiden Grundtypen Criollo und Forastero abstammen.

Ursprüngliche Criollos, reinerbige Criollos sind sehr selten und konnten in Venezuela, der angrenzenden Andenregion und in Mittelamerika gefunden werden. Die Pflanzen weisen eine sehr geringe genetische Diversität auf, so dass man heute davon ausgeht, dass alle Kakaosorten aus Kreuzungen der beiden Grundtypen Criollo und Forastero entstanden sind. Der Anteil an der Welternte beträgt 2016 ca. 5–10 %.

Porcelana gilt als besonderer Criollo. Diese Sorte wurde 1961 südlich des Maracaibo-Sees im venezolanischen Bundesstaat Zulia entdeckt. Er besitzt glatte, grüne bis rote Früchte des Typs Angoleta. Kakaos dieser Sorte werden in Venezuela in Plantagen angebaut und zu edler Schokolade verarbeitet.

Guasare stammt aus der kolumbianischen Provinz Guajira an der Grenze zu Venezuela. Er besitzt grüne Früchte mit rauer Oberfläche in Angoleta-Form.

Pentagona wurde früher aufgrund seiner Fruchtform als eigene Art angesehen und als Theobroma pentagona (Bernoulli 1869) oder „Alligator-Kakao" bezeichnet. Es handelt sich jedoch um einen reinerbigen Criollo aus dem Bundesstaat Táchira in Venezuela.

Criollo Andino bezeichnet einen Criollo mit langen, zylindrischen Früchten aus den venezolanischen Anden-Bundesstaaten Mérida und Táchira.

Lacandón ist der Name eines Regenwaldes im Bundesstaat Chiapas in Mexiko. Dort hat man einen „wilden" Criollo entdeckt, der vermutlich ein Relikt des Kakaoanbaus der Mayas ist.

Heutige Criollos (Criollo-Hybride) sind durch Einkreuzung mit Kakaosorten des Typs Forastero oder Trinitario entstanden. Genetisch ähneln sie den Trinitarios, die aus einer Kreuzung zwischen Criollo und Forastero entstanden sind. Aufgrund ihrer besonderen geschmacklichen Eigenschaften zählt man sie zu den Criollos.

Ocumare 61 (OC-61) ist ein wichtiger Criollo-Hybride aus der Region Ocumare de la Costa (Bundesstaat Aragua, Venezuela). Er besitzt raue, grüne bis gelbe Früchte in Cundeamor-Form. Fermentierte Kakaobohnen dieser Sorte entwickeln Aromen von Mandeln und Kirschen und finden bei der Herstellung edler Schokoladen Verwendung.

Chuao ist eine Kreuzung aus Criollo und Trinitario. Man findet ihn an der Küste des Bundesstaates Aragua in Venezuela. Er besitzt rote, leicht gefurchte Früchte in Angoleta-Form.

Die edelste Kakaosorte überhaupt wird Criollo genannt, was auf Spanisch nichts anderes als „der Einheimische" heißt. Diese Sorte entspricht weitgehend dem Urkakao, wie er bereits seit langer Zeit existiert. Der Criollo hat große, mehr runde als flache Kakaobohnen in der Kakaofrucht (der Schote) und zeigt einen sehr facettenreichen Geschmack. Der Geschmack dieser Sorte besteht aus sehr vielen komplexen Geschmacks- und Duftnoten, welche noch bei weitem nicht alle wissenschaftlich untersucht worden sind. Die Geschmackskomponenten sind sehr vielfältig, so schmeckt man florale, fruchtige, leicht erdige Noten, die wunderbar harmonisch durch verschiedene Säuren und Bitterkomponenten abgerundet werden.

Allerdings sind die verschiedenen Geschmacks- und Geruchskomponenten, welche wir heute alle in Edelschokoladen so schätzen, nicht alle bereits in dieser Form im Kakao vorhanden. Vielmehr sind diese nur in den Kakaobohnen zu erahnen und es braucht eine perfekte Fermentation zum richtigen Zeitpunkt und bei den richtigen Temperaturen, um diese zu bilden. Damit die fragilen Vorboten des späteren Geschmacks nicht zerstört werden, müssen die Kakaobohnen möglichst gut und schnell getrocknet werden, damit keine weitere Fermentation geschieht und die Bohnen haltbar gemacht werden können. Die effektiven Geschmacks- und Duftnoten, die wir so lieben am Edelkakao, werden dann erst während einer schonenden Röstung hervorgehoben und verfeinert.

Da Edelkakao, insbesondere der Criollo, anfällig für Schädlinge ist und auch der Ertrag nicht sehr groß ist, wird dieser vor allem für die Herstellung von dunklen Edelschokoladen verwendet. Je nach gewünschtem Geschmack wird er pur eingesetzt, um den ursprünglichen Geschmack des verwendeten Kakaos hervorzuheben, oder mit anderen Kakaoherkünften vermischt, um eine möglichst homogene Geschmacksnote zu erzielen.

Um wirklich die vielen Geschmackskomponenten des Criollo zu schmecken und zu schätzen, bedarf es eines ausgeprägten und auch erlernten Geschmackssinnes. Je mehr Edelschokoladen verschiedener Herkunft man genießt, desto mehr kann man sich auf die Unterschiede und Geschmacksnuancen konzentrieren. Ja, es ist wie bei einem guten Wein, man muss sich langsam an diese Geschmäcker herantasten, bis man in der Lage ist, auch den wirklichen Edelkakao zu würdigen.

Forastero (spanisch „Fremdling") ist eine Varietät des Kakaobaumes (Theobroma cacao) und gilt neben dem Criollo als Urvater aller Kakaosorten.

Der Forastero liefert gute Erträge und ist weniger anfällig gegenüber Krankheiten und Schädlingen als der Criollo. Deshalb ist der Großteil des weltweit in allen wichtigen Produzentenländern angebauten und gehandelten Kakaos vom Typ Forastero.

Forastero-Kakao hat einen kräftigeren Geschmack, ist aber teilweise bitter oder säuerlich und weitaus weniger aromatisch als der Criollo-Kakao. Der Forastero hat seinen Ursprung in den Regenwäldern des Amazonas-Gebietes, daher bezeichnete man ihn im Unterschied zu den in Venezuela einheimischen Criollo-Kakaos als „Fremdling". Kakaosorten aus Ecuador, die folglich ebenso als Forasteros bezeichnet wurden, hat man inzwischen wegen ihrer geschmacklichen Eigenschaften die eigene Bezeichnung „Nacional" gegeben.

Die Forasteros teilt man wie folgt nach ihrer geographischen Herkunft ein:
Lower Amazon Forastero (Forastero vom unteren Amazonas),
z. B. die Sorte IFC-1, die an der Elfenbeinküste kultiviert wird
Upper Amazon Forastero (Forastero vom oberen Amazonas)
z. B. die für die Züchtung wichtigen Sorten IMC-67 und Scavina 6
Guyane Forastero (Forastero aus Guayana)

Forastero wird vor allem in Westafrika angebaut und macht den Löwenanteil des weltweit geernteten Kakaos aus. Natürlich ist der Geschmack nicht vergleichbar mit demjenigen von Edelkakao, weshalb diese Kakaosorte auch oft als Konsumkakao bezeichnet wird. Nichtsdestotrotz kann aber auch aus diesem Kakao sehr gute Schokolade hergestellt werden, da auch hier die Nacherntebehandlung bis zur Kakaomasse entscheidend für den Geschmack ist. Diese Sorte eignet sich besonders für milchbetonte Milchschokoladen, da bei solchen Schokoladen der Kakaogeschmack nicht dominant sein sollte.

Ebenfalls ist sie eher geeignet für Massenprodukte, da ein großer Teil der Konsumenten den starken Edelkakaogeschmack nicht unbedingt gewohnt ist. Dafür schmecken natürlich Schokoladen mit einem hohen Forastero-Kakaoanteil eher flach gegenüber einer Schokolade mit einem hohen Edelkakaoanteil. Aus Konsumkakao wird normalerweise auch Kakaobutter und Kakaopulver gewonnen, welche wichtige Halbfabrikate für viele süße Lebensmittel sind.
Die dritte Sorte neben Criollo und Forastero wird

Trinitario genannt, das heißt „der aus Trinidad Kommende". Trinitario ist eine Varietät des Kakaobaumes (Theobroma cacao) und stellt einen wichtigen Grundtyp der Kakaosorten dar.

Namensgebend ist die Insel Trinidad, auf der der Trinitario seinen Ursprung hat. Dort wurde Kakao des Typs Criollo kultiviert, bis 1727 ein Großteil der Bestände durch eine Naturkatastrophe vernichtet wurde. Man forstete die Plantagen mit Forastero-Kakao aus dem Osten Venezuelas auf. So entstand durch natürliche Hybridisierung aus den verbliebenen Criollos und den eingeführten Forasteros der Trinitario. Trinitarios kombinieren die Resistenz-Eigenschaften des Forastero mit den angenehmen geschmacklichen Eigenschaften des Criollo. Sie haben einen kräftigen Kakaogeschmack und können ausdrucksstarke Aromen hervorbringen.

Diese dritte Sorte ist aber an sich eigentlich keine genau eingeteilte Sorte, da sie aus vielen botanisch unterschiedlichen Varietäten zusammengesetzt ist. Es handelt sich eigentlich quasi um eine Mischung von verschiedenen Züchtungen, die zwischen Criollo und Forastero-Kakao anzusiedeln ist. Sie wird heute vor allem in Lateinamerika angebaut und je nach botanischer Herkunft und Eigenschaften zu den Edelkakaos gezählt. Die meisten biologisch angebauten Kakaos entsprechen diesem Kakaotyp, welcher zumeist auch um einiges stärkere Kakaoaromen hervorbringt als Forastero-Kakao.

Der Anteil aller Edelkakaos inklusive Trinitario an der Weltproduktion beträgt rund 10 bis 12 Prozent.

Ein kleiner Überblick über die Aromen und Geschmacksausprägung der unterschiedlichen Kakaosorten

Es ist leider nicht möglich, Geschmacksausprägung nur über die unterschiedlichen Sorten wie Criollo, Trinitario oder Forastero abzuhandeln. Unabhängig von der Sorte ist der Anbauort, also das Land oder die Gegend, in welcher der Kakao kultiviert wird, sehr wesentlich. Ebenfalls ganz wichtig ist die Anbaumethode, die Pflege der Kakaopflanzen und vor allem die Verarbeitung, das heißt die Fermentation und die Trocknung der Kakaobohnen.
Dies bedeutet, dass die beste Kakaosorte bei schlechter Anbautechnik und falscher Fermentierung beziehungsweise Trocknung einen schlechteren Kakao ergeben kann als eine gewöhnlichere Sorte, welche hervorragend verarbeitet wird.

Es ist wie bei allen Lebensmitteln, dass schlussendlich das Fachwissen der Verarbeiter dafür verantwortlich ist, dass etwas ganz Besonderes entsteht oder eben auch nicht. Als Beispiel kann hierfür Ecuador genommen werden. Dieses Land ist bereits seit langer Zeit ein richtiges „Kakaoland", weshalb hier die Pflege und Kultivierung der Kakaobäume eine große Tradition haben. Auch Sorten, die rein genetisch nicht zu den Edelkakaosorten gehören, können wunderbare Geschmackseigenschaften haben, dank dem Wissen der Anbauer und Verarbeiter, welche dieses Wissen seit Generationen erweitern.
Wenn wir nun aber einmal nur von hervorragend angebautem und verarbeitetem Kakao sprechen wollen, so kann man sicherlich vereinfacht sagen, dass der Edelkakao aus Criollo und Trinitariosorten komplexere Aromen ausbildet als Forastero-Kakao. Man kann bei diesem Kakao sehr blumige und fruchtige Noten schmecken, welche sich mit einzelnen Frucht- beziehungsweise Blumensorten vergleichen lassen.

Es gibt aber auch Forastero-Herkünfte, wie zum Beispiel Madagaskar, deren Kakao einen sehr fruchtigen Geschmack aufweist. Kakao aus Ghana ist zum Beispiel für seine eher nussige Note bekannt, während Kakao aus Java sehr ausgeprägt rauchig sein kann. Gerade dieser Geschmack wird oft als Fehlgeschmack empfunden, wenn bei der künstlichen Trocknung Rauch durch die Kakaobohnen geführt wird. Ein solches rauchiges Aroma kann aber auch sehr positiv gewertet werden, wenn es sich um eine Tabaknote handelt und der Kakao dadurch eine einzigartige Geschmacksrichtung bekommt.
Leider muss man auch erwähnen, dass durch falsche Fermentation und vor allem durch falsche Trocknung auch deutliche Fehlaromen, sogenannte Fremdgeschmäcker, entstehen können. So können falsch getrocknete Kakaobohnen oft einen muffigen oder schimmligen Geruch und Geschmack aufweisen, welcher uns zum Beispiel an einen alten Kellerboden erinnern kann. Solche Fehlgeschmäcker lassen sich leider oft auch durch bestes Rösten und Weiterverarbeiten der Kakaobohnen nicht mehr eliminieren.

Das Leben auf einer Kakaoplantage

Wir landeten um 16.00 Uhr in Santo Domingo in der Dominikanischen Republik, nach über 10 Stunden Flug. Es begleiteten uns Georg, Karl und Wolf.

Ich hatte mit meinem Vater auch in Südamerika und in Afrika Kakaoplantagen besucht. Aber die Kooperative Conacado hat mir sehr gefallen, deshalb erzähle ich die Details aus der Dominikanischen Republik stellvertretend für alle anderen von uns besuchten Kakaoplantagen.

Wir wurden vom Flughafen von einem Österreicher, der bereits seit 30 Jahren in der Dominikanischen Republik lebte, abgeholt.

Herbert Studenbock war mit meinem Vater aufgewachsen und hatte sich schon sehr früh von Österreich verabschiedet. Er sprach fließend spanisch, was uns das Leben sehr, sehr erleichterte. Herbert hatte schon ein leichtes Bäuchlein, war zum dritten Mal mit der wunderschönen, um vieles jüngeren Lorena verheiratet. Über Herbert erzählte mein Vater viele amüsante Geschichten, unter anderem, dass er, weil er nicht allzu groß war, immer Schuhe mit doppeltem Absatz trug, dies verursachte aber oft Probleme – und auch seine Eskapaden in der Damenwelt waren filmreif. Mein Vater mochte ihn, da er ein großer Lebenskünstler war. Also, Herbert war unser Chauffeur, Organisator, Übersetzer und vieles mehr – und machte es wirklich ganz toll.

Die Kooperative Conacado mit ihrem großen Chef Isidoro de la Rosa hatte ihre Verwaltungszentrale in Santo Domingo. Wir wurden von Isidoro herzlich empfangen, und bekamen einen Eindruck davon, wie es in der Verwaltungszentrale einer großen Kakao-Genossenschaft abläuft.

Ich würde sagen: sehr gemütlich. Zuerst gingen wir in das Restaurant ums Eck und blieben da für vier Stunden und wurden hierbei gut verpflegt.

Conacados Eigentümer sind etwa 9 000 Kleinbauern. Ein Kleinbauer bewirtschaftet ungefähr eine Fläche von 2 bis 5 Hektar. Die Gesamternte der Genossenschaft betrug pro Jahr ca. 20 000 Tonnen Kakaobohnen, was damals annähernd 50 Prozent der Ernte der Dominikanischen Republik ausmachte. Trinitario (Sanchez) nennt sich die Kakaobohnensorte, die vorwiegend in der Dominikanischen Republik anzutreffen ist – davon mehr im nachfolgenden Kapitel. Aufgrund der nun schon langjährigen guten Zusammenarbeit in der Gemeinschaft konnte der Hektarertrag von früher 200 kg auf nun mehr als 500 kg pro Hektar gesteigert werden.

Isidoro war der uneingeschränkte Boss und versuchte auch durch unsere Unterstützung, die Produktion der Halbfertigprodukte Kakaobutter, Kakaomasse und Kakaopulver im Land zu belassen, so dass auch eine Wertschöpfung im Land blieb.

Bisher wurden die getrockneten Kakaobohnen nach Europa und Amerika verschifft. Die Kooperative war wiederum in elf Untergenossenschaften aufgeteilt, in denen es jeweils ein Gremium der Kleinbauern mit gewählten Vertretern gab, die sich oft zu Versammlungen trafen, wo der Preis für die Bohnen der anstehenden Ernte und zukünftige Entwicklungen besprochen wurden.

Das Wort Plantage passt nicht wirklich zu dem, was man vor Ort vorfindet. Eine Plantage ist etwas Organisiertes, doch in unserem Fall stellt es sich einfach so dar, als ob man sich mitten im Regenwald befindet und zufällig ist jeder dritte Baum ein Kakaobaum.

Kakao braucht ideale, feuchtwarme Bedingungen, die grundsätzlich 15 Grad nördlich und südlich des Äquators zu finden sind. Der Kakaobaum benötigt Schatten von einem großen Baum, Humus und nährstoffreicher Boden ist Voraussetzung – saure Böden und zu viel Sonne sind nichts für ihn. Gefährdet wird der Baum durch Pilzbefall, dies stellt jedoch hauptsächlich in Südamerika eine Gefahr dar. In Malaysien gibt es aber auch die javanische Kakaomotte, die als großer Schädling des Kakaobaumes gilt.

Die Anzucht von Jungpflanzen erfolgt meistens aus der Samenanzucht einer frischen Kakaobohne. Hierzu nimmt man einfach eine frische Kakaobohne und steckt sie in nährstoffreiche Erde (meistens ein gefüllter Plastiksack von 30 cm). Die Jungpflanzen werden dann kurz vor der Regenzeit gepflanzt.
Oft wird die Bestäubung der Kakaoblüten künstlich, sprich mit Pinzette durch Menschenhand vorgenommen, normalerweise erfolgt die Bestäubung

durch eine spezielle kleine Mückenart, die durch Strünke anderer Bäume angezogen werden. Zweimal im Jahr findet die Ernte statt (Haupt- und Nebenernte), die Kakaofrüchte werden eingesammelt (mit einem scharfen Messer direkt vom Baumstamm abgeschnitten).

Man öffnet die Frucht meistens noch im Wald und entnimmt die Kakaobohnen, diese transportiert man auf Maultieren zu den Sammelplätzen. In den Nebensaisonen kümmert man sich um die Aufzucht von jungen Bäumen und der Pflege des Waldes sowie der Maultiere.

Diese Arbeit erfolgt üblicherweise durch die Kakaobauern selbst. Bei Conacado ist man hier schon etwas weiter. Man hat elf große Sammelstellen aufgebaut, wo eine zentrale Verarbeitung der Kakaofrucht erfolgt. Dadurch kann der vor allem für Europa wichtige Schritt der Fermentation exakt und auf Kundenwunsch unterschiedlich durchgeführt werden. In Amerika ist sehr oft die unfermentierte Bohne gefragt.

Jedoch dazu mehr im Kapitel Fermentation. Nach Abschluss der Fermentation hat die Bohne sehr viel Flüssigkeit aufgenommen, und muss nun durch Trocknen unter der Sonne auf einen Feuchtigkeitsgrad unter 8 Prozent gebracht werden – dadurch ist sie haltbar und transportfähig. Bei Conacado legt man darüber hinaus auch großen Wert auf die Aus- und Fortbildung der Mitarbeiter, es gibt jedes Jahr eine Auswertung davon, wer die besten Ergebnisse auf den Sammelstellen erreicht – dies fördert die Anstrengungen zur Erreichung der geforderten Qualitätsstandards. Wir haben uns diese Trocknung genau angesehen, und wir konnten unsere „Kakao-Genossen" auf folgenden Punkt aufmerksam machen: Die Aufschüttmenge der Kakaobohne (10 cm) muss ganz gleichmäßig erfolgen, sowie zu exakten Zeiten eine Umschichtung erfahren, um eine gleichmäßige Trocknung an allen Stellen zu garantieren – und somit späteren unterschiedlichen Wassergehalt und damit teilweises Schimmeln zu verhindern.

Zur Information: In Ländern mit hoher Luftfeuchtigkeit wie in Indonesien wird die Trocknung auch oft über Feuer gemacht, was einer gleichbleibenden Qualität nicht sehr zuträglich ist. Danach packt man die fermentierten, getrockneten Kakaobohnen traditionell in zirka 60 kg fassende Jutesäcke und so werden sie nach Europa transportiert. Die Kooperative alle erforderlichen Zertifikate wie Fairtrade, Bio u. a. m. auf.

All dies ermöglicht bei Einhaltung der kontrollierten Standards einen höheren Erlös für die Bohnen. Wir konnten uns auch überzeugen, dass von den Erträgen kleine Schulen gebaut und erhalten wurden sowie dass in die Weiterbildung der Kakaobauern und in den Versuch, auch eine Wertschöpfung durch eigene Produktion der Halbfabrikate zu erzielen, investiert wurde. Wir beendeten nach dem Besuch von San Francisco auf der Dominikanischen Republik unseren einwöchigen Aufenthalt. Isodoro begleitete uns bis zum Flughafen und gab uns noch Kakaobohnen mit einer speziellen längeren Fermentierung mit zum Testen.

Wirtschaftliche Bedeutung / Handel mit Rohstoffen

Von Karl Rickl

Eine Terminbörse (auch Derivatenbörse oder Optionsbörse) ist eine Börse, an der Termingeschäfte (Futures und Optionen) gehandelt werden. Hierbei handelt es sich um Transaktionen, die erst in der Zukunft abgewickelt werden. Die Verträge werden jedoch schon heute geschlossen. Im Gegensatz dazu steht die Kassabörse, wo die Erfüllung des geschlossenen Vertrages „sofort" stattfindet, das heißt mindestens innerhalb von zwei Tagen. Die größten und wohl auch bekanntesten Terminbörsen sind die deutsch-schweizerische EUREX, die Chicago Mercantile Exchange (CME), zu der auch seit 2007 die Chicago Board of Trade (CBoT) gehört, und die London International Financial Futures Exchange (LIFFE).

Bereits seit vielen Jahrzehnten werden Rohstoffe nicht nur physikalisch für den sofortigen Verbrauch oder zur Einlagerung gekauft. Vielmehr sind bereits aus den Bedürfnissen der frühen Marktteilnehmer heraus Handelsinstrumente geschaffen worden, um die Commodities nicht nur sofort physisch kaufen oder verkaufen zu müssen, sondern auch entsprechende Geschäfte auf Termin zu tätigen.

Sowohl Käufer als auch Verkäufer eines Rohstoffes können, um eine zukünftige Planungssicherheit zu gewährleisten, zukünftige Geschäfte abschließen, um sich bereits heute einen Preis für eine zukünftige Lieferung oder Abnahme eines Rohstoffes zu sichern.

Neben dem sofortigen Verkauf an den sogenannten Spot-Märkten können Anbieter und Verbraucher von Rohstoffen durch den Abschluss von standardisierten Rohstoff-Futures an einer der vorgestellten Warenterminbörsen zukünftige Preissicherheit „einkaufen".

Schauen wir uns noch einmal kurz an, was sich hinter einem solchen Futurekontrakt verbirgt: Ein Futureskontrakt repräsentiert die Verpflichtung des Verkäufers zur Lieferung beziehungsweise die Abnahmeverpflichtung des Käufers bezüglicheiner bestimmten Menge und Qualität von Kakao zu einem fixen Zeitpunkt in der Zukunft zu einem festen, bereits bei Vertragsabschluss festgelegten Preis. Als Geschäftspartner in den einzelnen Futures-Transaktionen tritt jeweils die Terminbörse auf, an der der Kontrakt abgeschlossen wurde. Dadurch, dass beim Kauf oder Verkauf der Kontrakte der Geschäftspartner – eben die jeweilige Börse – als solvent und zuverlässig bekannt ist, kann die Überprüfung der wirtschaftlichen Stärke des Gegenübers entfallen. Ein Investor kann sicher sein, dass seine Ansprüche aus den gehandelten Verträgen jederzeit erfüllt werden.

Die von der jeweiligen Warenterminbörse festgesetzte Standardisierung der Kontrakte umfasst dabei die exakte Terminisierung der Lieferung und die Festlegung des Lieferortes, die genaue Vorgabe der zu liefernden Menge und vor allem auch eine detaillierte Qualitätsspezifizierung des zu liefernden Gutes. Das kleine Österreich, das nur wenig Agrarflächen im Verhältnis zur Gesamtgröße besitzt, produziert eine größere Menge Getreide als die Weltproduktion für Kakaobohnen beträgt. Für diese relativ kleine Menge Kakaobohnen gibt es zwei Börsen, die sich mit dem Handel dieser Menge beschäftigen – das sind London und New York. Börsen sind dazu da, den Verarbeitern für einen längeren Zeitraum die Beschaffungspreise abzusichern. Man kann an der Börse über Jahre im Voraus Kakaobohnen kaufen. Je mehr in die Zukunft investiert wird, umso höher ist der Preis. Man kann es wie eine Versicherungsprämie sehen.

Wie bei jedem Agrarrohstoff, der von den Schwankungen der Natur abhängig ist, sind die Vorhersagen von Wetter, speziell vor der Haupterntezeit, sehr wichtig. Sehr wichtig ist auch die Pflege zur Erhaltung der Kulturen. Ein Kakaobaum braucht drei bis sieben Jahre, um die ersten Erträge zu bekommen. Daher sind Verbrauchssteigerungen nicht so schnell vom Markt zu produzieren. Ein Vorteil der Kakaobohne ist die Lagerfähigkeit. Wenn sie richtig getrocknet wurde, beträgt die ideale Feuchtigkeit 7 %. So kann die Bohne ohne nennenswerte Qualitätseinbußen über viele Jahre gelagert werden. Die Lagerung verursacht jedoch Kosten und gebundenes Kapital.

Durch die Kleinheit des Marktes ist der Markt für Spekulanten interessant. Große Hedgefonds haben oft einige Verunsicherung durch den Aufkauf großer Mengen an Kakao und dadurch eine Verknappung am Markt und hiermit eine hohe Nachfrage, die nicht befriedigt werden konnte, verursacht, was kurzfristig zu hohen Preisanstiegen für Kakao geführt hat. In der Vergangenheit sind selbst große Handelshäuser wegen der Beteiligung an Spekulationen zugrunde gegangen. Ebenso vielen ist es aber auch gelungen, durch Verstärkung von Markttendenzen zu Profiten zu gelangen. Erfahrung und Kenntnis der anderen Marktteilnehmer ist für die Einkäufer daher sehr wichtig. Die Farmer und Bauern haben nur geringen Einfluss auf den Markt. Erst durch die Möglichkeit der verschiedenen Zertifizierungen (z.B. Bio, Fairtrade, UTZ, Rainforest) ist es dem Landwirt möglich, einen Mehrpreis zu erzielen.
Die Zertifizierungen ergeben auch mehr Möglichkeiten, direkten Einfluss auf agrartechnische Verbesserungen und soziale Maßnahmen auszuüben, zum Beispiel: Art der Baumpflege, keine Kinderarbeit, soziale Maßnahmen wie Ausbildungszentren, Schulen etc.

Die 10 größten Erzeugerländer sind: Côte d'Ivoire, Ghana, Indonesien, Ecuador, Kamerun, Nigeria, Brasilien, Peru, Dominikanische Republik, Kolumbien. Der Konzentration der Erzeugerländer steht die Konzentration der Verarbeitungskapazitäten gegenüber.

Die Qualität der Kakaobohnen ist nicht durch ihre Herkunft definiert, sondern durch die Qualität der Kakaobohne selbst, die vom richtigen Erntezeitpunkt, richtigen Fermentieren und Trocknung bestimmt wird. Qualitätsbeeinflussend kann auch der Transport und die Qualität der Lagerung sein. Die Qualitätskontrolle kann nur mehr im Nachhinein feststellen, ob all die Kriterien eingehalten wurden.

Möglichkeiten des Tests sind richtige Musterziehung, Geruch, optische Prüfung und Schnitttest. Durch den Schnitttest kann ein erfahrener Labor- und Qualitätsverantwortlicher die Geschichte der Bohne erkennen. Der Schnitttest ist international anerkannt und beinhaltet das Durchschneiden von 100 Bohnen und die daraus abzulesenden Defekte. Weitere Qualitätsparameter sind das 100-Bohnen-Gewicht und auch der Kakaobutter-Prozentsatz.

Kakao wird nicht nur für die Schokoladenerzeugung verwendet, sondern ist auch Bestandteil in vielen anderen Lebensmittelerzeugnissen als Kakaopulver beziehungsweise als Kakaobutter. Durch die Reinigung der Rohkakaobohnen und Entfernung der Schalenanteile nach dem Röstvorgang produziert man die Kakaomasse. Durch Auspressen der Kakaomasse unter hohem Druck erhält man die Kakaobutter, übrig bleibt der Kakaopresskuchen. Durch die Zerkleinerung und Vermahlung des Kakaopresskuchens erhält man das Kakaopulver.

Die unterschiedliche Nachfrage nach den Einzelkomponenten hat auch Einfluss auf die Kakaopreisfindung. Die Ratio vom Preis Kakaobutter – Kakaomasse/Pulver macht das Handeln schwierig. Der unterschiedliche Preis der beiden Komponenten wird rein nach Angebot und Nachfrage bestimmt.

Welche zusätzlichen Zertifikate gibt es und wie würden Sie diese einfach und kurz beschreiben? Welche Nachweise muss man erbringen bei Labels wie Fairtrade, UTZ, halal, koscher?

von Marcel Leemann

Wie schon zuvor beschrieben, geht es beim ökologischen Anbau vor allem um die Art der Bewirtschaftung des Bodens und der Bäume. Das heißt, die Pflanze und der Boden stehen im Mittelpunkt. Bei den meisten anderen möglichen Zertifikaten, welche man für Kakao erlangen kann, steht eher der Mensch im Mittelpunkt.

Fairtrade, fairer Handel oder auch Max Havelaar sind einige der ersten ethischen Zertifizierungen, die für Kakao entstanden sind. Dabei geht es grundsätzlich darum, dass die Erzeuger, also die Bauern, einen gerechten Preis für ihren Kakao bekommen. Dies einerseits, indem für jede Tonne Kakao eine bestimmte Prämie bezahlt werden muss und indem anderseits ein Minimumpreis definiert wird, welcher immer bezahlt werden muss, auch wenn der Preis des an der Börse gehandelten Kakaos tiefer ist. Die Fairtrade-Prämie muss zweckgebunden eingesetzt werden, um die Bedingungen der Bauern zu verbessern. Das bedeutet, dass damit Investitionen in Infrastruktur, Bildung und Zukunft der Kakaokooperativen getätigt werden müssen.

Dieses System führt zu viel mehr Planungssicherheit bei den Bauern und schützt vor allem vor finanziell schlechten Jahren. Natürlich gibt es auch bei diesem System Kritiker, welche einwenden, dass es nicht den Bedingungen des freien Marktes folge und dass die in den genannten Kooperativen versammelten Bauern eher dazu neigen würden, Qualität oder Quantität ihres Produktes nicht zu steigern.

Genau wie bei der Bio-Zertifizierung wird auch bei der Fairtrade-Zertifizierung verlangt, dass die gesamte Lieferkette durch eine unabhängige Zertifizierungsstelle kontrolliert wird und bei allfälligen Abweichungen Verbesserungsmaßnahmen getroffen werden müssen.

Ein im Kakaoanbau neueres Label ist die UTZ-Zertifizierung. UTZ ist ein Wort aus der Maya-Sprache und bedeutet nichts anders als „gut". Im UTZ-System geht es nicht um garantierte Minimumpreise, sondern es richtet sich klar an die gute Landwirtschaftspraxis. Dies bedeutet, dass die Prämien und Zertifizierungsgelder dazu verwendet werden, die Qualität und Quantität der Bäume und Früchte zu verbessern, wodurch der Bauer einen besseren Preis für seine Ernte erzielen kann. Das ganze UTZ-System ist somit sicherlich das marktorientierteste System der ethischen oder nachhaltigen Systeme.

Selbstverständlich gibt es neben den bekanntesten Zertifizierungen wie biologisch, Fairtrade oder UTZ auch noch sehr viele andere Zertifizierungen, die zumeist von privaten Organisationen oder von sogenannten NGOs aufgebaut worden sind. Diese Zertifizierungen unterscheiden sich in der Ausrichtung ein wenig und beruhen auf verschiedenen Schwerpunkten. So gibt es auch den biologisch-dynamischen Anbau, Rainforest Alliance, die World Fairtrade Organisation und viele andere mehr.

Neben allen ethischen und nachhaltigen Zertifizierungen gibt es auch noch Zertifizierungen, die auf Glaubensvorschriften beruhen. Die beiden bekanntesten sind hierbei die Vorschriften für die koschere Produktion im jüdischen Glauben und diejenige der Halal-Produktion im Islam. Beide Zertifizierungen sind sehr ähnlich. Entscheidend ist, dass nur erlaubte Rohstoffe und Lebensmittel gegessen werden dürfen und dass diese Rohstoffe, beginnend beim Anbau bis zum fertigen Produkt keinen Kontakt mit nicht erlaubten Rohstoffen oder Lebensmitteln haben dürfen. Bei der Halal-Zertifizierung ist das bekannteste Beispiel, dass die Produkte keinen Alkohol enthalten dürfen und keinerlei Berührung mit Schweinefleisch haben dürfen. Bei der Koscher-Zertifizierung ist es unter anderem die Trennung zwischen tierischen und pflanzlichen Produkten.

Grundsätzlich ist Kakao als pflanzliches Nahrungsmittel sowohl koscher als auch halal. Bei der Schokoladenproduktion muss aber darauf geachtet werden, dass keiner der Rohstoffe wie zum Beispiel Milchpulver, pflanzliche Fette und vieles mehr in Kontakt mit nicht erlaubten Rohstoffen gekommen ist, was in einer Molkerei oder in einer Fettfabrik durchaus geschehen könnte. In der Schokoladenproduktion selbst ist die Reinigung sehr wichtig, da normalerweise auf den gleichen Anlagen koschere und nicht koschere genauso wie halal und nicht halal (haram) Produkte verarbeitet werden.

Wie würde man Bio-Kakao beschreiben, was ist hier anders als bei herkömmlich gehandeltem Kakao?

Grundsätzlich ist zu definieren, was „bio" oder „biologisch angebaut" überhaupt bedeutet. Nach europäischem Gesetz ist selbstverständlich der Begriff „biologisch", oder „ökologisch" genau definiert und daher auch sehr streng reglementiert. Als „bio" darf nur verkauft werden, was auch bio-zertifiziert und von einer unabhängigen Kontrollstelle geprüft worden ist. Da der Kakaoanbau aber immer noch oft in sehr abgelegenen Gegenden und nach alter Tradition durchgeführt wird, dürfen wir dies nicht so verallgemeinern.

Das bedeutet, dass „bio" keine neue Erfindung ist, sondern eigentlich nur ein Weg zurück, es entspricht weitgehend dem, wie Bauern bereits seit Jahrhunderten ihre Produkte angebaut haben. Es handelt sich dabei um ein Hören auf die Natur, ein Achten darauf, dass die Natur nicht ausgebeutet wird. Und es geht um den Versuch, die Pflanzen zu verstehen und zu helfen, dass sie gut wachsen können. Keine Ausbeutung des Bodens, so dass dieser immer genutzt werden kann, ohne Verschleißerscheinung.

Erst seit der Verwendung von Pestiziden und Insektiziden wie auch der exzessiven Nutzung beziehungsweise Übernutzung der Böden ist nun der Begriff „biologisch" aufgetaucht, da bei der neuen Art der Bewirtschaftung des Landes immer mehr chemische und künstliche Mittel benötigt werden, um die Ernte zu schützen und die Erträge von Jahr zu Jahr zu steigern. Dies bedeutet, dass der ursprüngliche landwirtschaftliche Anbau von Kakao schon immer den Regeln des ökologischen Anbaus gefolgt ist. Heute wird jedoch ein deutlich höherer Ertrag gefordert und dadurch muss oft auf künstliche Weise nachgeholfen werden. Dies geschieht oft durch den Einsatz von chemischen Insektiziden und Pestiziden und bei verschiedenen Kulturpflanzen auch durch den Einsatz von gentechnisch veränderten Pflanzen (letzteres allerdings beim Kakao noch nicht).

Da diese neuen Anbautechniken nicht immer gut für die Natur sind oder auch in gewissen Fachkreisen als schädlich für die Menschen angesehen werden, gibt es eine Gegenbewegung, die wieder mehr die Natur in den Vordergrund stellen möchte.

Nun reicht es aber nicht, für solche biologischen Produkte einfach den Anbau zu reglementieren, sondern man muss über die gesamte Verarbeitungskette garantieren können, dass keine Kontamination mit unerwünschten Substanzen geschieht. Dies bedeutet, dass in der ganzen Produktionskette vom Kakaobaum über die Fermentation, Trocknung, Lagerung und Verschiffung bis zum Schokoladenproduzenten der biologische Kakao getrennt vom konventionellen Kakao behandelt werden muss.

Da der biologische Anbau sicherlich der natürlichere und mit größter Wahrscheinlichkeit auch der gesündere und nachhaltigere Weg ist, um Kakao anzupflanzen, wäre es sinnvoll, wenn alle Bauern auf die biologische Landwirtschaft umstellen würden. Dies ist aber nicht einfach zu bewerkstelligen. Zum einen darf man nicht einfach aufhören, den Boden und die Bäume mit verbotenen Substanzen zu behandeln und den Kakao bereits als biologisch zu verkaufen, da eine Übergangsfrist von drei Jahren gilt, bis der Kakao auch als wirklich ökologisch angebaut gilt. Zum anderen muss der Bauer sehr viel Wissen in der natürlichen Schädlingsbekämpfung haben, um allfälligen Befall seiner Bäume und Ernte so früh wie möglich und auch so gut wie möglich verhindern zu können. Oft sind auch die Kakaosorten nicht geeignet für den biologischen Anbau und es muss daher nach geeigneten Kreuzungen gesucht werden, die widerstandsfähiger sind. Ansonsten muss der Bauer einfach sehr oft seine Bäume kontrollieren und befallene Früchte so schnell wie möglich vom Stamm schneiden.

Ganz grundsätzlich kann man sagen, dass der bei weitem größte Teil des biologisch angebauten Kakaos aus Südamerika stammt, da der Kakaoanbau dort schon sehr lange gepflegt wird und da der Gebrauch von Pestiziden oder Insektiziden im kleinbäuerlichen Anbau nie üblich war.

Über Geschmack lässt sich bekanntlich streiten und somit kann man bis heute nicht mit hundertprozentiger Sicherheit sagen, ob man sensorisch einen Geschmacksunterschied zwischen biologisch angebautem und konventionell angebautem Kakao schmecken kann. Da der meiste biologisch angebaute Kakao aber aus Lateinamerika kommt und zumeist aus den edleren Kakaosorten Criollo und Trinitario gewonnen wird, sind im Durchschnitt auch die biologischen Kakaos gehaltvoller und zeigen einen facettenreicheren Geschmack als die konventionellen Kakaos aus Afrika

Rohkakao-Welterzeugung nach Kakaojahren
(1. 10. – 30. 9.) in 1000 Tonnen (Quelle: International cocoa Organisation)

Erzeugerland	2013/14	2014/15	2015/16	2016/17	2017/18
AFRIKA					
Cóte d´Iviore	1746	1796	1581	2000	2000
Ghana	897	740	778	970	880
Nigeria	248	195	200	245	240
Kamerun	211	232	211	245	240
Sonstige	97	111	153	145	130
Afrika gesamt	3199	3074	2923	3625	3490
AMERIKA					
Brasilien	228	230	141	174	170
Dominikanische Republik	70	82	80	57	70
Ecuador	232	261	232	270	260
Kolumbien	48	51	53	55	55
Mexico	30	28	30	30	30
Peru	81	92	105	115	120
Venezuela	18	16	18	18	22
Sonstige	18	17	19	20	21
Amerika gesamt	724	777	677	739	748
ASIEN & OZEANIEN					
Indonesien	375	325	320	290	260
Malaysia	6	7	7	6	6
Papua Neu Guinea	36	36	36	40	40
Sonstige	30	34	34	34	34
Asien & Ozeanien gesamt	447	400	397	379	349
GESAMT	4370	4251	3997	4743	4587

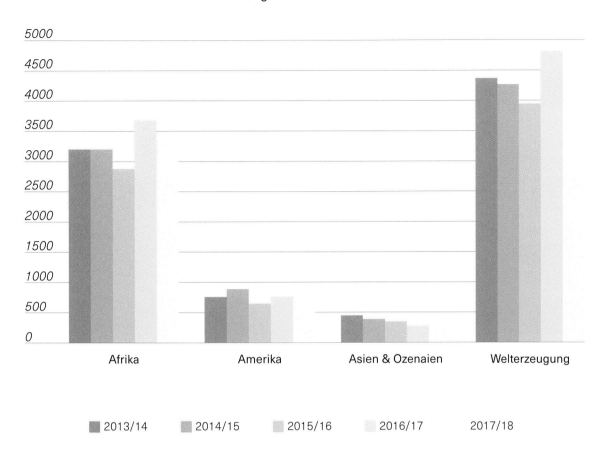

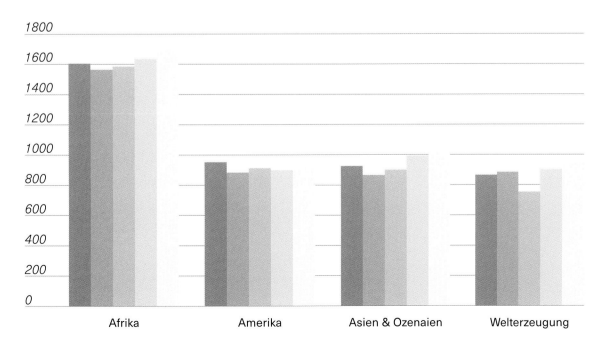

Rohkakao-Weltvermahlung nach Kakaojahren
(1. 10. – 30. 9.) in 1000 Tonnen (Quelle: International cocoa Organisation)

Erzeugerland	2013/14	2014/15	2015/16	2016/17	2017/18
EUROPA					
EU, darunter:	1461	1432	1483	1501	1545
Deutschland	412	415	430	410	425
Niederlande	530	501	534	565	585
Frankreich	135	130	138	143	143
Vereinigtes Königreich	75	62	50	50	52
Spanien	98	99	112	115	118
Russland	62	46	49	52	55
Schweiz	42	44	38	42	44
Ukraine	19	12	10	13	14
Sonstige	18	16	15	18	16
Europa gesamt	**1602**	**1549**	**1594**	**1627**	**1678**
AMERIKA					
USA	446	400	398	390	390
Brasilien	240	224	225	227	230
Kolumbien	47	50	45	45	45
Kanada	67	62	62	62	62
Mexiko	55	52	51	54	50
Ecuador	31	25	26	27	27
Peru	40	42	60	54	60
Dominikanische Republik	5	5	4	4	4
Venezuela	12	12	12	12	12
Sonstige	7	6	7	9	9
Amerika gesamt	**949**	**878**	**889**	**884**	**889**
ASIEN UND OZEANIEN					
Malaysia	259	195	194	216	225
Indonesien	340	335	382	455	476
Singapur	79	81	81	82	85
Japan	44	45	47	49	50
Volksrepublik China	43	34	33	28	18
Sonstige	160	159	139	159	160
Asien und Ozeanien gesamt	**924**	**849**	**876**	**989**	**1014**
AFRIKA					
Cóte d´Iviore	519	558	492	577	595
Ghana	234	234	202	250	280
Kamerun	32	29	29	34	35
Nigeria	60	45	35	30	30
Sonstige	14	10	10	10	11
Afrika gesamt	**860**	**876**	**768**	**901**	**951**
SUMME	**4335**	**4152**	**4127**	**4400**	**4531**

ZUCKER

Als Zucker wird ein süß schmeckendes, kristallines Lebensmittel bezeichnet. Hauptsächlich versteht man darunter Saccharose aus Rohr- und Rübenzucker.

Da der Ursprung des Zuckers Ostindien (6000 v. Chr.) ist, kommt auch das Wort Zucker aus dem Sanskrit, es bedeutete „Grieß, Geröll" und kam über das arabische Wort „sukkar" nach Europa.

Während in Ostindien der Zuckersaft ausschließlich aus dem Zuckerrohr gewonnen wurde, entwickelten die Perser (600 v. Chr.) bereits eine Art Raffination des Zuckers. In Rom war das Hauptsüßungsmittel der Traubensaft. Und nur reiche Patrizier konnten sich den Import des als Saccharum bezeichneten Zuckers aus Persien leisten. Mit den Kreuzfahrern gelangte Zucker auch nach Europa, blieb aber ein Luxusartikel. Die Spanier brachten mit Christoph Kolumbus das Zuckerrohr nach Santo Domingo in den Westindischen Antillen. Bis heute ist dort unter Führung Kubas das Herz der Weltzuckererzeugung. Die moderne Zuckerraffination wurde im 16. Jahrhundert entwickelt. In unseren Breitengraden setzte sich jedoch nicht das Zuckerrohr, sondern die Zuckerrübe durch. Bei seinen Untersuchungen über Pflanzensäfte entdeckte 1747 der Berliner Naturwissenschaftler Andreas S. Marggraf mit der Runkelrübe eine „Zuckerpflanze". Sein Schüler Franz C. Achard schuf 1798 die Grundlagen zur industriellen Zuckerproduktion. Um 1800 wurden weltweit ca. 250 000 Tonnen Rohrzucker hergestellt. Der erste Versuch, aus Rüben Zucker zu gewinnen, fand im Jahr 1810 unter dem Österreicher Dr. Johann Jassnüger an der k.u.k. Theresianischen Akademie statt. 1830 gab es in der k.u.k. Monarchie bereits insgesamt 19 Zuckerfabriken. 1840 erfand Jacob Rad aus Böhmen den Würfelzucker, er war Ausdruck des Beginns einer Epoche von Modernisierung und Rationalisierung. 1843 kam der bis heute berühmte Wiener Würfelzucker auf den Markt. Ab 1850 kam es zu industriell hergestelltem Zucker. Ein starker Preisverfall war eingetreten. Zucker wurde zum Gegenstand des täglichen Gebrauchs. Die Tagesproduktion in einigen Zuckerfabriken zu dieser Zeit betrug bereits 2500 Tonnen. Um 1900 betrug die weltweite jährliche Zuckerproduktion zirka 11 Millionen Tonnen. Die Hälfte davon war Rübenzucker. Auch in der Landwirtschaft war es gelungen, Rüben mit hohem Zuckergehalt zu züchten. Zucker hat heute als nachwachsender Rohstoff eine weltweite Bedeutung. In unserer Zeit wird Zucker auch energetisch verwertet und zur Herstellung von Bioethanol und anderen Biokraftstoffen verwendet. Auch Zucker zur Herstellung von „Bioplastik" gewinnt zunehmend an Bedeutung.

ZUCKER-ERZEUGUNG

Die Zuckerrüben werden nach der Ernte gereinigt und zerkleinert. Die entstehenden kleinen Rübenschnitzel werden in hohen Türmen zur Extraktion mit heißem Wasser versetzt. Es wird der Zucker-Rohsaft aus den Rüben herausgelöst. Mit Kalkmilch werden Nichtzuckerstoffe im Saft gebunden; der so geklärte, hellgelbe Zucker-Dünnsaft enthält etwa 16 % Saccharose. Das Wasser wird durch Verdampfungsmaschinen entzogen, bis ein Zucker-Dicksaft mit ca. 75 % Saccharose entsteht. Bei Unterdruck kann nun das restliche Wasser bereits bei Temperaturen von 70 Grad verdampfen. Bei hohen Temperaturen würde der Zucker karamellisieren. Zugesetzte Impfkristalle bewirken die Kristallisation. Dies wird je nach gewünschter Kristallgröße gesteuert. Große Zentrifugen lösen nun den anhaftenden Sirup (Melasse) von den Kristallen. Der weiße Zucker wird nun nochmals in Wasser gelöst und danach kristallisiert, sodass ein besonders reiner weißer Zucker entsteht (Raffinade).

ZUCKERSÜSSE VIELFALT

Zucker ist ein Produkt von vielfacher Bedeutung für den Menschen. Es erfüllt die Funktion der angenehmen, appetitanregenden Süßkraft, verlängert die Haltbarkeit von Lebensmitteln, ohne die Zugabe von Zusatzstoffen erforderlich zu machen, und hat als Hauptbestandteil vieler Lebensmittel auch eine bedeutsame wirtschaftliche Komponente.

Man unterscheidet grundsätzlich Einfach-, Doppel- und Mehrfachzucker

1/ Einfachzucker – Monosaccharide
Alle drei Monosaccharide haben eine Kette aus mindestens drei Kohlenstoffatomen als Grundgerüst. Sie sind die Bausteine aller Kohlenhydrate. Der Ausgangspunkt der meisten Einfachzucker in Lebensmitteln ist die Photosynthese.
Einfachzucker findet sich als:
Fructose (Fruchtzucker)
Glucose (Traubenzucker)
Galactose (Schleimzucker) in der Milch
in Lebensmitteln wie Obst, Honig und Süßigkeiten.

2/ Doppelzucker – Disaccharide
Zwei Monosaccharide ergeben ein Disaccharid.
Saccharose, Lactose und Maltose
Das wirtschaftlich wichtigste Disaccharid ist der Rohr- und Rübenzucker, die Saccharose. Diese wird heute industriell aus dem Zuckerrohr und aus Zuckerrüben gewonnen und stellt einen wichtigen Bestandteil der menschlichen Ernährung dar. Allen Disacchariden gemeinsam ist ihr süßer Geschmack, und vor allem Saccharose dient heute als Süßungsmittel in der menschlichen Ernährung.
Disaccharide sind farblose Feststoffe, die in Wasser leicht und in den meisten organischen Lösemitteln unlöslich sind.
Disaccharide kommen in tierischen Organismen selten vor. Die Ausnahmen sind die Trehalose in der Hämolymphe der meisten Insekten, sowie die Lactose in der Milch der Säugetiere. Sehr häufig sind Disaccharide in Pflanzen zu finden. Saccharose findet sich in Obst und vielen Frucht- und Gemüsesäften.

Struktur und Vorkommen von Disacchariden:

Name	chemische Verbindung
Cellobiose	Glucose-$(1\leftrightarrow4)$-Glucose
Isomaltose	Glucose-$(1\leftrightarrow6)$-Glucose
Lactose	Galactose-$(1\leftrightarrow4)$-Glucose
Laminaribiose	Glucose-$(1\leftrightarrow3)$-Glucose
Maltose	Glucose-$(1\leftrightarrow4)$-Glucose
Melibiose	Galactose-$(1\leftrightarrow6)$-Glucose
Nigerose	Glucose-$(1\leftrightarrow3)$-Glucose
Sophorose	Glucose-$(1\leftrightarrow2)$-Glucose
Saccharose	Glucose-$(1\leftrightarrow2)$-Fructose
Trehalose	Glucose-$,'-(1\leftrightarrow1)$-Glucose

Maltose findet sich nicht in freier Form, entsteht jedoch während des enzymatischen Abbaus von tärke, etwa bei der Verdauung. Ein bekanntes Spaltprodukt ist der Invertzucker, welcher der Hauptbestandteil des Honigs ist und zu gleichen Teilen aus Fructose und Glucose besteht und aus Saccharose (z. B. im Blüten-Nektar) gebildet wird.

Häufige Zweifachzucker:
Die beiden Monosaccharid-Einheiten des Disaccharides können auch an verschiedenen Stellen miteinander verbunden sein sowie an der Verbindungsstelle verschiedene Stereochemie aufweisen. Dadurch entsteht eine Vielzahl von Disacchariden.

Enzymatischer Abbau: In der Nahrung vorkommende Disaccharide können nicht direkt in den Blutkreislauf eintreten, sondern müssen zunächst zu Monosacchariden hydrolysiert (gespalten) werden. Die entsprechenden Abbau-Enzyme werden als „Disaccharidasen" bezeichnet. Sie sind beim Menschen und vielen Säugetieren in der Dünndarmschleimhaut lokalisiert. Beispiele solcher Hydrolasen sind die Maltassen, Lactasen und Invertasen.

Kandiszucker weiß wird aus einer Weißzuckerlösung in Form großer Kristalle gewonnen.

Kandiszucker braun wird aus einer teilweise karamellisierten Zuckerlösung in Form großer Kristalle gewonnen.

Gelbzucker haften Reste des Sirups an, aus dem er kristallisiert worden ist.

Braunzucker (Brauner Zucker) wird durch Kristallisation aus einer Mischung von teilweise karamellisierten Zuckersirupen und braunen Rohrzuckersirupen gewonnen.

Vollzucker oder Rohzucker wird aus Zuckerrüben oder Zuckerrohr unter möglichster Erhaltung der Inhaltsstoffe gewonnen.

Glukosesirup (Stärke): Gereinigte und konzentrierte Lösung von zur Ernährung geeigneten, aus Stärke und/oder Inulin gewonnenen Sacchariden.

Maltodextrin: Durch partielle Hydrolyse aus Stärke gewonnenes, gereinigtes und getrocknetes Erzeugnis von zur Ernährung geeigneten Sacchariden.

Dextrose: Traubenzucker, kristallwasserhaltig; gereinigte und kristallisierte D-Glukose mit einem Molekül Kristallwasser – führt bei Sportlern zur sofortigen Energiezufuhr.

Melasse ist ein brauner, zäher, klebriger Sirup, der als Nebenprodukt in der Zuckerproduktion entsteht. Melasse enthält ca. 65 % Zucker (Saccharose), Säuren, Vitamine, Salze. Sie kann nicht mehr kristallisiert werden. Man kann den Zucker noch mittels Chromatographie abtrennen.

Honig – Der wahre Meister unter den Zuckern

In einigen sehr hochwertigen Schokoladen wird Honig eingesetzt, der jedoch aufgrund seines Wassergehaltes sehr schwer zu verarbeiten ist.

Den höchsten Stellenwert hat Honig in der arabischen Welt. Die Königin von Saba schwor auf Zedernholzhonig, er soll auch in der Al Nassma-Schokolade enthalten sein. Er stellt in vielen Kulturen seit Jahrtausenden eines der natürlichsten und gesündesten Lebensmittel dar.

Schon in der Steinzeit nutzte der Mensch Honig als Nahrungsmittel, wie 9000 Jahre alte steinzeitliche Höhlenmalereien mit „Honigjägern" zeigen. Er war zunächst das einzige Süßungsmittel. Der Ursprung der Hausbienenhaltung mit Honiggewinnung wird im 7. Jahrtausend v. Chr. in Anatolien vermutet.
Bei Ausgrabungen von Pharaonengräbern in Ägypten wurde Honig als Grabbeigabe gefunden. Um 3000 v. Chr. galt im Alten Ägypten Honig als „Speise der Götter" und als Quelle der Unsterblichkeit: Ein Topf Honig hatte einen Wert vergleichbar dem eines Esels. Um 400 v. Chr. lehrte Hippokrates, dass Honigsalben Fieber senken und dass Honigwasser die Leistung der Athleten bei den antiken Olympischen Spielen verbessern würde.

Nach Augustinus ist der Honig ein Bild für die Zärtlichkeit Gottes und seine Güte. Im Koran wird die Heilwirkung des Honigs beschrieben. In der 16. Sure (an-Nahl, auf Deutsch: Die Biene), Vers 68–69, wird berichtet, dass „die Biene durch Eingebung den Befehl bekommen hat, von allen Früchten zu essen und dadurch Honig herzustellen und dass der Honig für den Menschen eine Heilwirkung besitzt". Im Jahr 2002 betrug die weltweite Honigproduktion 1.268.000 Tonnen. Haupterzeuger waren Asien (459.000 Tonnen), Europa (301.000 Tonnen), Mittel- und Nordamerika (210.000 Tonnen) und Südamerika (124.000 Tonnen).[2]

Das deutsche Wort Honig stammt von einem alten indogermanischen Begriff ab, der ihn der Farbe nach als den „Goldfarbenen" bezeichnet. Im Althochdeutschen hieß er honag nebst Varianten.
In anderen indogermanischen Sprachen finden sich die Entsprechungen zweier anderer Wurzeln. Die eine findet sich in Sanskrit *madhu* für „Honig, Met", litauisch medus „Honig" und tocharisch mit „Honig"; auch viele slawische Sprachen kennen den Begriff „med" für Honig. Hierauf geht wahrscheinlich auch die deutsche Bezeichnung Met für Honigwein zurück. In der lateinischen Sprache steht mel für Honig, wovon auch die entsprechenden Wörter in den modernen romanischen Sprachen abgeleitet sind.

Honig ist ein von Honigbienen zur eigenen Nahrungsvorsorge erzeugtes und vom Menschen genutztes Lebensmittel aus dem Nektar von Blüten oder den zuckerhaltigen Ausscheidungsprodukten verschiedener Insekten, dem sogenannten Honigtau (ev. das gesuchte „Manna").

Honig entsteht, indem Bienen Nektariensäfte oder auch andere süße Säfte an lebenden Pflanzen aufnehmen, mit körpereigenen Stoffen anreichern, in ihrem Körper verändern, in Waben speichern und dort reifen lassen. Die Hauptquelle ist der Nektar von Blütenpflanzen. Als weitere Quelle kommt in einigen, hauptsächlich gemäßigten Klimaregionen der Erde die gelegentliche Massenvermehrung verschiedener Rinden- und Schildläuse hinzu, bei der dann in ausreichenden Mengen Honigtau entsteht.

Gelangen Säuren, Enzyme und sonstige Eiweiße aus der Biene in den Nektar, bewirken sie eine Invertierung der Saccharose, Isomerisierung von Glucose zu Fructose und die Bildung höherer Saccharide.

Außerdem wird der Nektar eingedickt und es entstehen sogenannte Inhibine; eine allgemeine Bezeichnung für Stoffe, die das Wachstum von Hefen und Bakterien hemmen. Die Reduzierung des Wassergehalts erfolgt in zwei Schritten: Zuerst wird ein Tropfen Nektar über den Rüssel mehrfach herausgelassen und wieder eingesaugt. Danach, ab einem Wassergehalt von 30 bis 40 %, wird der so schon bearbeitete und etwas eingedickte Nektar über und auch in dem Brutnest in leeren Wabenzellen ausgebreitet. Die Zellen werden dabei nur teilweise gefüllt, um eine möglichst große Verdunstungsfläche zu erzeugen. Die weitere Verdunstung des Wassers wird jetzt durch Fächeln mit den Flügeln beschleunigt.
Schließlich wird ein Wassergehalt von unter 20 % erreicht, meist 18 % oder sogar noch etwas geringer. Damit ist der Trocknungsvorgang des Honigs durch die Bienen abgeschlossen.
Der jetzt fertige Honig wird noch einmal umgetragen und in Lagerzellen über dem Brutnest eingelagert, wobei er mit einer luftundurchlässigen Wachsschicht überzogen wird. Imker bezeichnen diesen Vorgang als Verdeckeln. Er ist für sie das Zeichen, dass der Honig reif ist und geerntet werden kann.
Honig entsteht generell erst dann, wenn eine ausreichende Menge pro Zeiteinheit von den Sammelbienen in den Bienenstock heimgebracht wird. Diese muss über dem laufenden Eigenverbrauch, der zur Ernährung des Bienenvolks und zur Aufzucht der Brut notwendig ist, liegen.
Neben anderen Bienenprodukten wird Honig auch in der Naturheilkunde im Rahmen der Apitherapie als Heilmittel eingesetzt.
Honig wirkt leicht entzündungshemmend, so dass Schwellungen, erhöhte Temperatur und lokaler Schmerz zurückgehen. Er fördert das Wachstum von Fibroblasten, wodurch eine Wunde gleichmäßiger heilt wird und es zu weniger Narbenbildung kommt. Er wird etwa als Wundauflage benutzt, da er leicht antiseptisch wirkt und zudem in Wunden vorhandenes totes Gewebe abbaut. Honig wirkt bei Husten und Magen-Darm-Erkrankungen. Honig ist ein wahres Wundermittel der Natur.

Hauptsächlich besteht Honig aus den Zuckerarten Fructose (Fruchtzucker, 27 bis 44 %) und Glucose (Traubenzucker, 22 bis 41 %) sowie Wasser (15 bis 21 %). Daneben enthält Honig in geringen Mengen Saccharose, Maltose, Pollen, Mineralstoffe, Proteine, Enzyme, Aminosäuren, Vitamine, Farb- und Aromastoffe.
Der ernährungsphysiologische Wert des Honigs ergibt sich in erster Linie aus dem hohen Zuckergehalt, daneben aus den enthaltenen Mineralstoffen und Enzymen und Vitaminen.
Bestimmte Honigsorten aus Gebirgsgegenden (z.B. Iran) weisen einen hohen Vitamin-C-Gehalt auf.
Die relativ lange Haltbarkeit der meisten Honige beruht auf ihrem hohen Zucker- und dem geringen Wassergehalt, die verhindern, dass sich Bakterien und andere Mikroorganismen (z. B. Hefen) vermehren können, indem diese osmotisch gehemmt werden.
Honig bleibt über Monate oder sogar Jahre flüssig. Auskristallisierter Honig kann durch Erwärmen wieder verflüssigt werden; eine längere Lagerung bei hohen Temperaturen führt allerdings zu einer schnelleren Alterung, und eine Erwärmung über 40 Grad zerstört wichtige, ernährungsphysiologisch wertvolle Inhaltsstoffe.

Enthaltene Vitamine und Spurenelemente im Honig: Vitamin C, Vitamin B2, Vitamin B6, Pantothensäure, Calcium, Magnesium, Phosphor, Eisen, Zink und viele Aminosäureverbindungen. Honig ist die wertvollste Art von Zucker, die es gibt, dies wusste man schon vor vielen tausenden Jahren.

3/ Mehr- bzw. Vielfachzucker – Polysaccharide

sind Kohlenhydrate, in denen eine große Anzahl (mindestens elf bis über 500) Monosaccharide (Einfachzucker) über eine glycosidische Bindung verbunden sind.
Glykogen, Stärke (Amylose und Amylopektin), Pektine, Chitin, Callose und Cellulose. Polysaccharide spielen für Pflanzen und Tiere eine wichtige Rolle als Schleimstoffe, Reservestoffe und Nährstoffe.

Sie sind zum Beispiel in Getreidekörnern und Kartoffeln vorzufinden. Pflanzliche Zellwände bestehen zu über 50 % aus Cellulose.

Zwei Polysaccharide machen den größten Anteil an der Biomasse aus: Stärke und Cellulose.
Beide sind aus jeweils nur einer Art von Monosacchariden aufgebaut. Stärke ist die Hauptspeicher-

form der stoffwechselaktiven Glucose und besteht aus den zwei Strukturen Amylose und Amylopektin. Cellulose hingegen weist eine durchgehend einheitliche Struktur aus.

Weitere Beispiele sind Chitin, der Hauptbestandteil von Insekten und Gliederfüßern.

Gesundheitliche Aspekte

Die orale Aufnahme von Monosacchariden führt zu einem raschen Anstieg des Blutzuckerspiegels und bewirkt somit eine direkte Energiezufuhr.

Traubenzucker ist bei Sportlern sehr beliebt.
Man empfiehlt, nur 10 % der Gesamtenergiemenge durch Einfach- bzw. Zweifachzucker aufzunehmen. Vielfachzucker wie z.B. Stärke gelten als besser geeignet, den Bedarf an Kohlenhydraten zu decken, da sie im Magen-Darm-Trakt in Einzelzucker umgewandelt werden müssen, was zu einer deutlich langsameren Aufnahme ins Blut führt.

Die Hauptaufgabe von einigen Polysacchariden ist – neben dem Schutz vor Austrocknung der Zelle – die Zell-Zell-Kommunikation, die besonders für das Immunsystem eines Organismus von Bedeutung ist.

Veränderte Arbeits- und Lebensbedingungen bewirken, dass Zivilisationskrankheiten auf dem Vormarsch sind. Zu hoher Zuckerkonsum spielt hierbei auch eine wesentliche Rolle. Jedoch ist grundsätzlich festzuhalten, dass das Gleichgewicht zwischen Energieaufnahme und Energieverbrauch von Ernährung und Bewegung aus dem Lot geraten ist.
Es soll grundsätzlich darauf geachtet werden, Lebensmittel mit einem niedrigen Zuckeranteil zu konsumieren. Zucker ist ein natürlicher Rohstoff, ohne ihn würde die Schokolade nicht schmecken.
Zucker, in „normalem" Maße zu sich genommen, verursacht keine Krankheiten.
Honig ist die wahrlich gesündeste Form des Zuckers.

Zuckenaustauschstoffe – Süssstoffe

Süssstoffe sind süß schmeckende Verbindungen, meist Polyole (sogenannte Zuckeralkohole), die einen geringeren Einfluss auf den Blutzuckerspiegel haben als Haushaltszucker (Saccharose), da sie insulinunabhängig verstoffwechselt werden.

Daher werden sie in der Diabetikerernährung verwendet. Auch findet man sie in Kaugummis, Zahnpasta etc., da sie in der Regel nicht kariogen (kariesfördernd) wirken. Zuckeraustauschstoffe gehören mit Süßstoffen zu den Zuckerersatzstoffen.

Sie werden u. a. aus Früchten und Gemüse gewonnen. Aus gesundheitlicher Sicht sind sie unbedenklich. Zuckeralkohole können jedoch in größeren Mengen (mehr als 20 bis 30 g pro Tag) abführend wirken, weil sie im Darmtrakt nur langsam resorbiert werden, dort Wasser binden und so den Stuhl verflüssigen.

Einige Zuckeraustauschstoffe sind:
Sorbit (E 420)
Mannit (E 421)
Isomalt (E 953)
Maltit (E 965)

Süßstoffe hingegen sind synthetisch hergestellte oder natürliche Ersatzstoffe für Zucker, die dessen Süßkraft erheblich übertreffen. Sie haben keinen oder einen sehr geringen physiologischen Brennwert (Kalorien). Die Süßkraft der Süßstoffe wird immer auf Saccharose mit der Süßkraft 1 bezogen. Viele Süßstoffe sind in der EU nicht zugelassen.

Zur geschmacklichen Verbesserung werden Saccharose-basierte Süßstoffe häufig mit anderen Süßstoffen oder mit Zuckeraustauschstoffen kombiniert.
In reiner Form genossen, können Süßstoffe z. T. Lakritz-, Menthol- oder Sauergeschmäcker aufweisen.
Das vom deutschen Zuckerchemiker Constantin Fahlberg gefundene „Saccharin" ist der älteste künstliche Süßstoff. Es kam 1885 erstmals auf den Markt. Als es um 1900 dem Zucker Konkurrenz zu machen begann, wurde es auf Druck der Zuckerindustrie in verschiedenen Staaten unter Apothekenzwang gestellt, sodass es nur noch gegen ein Arztzeugnis (zum Beispiel für Diabetiker) erhältlich war.
Ebenso wie Saccharin wurde Cyclamat 1937 durch Zufall bei der Suche nach einem fiebersenkenden Arzneimittel entdeckt, als ein Chemiker bemerkte, dass eine auf dem Labortisch abgelegte Zigarette süß schmeckte. In den beiden Weltkriegen ersetzten Süßstoffe teilweise den damals knappen Zucker. Der Süßstoff Sucrononsäure mit der sehr hohen Süßkraft von 200.000 wurde 1990 synthetisiert, kam jedoch bisher nicht auf den Markt.

Gesundheitliche Bewertung:
Über die Langzeitwirkung des Einsatzes von Süßstoffen, insbesondere von deren Kombinationen, gibt es bisher wenig gesicherte Erkenntnisse. Studien zu möglichen gesundheitsschädlichen Wirkungen gelangten zu unterschiedlichen Ergebnissen und sind weiterhin in heftiger öffentlicher Diskussion.
Das Bundesinstitut für Risikobewertung hält den Einsatz der innerhalb der EU zugelassenen Süßstoffe für gesundheitlich unbedenklich, sofern die jeweiligen Höchstmengen nicht überschritten werden.

ADI der in der EU zugelassenen Süßstoffe:
Acesulfam (E 950)
Aspartam (E 951)
Aspartam-Acesulfam-Salz (E 962)
Cyclamat (E 952)
Neohesperidin (E 959)
Saccharin (E 954)
Sucralose (E 955)
Steviosid (E 960)

Eine Studie von 2013 kam zu dem Schluss, dass noch keine evidenzbasierte Empfehlung für oder gegen Süßstoffe ausgesprochen werden könne und dass Süßstoffe zwar als diätetisches Hilfsmittel für Diabetespatienten oder bei einer auf Gewichtsreduktion ausgerichteten Ernährung hilfreich sein mögen, dass aber für eine optimale Gesundheit zu empfehlen sei, nur geringe Mengen von Zucker und Süßstoffen zu konsumieren.
Süßstoffe werden nach dem Verzehr vom menschlichen Körper ausgeschieden und gelangen über Kläranlagen, wo sie meist nur unvollständig abgebaut werden, in die Umwelt. Ihre dortigen Auswirkungen sind derzeit noch nicht absehbar. In Rhein, Neckar, Donau und Main wurden Süßstoffkonzentrationen im zwei- bis dreistelligen Nanogramm-pro-Liter-Bereich (Saccharin, Cyclamat, Sucralose) bzw. drei- bis vierstelligen Nanogramm-pro-Liter-Bereich (Acesulfam) nachgewiesen. Der Süßstoff Acesulfam ist dabei mit mehr als zwei Mikrogramm in deutschem Oberflächenwasser der künstliche Süßstoff mit der höchsten Konzentration.

Die Stiftung Warentest verwendet den Nachweis von Süßstoffen im Mineralwasser als Indikator für oberirdische Verunreinigungen: „Werden Süßstoffe im Mineralwasser nachgewiesen, deutet das darauf hin, dass Mineralwasserquellen nicht genügend geschützt sind und Wasser aus oberen Schichten eindringt."

> Ich lehne die Verwendung von Süßungsmitteln kategorisch ab, sie haben auch in der Schokolade keinen Platz!

Aufgrund der großen öffentlichen Diskussion wollen wir auch kurz auf Stevia eingehen.

Stevia ist ein aus der Pflanze Stevia rebaudiana („Süßkraut", auch „Honigkraut") gewonnenes Stoffgemisch, das als Süßstoff verwendet wird. Dem lakritzartigen Geschmack der Pflanze wird bei der Herstellung des Süßstoffgemisches durch Isolierung der süßenden Bestandteile und anschließende Komposition entgegengewirkt.

Steviaprodukte können – als reines Rebaudiosid A – eine bis zu 450fache Süßkraft von Zucker haben.

Stevia ist eine in Südamerika beheimatete Pflanze, die als Staude im Gebiet der Amambai-Bergkette im paraguayisch-brasilianischen Grenzgebiet wächst. Die stark süßende Wirkung war bereits den Ureinwohnern bekannt. 1887 entdeckte Moises Giacomo Bertoni, ein Schweizer Botaniker, Stevia und erkannte die süßende Wirkung: „Bertoni hatte schon 1901 beschrieben, dass ein paar kleine Blätter ausreichend sind, um eine Tasse starken Kaffees oder Tees zu süßen." In den 1920er Jahren wurde Stevia in großen Plantagen in Brasilien und Paraguay kultiviert. 1931 wurden in Europa erste physiologische Studien von Pomeret und Lavieille veröffentlicht. Diese belegten, dass Steviosi de bei Kaninchen, Meerschweinchen und Hühnern nicht toxisch sind und nicht resorbiert werden. In Europa begann der Stevia-Anbau spätestens während des Zweiten Weltkriegs, unter der Leitung der Royal Botanical Gardens in Kiew, aber das Projekt wurde in der Zeit nach dem Krieg aufgegeben. 1954 begann in Japan der Stevia-Anbau in Treibhäusern, und 1971 wurde von Morita Kagaku Kogyo, einem der führenden Extraktherstellern in Japan, erstmals ein Stevia-Extrakt als Zuckerersatzstoff in Japan zugelassen. Ebenfalls in den 1970er Jahren wurde Stevia in China bekannt. 1981 betrug der Verbrauch in Japan bereits 2000 Tonnen.

Stevia wird in vielen Gebieten Süd- u. Zentralamerikas, Israels, Thailands und der Volksrepublik China zur Süßstoffgewinnung angebaut und verwendet. Auch in Japan sowie seit Oktober 2008 in Neuseeland und Australien ist Stevia zugelassen.

In Rumänien wird die ebenfalls als Stevia bezeichnete Pflanze Rumex patientia seit Jahrhunderten in der traditionellen Küche verwendet und ähnlich wie Spinat oder Brennnessel zubereitet (gekocht, gebraten, Aufläufe, Rouladen – Sarmale etc.). Die Pflanze gehört zur Gattung Rumex (Ampfer) und ist nicht mit Stevia rebaudiana verwandt.

Schokolade ohne Zucker / Schokolade mit Stevia

Es gibt verschiedene Schokoladen ohne Zucker. Für Puristen gibt es mittlerweile einige Tafeln mit einem Kakaoanteil von 100 Prozent. Rechtlich gesehen darf ein solches Produkt eigentlich nicht Schokolade genannt werden, da jede Schokolade Zucker oder eine andere Zuckerart enthalten muss, jedoch werden solche 100%-Kakao-Tafeln wie Schokoladen gegessen. Solche reinen Kakaotafeln schmecken jedoch anders als reine Kakaomasse, wie sie nach dem Rösten schmeckt, da dieser Kakao oft trotzdem conchiert wird und manchmal auch noch zur Abrundung etwas Vanille eingesetzt wird. Natürlich ist dies die gesündeste Art, Kakao zu konsumieren, und solche Produkte sind zum Beispiel auch von Diabetikern bedenkenlos zu essen. Jedoch muss man dafür Kakao sehr gerne haben, und ich wage zu behaupten, dass der größte Teil der Weltbevölkerung solche reinen Kakaoprodukte nicht mag, da sie sauer, bitter und auch sehr stark sind.

Speziell für Diabetiker gedacht und mittlerweile auch von Personen gegessen, die weniger Kalorien zu sich nehmen wollen, sind Schokoladen, bei welchen der Zucker durch andere süße Stoffe ersetzt worden ist. Am häufigsten werden dazu künstlich hergestellte Zuckeraustauschstoffe verwendet. Diese sogenannten Polyole (oder Zuckeralkohole) werden vom menschlichen Körper nicht aufgenommen, womit sie auch keine Insulinantwort auslösen sollten und somit für den Konsum von zuckerkranken Personen geeignet sind. Es gibt viele verschiedene solcher Zuckeralkohole. Es gibt solche, die vom Geschmack her ganz ähnlich wie Zucker, aber weniger süß sind; wiederum andere sind gleich süß wie Zucker, schmecken aber anders oder fühlen sich im Mund kühlend an. Um eine Schokolade ohne Zucker herstellen zu können, die trotzdem wie eine zuckerhaltige Schokolade schmecken soll, braucht es viel Erfahrung und ein optimales Verhältnis dieser Zuckeraustauschstoffe.

Oftmals werden noch künstliche Süßungsmittel wie Aspartam, Acesulfam oder Sucralose dazu gegeben, um die gleiche Süße wie von herkömmlichem Zucker zu erzielen. Alle diese Zuckeraustauschstoffe und Süßungsmittel sind aber umstritten, da es immer wieder widersprüchliche Studien gibt und man nicht eindeutig sagen kann, ob der Nutzen solcher Produkte auch wirklich überwiegt oder nicht.

Während man wie bei vielen Diät-, Light- oder Diabetiker-Produkten lange danach gestrebt hat, die konventionellen Produkte in Geschmack und Textur möglichst zu kopieren, unabhängig davon, wie viele Zutaten dazu benötigt werden, zeichnet sich momentan eher der Trend ab, möglichst wenig Zusatzstoffe einzusetzen. Das heißt, dass das sogenannte „Clean Labelling" immer wichtiger wird.

Dies hat dazu geführt, dass immer mehr Schokoladen heute mit natürlichen Zuckern gesüßt werden, indem der Rüben- oder Rohrzucker durch Fruchtzucker, Agavendicksaft oder Kokosblütenzucker ersetzt wird.

In aller Munde ist aktuell die Steviapflanze, deren Blätter eine sehr hohe Süßkraft aufweisen und mit deren Hilfe man somit Produkte natürlich süßen kann. Allerdings kann und darf man einer Schokolade nicht einfach deren Blätter zugegeben, sondern man gibt die chemisch extrahierten Steviolglykoside der Schokolade zu, womit diese Süße wiederum nicht mehr ganz so natürlich ist.

Schlussendlich kann man sagen, dass der Trend zu zuckerfreien Schokoladen eher wieder am Zurückgehen ist, da die heutigen Empfehlungen für Diabetiker wieder dahin gehen, dass auch zuckerkranke Personen zuckerhaltige Schokoladen essen sollen, allerdings in vernünftigem Maße. Dies liegt daran, dass auch zuckerhaltige Schokoladen einen eher tiefen glykämischen Index haben und somit für den Verzehr nicht so problematisch sind.

Bei mit Stevia produzierter Schokolade müssen die Rezepturen umfassend modifiziert werden, weil die Stevia-Süßstoffe im Vergleich mit Kristallzucker ein viel geringeres Volumen haben. Im Frühjahr 2012 brachte der belgische Hersteller Cavalier zusammen mit dem Schweizer Unternehmen Barry Callebaut eine Schokolade auf den Markt, die mit Stevia-Extrakt anstatt Zucker gesüßt ist.

Aus unserer Sicht wird in der Schokoladewelt weiterhin Zucker als Füll-, Geschmacks- und Süßstoff verwendet werden.

Wirtschaftliche Fakten / Zahlen

Der Weltmarktpreis von Zucker 2017 beträgt ca. $ 530 pro Tonne Weißzucker. Die Preisdifferenz zum europäischen Zuckerpreis bekommen die zuckerverarbeitenden Großbetriebe in Europa immer als Agrarförderung abgegolten (größte Agrarförderung in Österreich Rauch / RedBull)
Weltweit wird ungefähr 80 % Rohrzucker und 20 % Rübenzucker erzeugt. Zucker wird auch immer mehr zur Ethanolerzeugung verwendet. In Brasilien wird Ethanol aus Zuckerrohr erzeugt und deckt einen Großteil des Treibstoffbedarfs.

Weltzuckerhandel:
Zwei Drittel des weltweit erzeugten Zuckers werden direkt in den Erzeugerländern verbraucht. Nur ein Drittel des Zuckers wird auf dem sogenannten Weltmarkt gehandelt.

Im Wirtschaftsjahr 2015/16 beträgt die Gesamtmenge des weltweiten Handelsvolumens rund 65 Mio. t. Davon werden rund 9 Mio. t über Präferenzabkommen oder vergleichbare Regelungen abgewickelt. Auf dem „freien Weltmarkt" werden somit rund 56 Mio. t. Zucker bzw. 32 Prozent der Weltzuckererzeugung gehandelt. Hauptbörsenplätze sind London und New York.

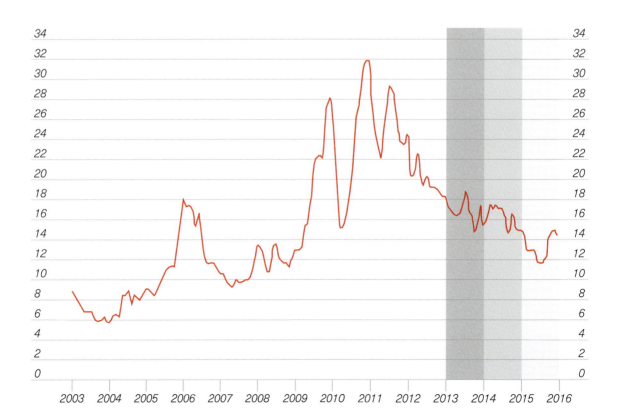

Weltmarktpreise für Rohzucker
(in S cts/lb)

Weltzuckererzeugung
(in 1000 t Rohwert, Quelle: F.O. Licht)

Erzeugerland	2013/14	2014/15	2015/16
EU	17 101	19 061	14 957
Europa	27 647	30 294	25 923
Nordamerika	22 172	22 664	22 622
Südamerika	47 398	43 088	46 853
Amerika	69 570	65 752	69 475
Asien	68 503	69 107	64 844
Afrika	11 325	11 206	11 569
Ozeanien	44 302	45 370	45 092
Insgesamt	**181 347**	**181 729**	**176 903**

Weltzuckerabsatz
(in 1000 t Rohwert, Quelle: F.O. Licht)

Erzeugerland	2013/14	2014/15	2015/16
EU	19 267	19 281	19 333
Europa	31 328	31 208	31 198
Nordamerika	20 721	20 853	21 077
Südamerika	21 261	21 210	21 225
Amerika	41 982	42 063	42 302
Asien	81 353	83 545	85 535
Afrika	19 630	20 330	20 913
Ozeanien	1 704	1 705	1 710
Insgesamt	**175 997**	**178 851**	**181 658**

MILCH

Hier hatte ich die Unterstützung von Ing. Werner Lorenz und Dr. Johann Tanzer. Der deutlich höchste Anteil an Schokoladeprodukten weltweit sind solche mit Milchanteil. Deshalb widmen wir uns diesem Rohstoff auch ausführlich, da er für Qualität und Geschmack der Schokolade eine entscheidende Rolle spielt.

Die Nutzung von Milch verschiedener Säugetiere und der aus ihr gewonnenen Produkte zur Abdeckung des eigenen Energiebedarfs muss als Meilenstein in der Entwicklung des Menschen angesehen werden. Heute gehören Milch und Milchprodukte zu unseren Grundnahrungsmitteln und versorgen uns mit Fett, Eiweiß, Mineralstoffen und Vitaminen. Ein wesentlicher Bestandteil der Milch ist auch das Kohlenhydrat Milchzucker.

Man nimmt heute an, dass der Mensch vor etwa 12 000 Jahren begann, systematisch Milch anderer Säugetiere für seine Ernährung zu nutzen. Dies war gar nicht so selbstverständlich, da die evolutionäre „Karriere" des Menschen ja als Jäger und Sammler begann und sein Körper nicht darauf angelegt war, nach der Säuglingsphase Milch zu verarbeiten.

Es wird auch angenommen, dass zunächst eher Käse und andere fermentierte Produkte verzehrt wurden, da diese weniger Milchzucker enthielten, der von Erwachsenen schon damals nicht so gut vertragen wurde. Als übliche Aufbewahrungsgefäße dienten die Mägen von Tieren. Jene von jüngeren enthalten Enzyme (dies sind Eiweißkörper, die unseren Stoffwechsel bewerkstelligen), die eine Zusammenballung bestimmter Eiweiße ohne wesentliche Säuerung bewirken. Wir kennen diese Enzyme unter dem Namen „Lab". Reaktionen dieses Labs mit der Milch dürfte zur Entdeckung von Käse geführt haben.

Mit der Entwicklung vom Jäger und Sammler zum sesshaften Menschen und dem damit einhergehenden Aufkommen der Ackerkultur wurden auch immer mehr verschiedene Tiere domestiziert und als Helfer in der Landwirtschaft eingesetzt. Neben ihrer Verwendung als Arbeitstiere lieferten sie auch Fleisch, Wolle, Felle, und auch ihre Milch wurde schließlich als Nahrung in den Speiseplan aufgenommen. Man geht heute davon aus, dass vor etwa 8 000 Jahren in Nordafrika, Vorderasien und Europa die Anpassung des menschlichen Organismus an den regelmäßigen Verzehr von Milch anderer Säugetiere begann. Bald erlangte die Milch einen hohen Stellenwert. In der Bibel ist vom „Land, wo Milch und Honig fließt" die Rede.

Wenn wir heute gemeinhin von Milch sprechen, meinen wir Kuhmilch.

Die Milch anderer Säugetiere wird durch Nennung der entsprechenden Tiergruppe gekennzeichnet. Neben der Kuhmilch kennen wir heute Schafmilch, Ziegenmilch, Büffelmilch, Kamelmilch sowie die Milch von Eseln, Pferden, Yaks und Rentieren. Aus all diesen Milcharten werden auch verschiedene Produkte wie Käse, Butter, Rahm, Joghurt oder Quark hergestellt. Regional haben die Menschen ganz spezielle Produkte entwickelt, die eine längere Lagerfähigkeit und bessere Verträglichkeit garantieren.

Die Milch der verschiedenen Tierarten ist natürlich immer optimal dem Verdauungssystem des eigenen Nachwuchses und den Umweltbedingungen, unter denen diese Tiere leben, angepasst. Daher gibt es hinsichtlich der Zusammensetzung große Unterschiede. Diese betreffen zum einen den Energiegehalt. So zeichnet sich die Milch von Tieren, welche in rauen Gegenden ihre Jungen aufziehen und diese in nur kurzer Zeit schnell an Gewicht zunehmen müssen, um den nächsten langen Winter zu überstehen, durch hohe Fett- und Eiweißgehalte aus. Besonders markant ist dies bei Yaks und Rentieren ausgeprägt. Der durchschnittliche Gehalt an Fett der Yakmilch beträgt fast 7 %, jener der Rentiermilch sogar 18 %. Kuhmilch enthält zum Vergleich knapp 4 % Fett. Ähnlich groß sind die Unterschiede im Eiweißgehalt (Yak 5,8 %; Rentier 10,1 %; Kuh 3,2 %). Markant unterscheiden sich die verschiedenen Milcharten auch durch den Aufbau des Eiweißes (Protein). Eiweißverbindungen sind sehr komplexe Stoffe, die aufgrund ihrer chemischen Zusammensetzung (Aminosäuren) und der daraus resultierenden Strukturen die verschiedensten Aufgaben im

Organismus wahrnehmen können.

Muskeln, Hirn, Haare, Fingernägel und die bereits erwähnten Enzyme, welche unseren Stoffwechsel bewerkstelligen, sind überwiegend aus Eiweiß aufgebaut. Eine grobe Klassifizierung des Eiweißes in der Milch besteht in der Einteilung von Casein und Molkeneiweiß.

Casein ist jener Eiweißanteil, der sich durch Lab oder Säureeinwirkung ausfällen lässt und der den Grundstoff des Käses darstellt. Molkeneiweiß hingegen verbleibt bei Labzugabe in der Flüssigkeit (Molke) und kann erst durch Hitze ausgefällt werden. Interessant ist, dass das Verhältnis dieser beiden Eiweißfraktionen in der Humanmilch deutlich von dem in der Milch der meisten Nutztiere abweicht. Während beim Menschen der Anteil an Molkeneiweiß in der Frauenmilch bei über 60 % liegt, beträgt er in Kuhmilch nur etwa 20 %. Bei den vom Menschen zur Milchgewinnung herangezogenen Tierarten überwiegt der Caseinanteil, wenn auch in unterschiedlichem Ausmaß.

Eine Ausnahme bildet Eselsmilch, bei der das Verhältnis zwischen Casein und Molkeneiweiß etwa ausgeglichen ist (50/50).

Ein weiterer deutlicher Unterschied kann im Gehalt an verschiedenen Vitaminen liegen. So ist von der Kamelmilch bekannt, dass sie etwa fünfmal so viel Vitamin C enthält wie Kuhmilch. Insgesamt enthält die Milch aller Säugetiere alle Stoffe, die für das Wachstum und die Gesundheit des Nachwuchses notwendig sind.

Da Milch alle lebenswichtigen Stoffe enthält, ist sie auch ein idealer Nährboden für unerwünschte Mikroorganismen, die sie – unbehandelt – zu einer leicht verderblichen Ware machen. Der Konsum von unbehandelter Milch barg früher auch gesundheitliche Risiken in sich, sofern die Milch nicht frisch konsumiert und bei Temperaturen gelagert wurde, bei denen sich Mikroorganismen besonders schnell vermehren können. Daher zielen alle Verarbeitungsschritte, ob industriell oder von Hand beim Viehhalter, darauf ab, die Milch und ihre Inhaltsstoffe haltbarer zu machen.

Mit dem Anwachsen der Städte stieg der Bedarf an Lebensmitteln, die von der Landbevölkerung produziert und dann zur Versorgung der Stadtbevölkerung in die Ballungszentren gebracht wurden.

Dadurch wurde die Massenproduktion von Milch und Milchprodukten gefördert. Dies geschah in Europa gegen Ende des 16. Jahrhunderts und verstärkte sich ab dem 18. Jahrhundert. Mit der steigenden Industrialisierung bildeten sich Verarbeitungsbetriebe, welche die Produktion von Milchprodukten wie Butter und Käse und deren Vertrieb übernahmen.

Bald erkannte man, dass eine gute Kühlung der Milch ihre Haltbarkeit wesentlich verbessert. Ein entscheidender Fortschritt war die Entdeckung des französischen Chemikers Louis Pasteur (1822 bis 1895), dass durch gezielte Hitzebehandlung ein Großteil der in der Milch befindlichen Mikroorganismen abgetötet werden kann. Auf ihn geht das Verfahren der „Pasteurisierung" zurück, bei der die Milch 30 bis 40 Sekunden lang auf über 70 °C erhitzt wird. Rasch abgekühlt und kühl gelagert können wir heute die Milch mindestens sechs Tage lang genießen.

Verschiedene Temperatur-Zeit-Kombinationen führen zu längerer Haltbarkeit. So wird die sogenannte H-Milch für wenige Sekunden auf 150 °C erhitzt und ist dann mehrere Monate bei Zimmertemperatur genießbar (UHT = Ultrahocherhitzung). Ein neueres Verfahren wird bei der ESL-Milch angewandt (ESL = Extended Shelf Life – bedeutet verlängerte Haltbarkeit). Die Erhitzungsbedingungen sind hier nicht gesetzlich vorgegeben, liegen aber zwischen jenen der Pasteurisierung und der Ultrahocherhitzung. Vorteile dieser Methode sind neben der längeren Haltbarkeit der bessere Geschmack (kein Kochgeschmack) und die geringere Hitzeschädigung der Vitamine.

Ein weiterer Verfahrensschritt zur Stabilisierung der Milch ist die sogenannte Homogenisierung. Dabei werden die in der Milch enthaltenen Fettkügelchen mechanisch zerkleinert und auf ähnliche Größe gebracht. Dies verhindert das sogenannte Aufrahmen (Bildung einer Fettschicht an der Oberfläche) und garantiert so eine gleichmäßige Zusammensetzung während der gesamten Verbrauchsfrist.

Die Herstellung verschiedenster Produkte aus Milch wie Käse, Butter, Joghurt und Quark sind Möglichkeiten, die wertvollen Inhaltsstoffe der Milch durch Trennung und eventuelle Reifung länger haltbar zu machen.

Die bei der Käseerzeugung ausgetretene Molke wird gesammelt und weiterverarbeitet. Sie enthält noch das ernährungsphysiologisch hochwertige Molkeneiweiß sowie Milchzucker, Mineralstoffe und die bei der Käseherstellung entstandenen organischen Säuren (z.B. Milchsäure) und Vitamine.

Durch nochmalige Erhitzung auf über 90 °C fällt auch das Molkeneiweiß aus. Dieses Gemisch wird oft als „Schottensuppe" verzehrt, oder das Molkenei-

weiß wird abgeschöpft und durch Zusatz von Gewürzen und Alpenkräutern zum sogenannten „Ziger" (auch Zieger), einer Art Streichkäse, verarbeitet.
Die verbleibende Flüssigkeit enthält hauptsächlich noch Milchzucker und Mineralstoffe.
Durch langes Einkochen wird der Milchzucker karamellisiert und man erhält ein leicht salzig schmeckendes Karamellprodukt, das den Namen „Sig" trägt oder im Volksmund auch „Wälderschokolade" (bezugnehmend auf den Bregenzer Wald) genannt wird.
Durch diese Produktionskette werden alle Inhaltsstoffe der Milch vollständig verwertet. Ähnlich geschieht dies auch bei der industriellen Produktion von Milch und Milchprodukten.
Die Rohmilch wird zunächst in Rahm und Magermilch getrennt. Aus einem Teil des Rahms wird Butter gewonnen, als Nebenprodukt fällt dabei Buttermilch an. Mit dem Rest kann mit Magermilch der gewünschte Fettgehalt eingestellt werden. Daraus resultiert die Konsummilch oder es werden weitere Produkte wie Trockenprodukte, Kondensmilch, Sauermilchprodukte und Käse hergestellt. Bei der Käseherstellung fällt als Nebenprodukt Molke an, aus der weitere Spezialprodukte wie Molkeneiweiß, entmineralisierte Molke (für die Babynahrung),

teilentzuckerte Molke und Milchzucker gewonnen werden können.
Auch die Magermilch bietet die Möglichkeit der Weiterverarbeitung zu Casein oder Gesamtmilcheiweiß. Aus der dabei anfallenden Molke können wieder die oben beschriebenen Produkte hergestellt werden.
Die Verlängerung der Haltbarkeit durch Zusatz von speziellen Bakterienkulturen ist eine von den Anfängen der Milchgewinnung an bekannte Methode. Sauermilch, Joghurt und viele regionale Spezialprodukte werden auf diese Weise bis heute hergestellt. Neben den bei uns bestens bekannten Joghurtsorten sind interessante Produkte wie der „Schubat", ein aus Kamelmilch durch Zusatz spezieller Milchsäurekulturen gewonnenes Produkt, dem in Kasachstan große gesundheitliche Bedeutung zugeschrieben wird, und der aus Yakmilch hergestellte „Choormog", ebenfalls ein joghurtähnliches Getränk mit Zusatz von Hefe, erwähnenswert.
Die Zusammensetzung der Muttermilch sowie der Milch verschiedener Tierarten lässt sich am besten tabellarisch darstellen.

Zu dieser Zusammenstellung muss allerdings bemerkt werden, dass der Aufbau des Eiweißes im De-

Durchschnittliche Zusammensetzung verschiedener Milcharten in %

Milchart	Fett	Eiweiß	Casein	Molkeneiweiß	Milchzucker
Frauenmilch	4,1	1,1	0,5	0,6	7,1
Kuhmilch	3,9	3,3	2,7	0,6	4,7
Schafmilch	6,8	4,6	3,9	0,7	4,8
Ziegenmilch	4,3	3,2	2,6	0,6	4,4
Eselsmilch	1,4	2,0	1,0	1,0	7,4
Stutenmilch	1,7	2,5	1,3	1,2	6,2
Büffelmilch	7,5	3,8	3,2	0,6	4,8
Kamelmilch	3,9	3,6	2,7	0,9	5,0
Rentiermilch	18,1	10,1	8,6	1,5	2,8
Yakmilch	6,5	5,8			4,6

tail sehr verschieden sein kann und eine große Rolle bezüglich der Verträglichkeit einzelner Milcharten spielt. Das Vorhandensein oder die Abwesenheit von Untereinheiten (zum Beispiel ß-Lactoglobulin und ß-Casein) sowie deren Konzentration im Gesamteiweiß spielen dabei eine wichtige Rolle.

Welche Qualitätsunterschiede bei Milch gibt es? Wie kann man diese auch als Konsument feststellen?

Die Qualität der Kuhmilch wird durch verschiedenste Faktoren beeinflusst. Da wären einmal die Rasse und die Gesundheit der Tiere sowie ihre Haltung. In der biologischen Landwirtschaft wird besonderer Wert auf eine artgerechte Tierhaltung mit genügend Freilauf gelegt. Die Tiere werden so weit wie möglich mit Weide- und Grünfutter versorgt. Der Einsatz von Kraftfutter ist weitestgehend eingeschränkt. Bei der chemischen Analyse zeigt sich, dass eine solche Milch mehr ungesättigte Fettsäuren enthält. Vor allem die gesundheitlich relevanten Omega-3-Fettsäuren sind in größerem Ausmaß vorhanden.

In letzter Zeit wird auch sehr oft der Begriff der Heumilch verwendet. Dabei handelt es sich um Milch von Kühen, bei denen auf die Verabreichung von Silagefutter verzichtet wird. Ursprünglich war diese Art der Fütterung in Regionen notwendig, in denen Rohmilchkäse (wie Emmentaler und Bergkäse) hergestellt wurde. Die durch die Silage eventuell eingebrachten unerwünschten Keime stellten ein hohes Qualitätsrisiko dar. Die Milchbauern bekamen für diese Milch auch etwas mehr Geld (Siloverzichtszulage). Geschmacklich ist der Unterschied der Fütterung am ehesten bei der Rohmilch auszumachen. Denken wir nur an die Kühe auf den Alpen, die sich von den vielfältigen Gräsern, Blumen und Kräutern ernähren, die den Geschmack der Milch mitprägen. Ansonsten überlagern andere Faktoren wie Fettgehalt und vor allem die nachfolgende Hitzebehandlung die sensorischen Eigenschaften. Auch der negative Einfluss von Licht, vor allem bei Glasflaschen, sollte nicht unterschätzt werden.

Milch mit höherem Fettgehalt ist im Geschmack cremiger und vollmundiger. Die aus hygienischen Gründen gesetzlich vorgeschriebene Hitzebehandlung ist ein weiterer Einflussfaktor auf den Geschmack. Die geringste Veränderung ist bei der im Handel erhältlichen Frischmilch zu verzeichnen. Hier wird die Milch für ca. 30 Sekunden auf 72 °C bis 74 °C erhitzt.

Bei der sogenannten UHT-Milch (ultrahocherhitzt) werden für wenige Sekunden Temperaturen von 135 °C bis 145 °C angewandt. Diese Milch zeichnet sich zwar durch eine hohe Haltbarkeit aus, besitzt aber einen deutlichen Kochgeschmack. Die immer mehr anzutreffende ESL-Milch (Extended Shelf Life = längere Haltbarkeit im Regal) stellt ein Mittelding zwischen Frischmilch und UHT-Milch dar. Der Einfluss auf den Geschmack ist jedoch deutlich geringer als jener bei UHT-Milch und oft nicht mehr wahrnehmbar.

Lactosefreie Milch (frei von Milchzucker) schmeckt deutlich süßer. Ein sogenannter Lichtgeschmack stellt sich ein, wenn Milch für längere Zeit Sonnenlicht ausgesetzt wird. Ein diesbezügliches Problem waren früher die Weißglasflaschen. Die vom Licht ausgelösten Abbaureaktionen beeinträchtigen die sensorische Qualität nicht unerheblich. Auch die Homogenisierung hat ihren Einfluss auf das Mundgefühl und den Geschmack. Sie verhindert die Bildung eines Fettpfropfens an der Oberfläche durch feinere Verteilung des Milchfettes. Dies wird natürlich sensorisch wahrgenommen.

Was bedeutet Milchunverträglichkeit und Lactoseunverträglichkeit?

Die Milch aller Säugetiere enthält als wichtigstes Kohlenhydrat Milchzucker (Lactose). Dieser Milchzucker ist ein Zweifachzucker (Disaccharid), der aus Traubenzucker (Glucose) und Schleimzucker (Galactose) besteht. Der Anteil des Milchzuckers in der Humanmilch ist sogar um 50 % höher als jener in der Kuhmilch. Dieser Milchzucker erhöht die Calcium-, Phosphat- und Magnesiumaufnahme im Körper und fördert auch jene von Eisen, Mangan, Kupfer und Zink. Um die Lactose verwerten zu können, bildet der Körper im Säuglingsalter das Enzym Lactase, welches den Zweifachzucker in seine beiden Einfachzucker spaltet und so für die Aufnahme über die Darmschleimhaut und den weiteren Abbau aufbereitet. Mit der Entwöhnung von der Muttermilch wird die Produktion dieses Enzyms stark verringert und geht im weiteren Verlauf auf bis zu 10 % des Wertes beim Säugling zurück. Man kann also sagen, dass eine gewisse Unverträglichkeit von Milch beim Erwachsenen ein natürlicher Zustand ist.

Durch die Jahrtausende, in denen der Mensch seit der Jungsteinzeit begann, Viehzucht zu betreiben und Milch in seine Ernährung Einzug fand, hat sich eine genetische Anpassung durchgesetzt und das Enzym Lactase wird auch im Erwachsenenalter in hinreichendem Ausmaß gebildet, sodass der Milchzucker vollständig verdaut werden kann. Diese Anpassung erfolgte jedoch nicht in allen Regionen der Erde in gleichem Maße. Sie war besonders stark in Mittel- und Nordeuropa, aber nur gering in Südostasien und China. Auch in Europa gibt es ein starkes Nord- Süd- Gefälle, was die Verträglichkeit von Milchzucker betrifft. In Schweden, wo traditionell sehr viel Milch konsumiert wird, liegt der Prozentsatz von Personen mit Lactoseunverträglichkeit bei 2 %. In Österreich und Deutschland sind es etwa 15 % der Erwachsenen, die den Milchzucker nur unzureichend verdauen können. In China und Südostasien sind es jedoch über 90 %. So schlägt sich die traditionelle Ernährung in diesen Zahlen nieder. Auch bei den Eskimos, die hauptsächlich von Fisch und Robbenfleisch leben, beträgt der Anteil an Erwachsenen mit Lactoseintoleranz etwa 80 %.

Welche Probleme verursacht der Mangel oder das Fehlen des Enzyms Lactase?

Der von Menschen mit zu geringer Lactaseaktivität aufgenommene Milchzucker wird im Dünndarm nur unzureichend in die beiden Einfachzucker aufgespalten und kann nicht von der Darmschleimhaut aufgenommen und weiter für die Energiegewinnung abgebaut werden. Der unverdaute Anteil gelangt so in den Dickdarm, wo er von den dort ansässigen Bakterien verstoffwechselt wird. Dabei entstehen als Abbauprodukte verschiedene organische Säuren und Gase, die zu mehr oder minder schweren Beschwerden führen. Diese reichen von Blähungen bis zu Bauchkrämpfen, Durchfall und Erbrechen sowie zu Hautausschlägen. Die Mengen an Milchzucker, die Personen mit Lactoseintoleranz vertragen können, sind oft sehr unterschiedlich. Auch kann die Verträglichkeit von Milch verschiedener Tierarten deutlich verschieden sein. Erwähnt sei auch noch, dass man verschiedene Formen der Lactoseunverträglichkeit unterscheidet. Jene, die auf unsere natürliche Reduktion der Lactasebildung zurückzuführen ist, nennt man primäre Lactoseintoleranz; sie ist die überwiegend häufigste Form. Darüber hinaus kann eine Schädigung der Dünndarmschleimhaut ebenfalls Ursache für eine Unverträglichkeit sein. Ganz selten tritt die angeborene Lactoseintoleranz auf, bei der schon der Säugling, bedingt durch einen genetischen Defekt, zu wenig Lactase produziert und damit die Muttermilch nicht verträgt. Dies führt meist zu schweren Störungen in der Entwicklung und die Überlebenschancen sinken stark.

Jedenfalls handelt es sich bei der Lactoseintoleranz um eine Unverträglichkeit und nicht um eine Allergie. Bei der sehr selten auftretenden Kuhmilchallergie reagiert das menschliche Immunsystem auf bestimmte Eiweißgruppen der Kuhmilch.

Was hat es mit dem Milchpulver auf sich / welche Bedeutung hat das Pulver und wie wird es erzeugt?

Vollmilch besteht zu etwa 87 % aus Wasser, bei Magermilch beträgt der Anteil sogar knapp über 90 %. Zudem ist Milch von ihrer Zusammensetzung her ein ideales Nahrungsmittel und daher auch ein idealer Nährboden für Mikroorganismen, die für einen raschen Verderb sorgen. Es gibt also mindestens zwei gute Gründe, der Milch das Wasser zu entziehen. Erstens führt man beim Transport in weit entfernte Regionen nicht unnötig Wasser mit, und zweitens erreicht man durch die Trocknung der Milch lange Haltbarkeiten und damit die Möglichkeit, Milchpulver als Notreserve zu lagern. Abgesehen von der Bedeutung des Milchpulvers als wichtiger Lieferant von tierischem Eiweiß in Krisenregionen wird es vielfach zur Herstellung von anderen Lebens- und Genussmitteln wie Backwaren, Käse, Joghurt oder Schokolade verwendet. Für die Erzeugung von Babynahrung wird neben Milchpulver auch speziell behandeltes Molkenpulver verwendet. Dieses enthält das ernährungsphysiologisch wertvolle Molkeneiweiß, welches in hohem Maße dem in der Humanmilch enthaltenen Eiweiß gleicht. Bei der Pulverherstellung wird der Wassergehalt auf ungefähr 3 % reduziert. Dieser letzte Rest an Wasser liegt aber nicht mehr frei vor, sondern ist an die festen Inhaltsstoffe des Pulvers

gebunden. Er steht daher nicht mehr für den Stoffwechsel der Mikroorganismen zur Verfügung. Diese Reduzierung des Wasseranteiles erfolgt in zwei Schritten. Zunächst wird in Verdampfern ein Großteil des Wassers entfernt, das dickflüssige Konzentrat wird dann entweder auf beheizten Walzen oder in Sprühtürmen endgetrocknet. Die Sprühtrocknung ist das schonendere Verfahren, da die zugeführte Heißluft für die notwendige Verdampfungswärme genutzt wird und das Produkt sich nicht so stark erhitzt. Bei der Walzentrocknung liegt das Produkt direkt auf den beheizten Flächen auf, wodurch eine stärkere Veränderung der Milchinhaltsstoffe erfolgt. In der Schokoladeindustrie ist dieser Effekt aber erwünscht. Ein leichter Karamellgeschmack und das Austreten des Milchfettes aus den Eiweißhüllen sind bei der Herstellung von Vollmilchschokolade von Vorteil.

Für Menschen mit Lactoseunverträglichkeit wird heute auch schon Milchpulver angeboten, bei dem vor der Trocknung der Milchzucker mithilfe von Enzymen bereits in die Einfachzucker zerlegt wurde, die vom Körper einwandfrei verarbeitet werden können.

Den Vorteilen der guten Haltbarkeit und niedrigeren Transportkosten stehen aber auch Nachteile gegenüber. So benötigt man zur Entfernung des Wassers hohe Energiemengen und bei der Trocknung werden teilweise Vitamine reduziert.

Bei der Wiederauflösung des Pulvers ist die Qualität des verwendeten Wassers nicht unerheblich. Ein Punkt, der in der Vergangenheit in sogenannten Entwicklungsländern oft zu wenig beachtet wurde.

Wie hat sich ein Molkereibetrieb von 1950 bis heute entwickelt? Welche Veränderungen gab es in der Milchproduktion?

Die Veränderungen seit den Nachkriegsjahren in den milchverarbeitenden Betrieben sind gravierend. Sowohl strukturell als auch in Bezug auf Hygiene und Technik sind umwälzende Neuerungen eingetreten.

In den 50er-Jahren des vorigen Jahrhunderts war die Versorgung der Menschen mit Molkereiprodukten in Österreich auf viele kleine Betriebe aufgeteilt. Die Bauern lieferten ihre Milch an ihnen zugeteilte Betriebe, welche die Milch weiterverarbeiteten und die Endprodukte in der näheren Region vermarkteten, wobei der Preis dieser Produkte vom Milchwirtschaftsfonds festgelegt wurde. Es war also ein durch und durch regulierter Markt. Ausgenommen davon waren nur Käseprodukte. Die Innovationskraft der Unternehmen wurde dadurch nicht gerade gestärkt, war doch der Absatz ihrer Produkte in der Region gesichert. Im Zuge der Angleichung an ausländische Verhältnisse und des Beitritts Österreichs zur Europäischen Union erfolgte eine vollkommene Auflösung dieser Struktur. Dies hatte zur Folge, dass nur wenige Molkereien wirtschaftliche Zukunft hatten und die meisten vormaligen Molkereibetriebe bestenfalls als Milchsammelstellen weiter betrieben oder überhaupt ganz geschlossen wurden. Heute lassen sich sowohl ein beispielsweise in Vorarlberg hergestelltes Milchprodukt als auch Produkte aus anderen europäischen Ländern im Handel finden. Geregelt wurde bis vor kurzer Zeit in der Europäischen Union noch die produzierte Milchmenge mit der sogenannten Milchmengenregelung, die aber heute auch nicht mehr existiert. Dies bleibt natürlich nicht ohne Folgen auf die Betriebsstruktur der Milcherzeuger und natürlich auch auf den Erzeugermilchpreis.

In hygienischer und technischer Hinsicht sind die Veränderungen ebenso gravierend. Wurde die Milch früher mit Kannen angeliefert, so bringen heute Milchsammelwägen die Milch vom Bauernhof in die Molkerei. Die erste Qualitätskontrolle findet schon am Bauernhof statt. Verschiedene Kammern im Sammelwagen gestatten es, die Milch für die weitere Produktion zu differenzieren, sofern sie angenommen wird. In der Molkerei selbst findet man fast nur mehr geschlossene Systeme vor. Wer die Herstellung der Produkte noch verfolgen will, der muss sich diese auf den Almen (Alpen) ansehen, wo die Zeit fast spurlos vorübergegangen zu sein scheint. In den modernen Molkereibetrieben wird die Produktion von Schaltwarten aus überwacht. Die Anlagen sind aus Edelstahl gefertigt und die Reinigung findet automatisch statt. Jede unnötige Biegung der Leitungen oder Winkel wird vermieden, um den Reinigungseffekt nicht zu gefährden. Einen großen Aufschwung haben Filtrationsverfahren genommen, bei denen die Inhaltsstoffe der Milch nach ihrer Molekülgröße angereichert oder separiert werden können. So ist die Vielfalt der Produkte stark gestiegen und die Lebensmittelsicherheit hat sich weiter erhöht.

Wirtschaftliche Bedeutung der Milch weltweit gesehen

Ungefähr 341 Millionen Kühe und Büffel produzieren weltweit etwa 750 Millionen Tonnen Milch. Ziegen, Schafe und Kamele liefern weitere 40 Millionen Tonnen. Der Anteil der Kühe an den milchproduzierenden Tieren liegt bei 83 %, 13 % sind Büffel, 2 % Ziegen, 1 % Schafe und ebenfalls etwa 1 % verbleiben für Kamele. Die größte Milchmenge wird überraschenderweise mit 120 Millionen Tonnen in Indien gemolken, hauptsächlich Büffelmilch. Die anfallende Milchmenge ist dort rund 25 % höher als beim zweitgrößten Milchproduzenten, den USA. China, Russland, Pakistan, Brasilien und Deutschland produzieren ähnliche Mengen, jeweils 30 bis 35 Millionen Tonnen Milch.

Von den 120 Millionen Tonnen Milch, die in Indien anfallen, werden aber nur rund 17 % an Milchverarbeiter geliefert. Der weitaus größte Anteil ist Eigenkonsum und Kleinvermarktung. Auch weltweit werden nur ca. 60 % der erzeugten Milch industriell weiterverarbeitet, wobei es ein starkes Gefälle zwischen den Industrieländern und den sogenannten Entwicklungsländern gibt. Auch die Milchleistung der Tiere ist in den verschiedenen Ländern höchst unterschiedlich. Während in Indien und Pakistan weniger als 2000 Liter Milch pro Jahr und Tier gewonnen werden können, sind es in Ländern mit intensiver Milchproduktion mehr als 6500 Liter. Spitzenwerte liegen sogar bei über 12 000 Litern. Verantwortlich für diese großen Unterschiede ist vor allem die nicht vergleichbare Futtersituation.

Sehr unterschiedlich sind natürlich auch die Milchproduktionskosten insgesamt. Die folgende Tabelle zeigt das Ranking der fünf Länder mit den jeweils niedrigsten und höchsten Produktionskosten.

Den Unterschied zwischen Milchproduktion und Handel mit Milchprodukten gibt die Gegenüberstellung der beiden nächsten Tabellen wieder.

Rang	Land	Produzierte Kuh- und Büffelmilch in Mio. t	Rang	Land	Gehandelte Kuh- und Büffelmilch in Mio. t
1	Indien	121,2	1	USA	88,5
2	USA	89,0	2	China	32,8
3	Pakistan	35,6	3	Deutschland	29,3
4	China	37,4	4	Frankreich	24,7
5	Brasilien	33,0	5	Brasilien	22,5
6	Deutschland	30,3	6	Indien	20,5
7	Russland	31,7	7	Neuseeland	18,9
8	Frankreich	25,3	8	Russland	16,4
9	Neuseeland	18,9	9	England	13,8
10	England	14,1	10	Niederlande	11,6
11	Niederlande	13,0	11	Italien	10,8
12	Türkei	12,8	12	Argentinien	10,7
13	Polen	12,1	13	Australien	9,3
14	Argentinien	12,0	14	Polen	9,0
15	Italien	11,6	15	Kanada	8,8
16	Mexiko	11,1	16	Mexiko	7,7
17	Ukraine	11,1	17	Iran	7,3
18	Australien	9,7	18	Türkei	7,1
19	Iran	9,6	19	Ukraine	4,6
20	Kanada	9,2	20	Pakistan	1,1
Weltweit		708,7	Weltweit		453,2

Einen weiteren Unterschied geben die Aufstellungen von Nettoexporteuren und Nettoimporteuren wieder, denn nur wenige Länder produzieren viel mehr Milch, als sie benötigen.

	Top Ten der Nettoexporteure	Nettohandelsüberschuss in Mio. t fettkorrigierte Milch		Nettohandelsdefizit in Mio. t fettkorrigierte Milch
1	Neuseeland	19,1	1	Russland
2	EU-27	14,7	2	China
3	USA	3,5	3	Mexiko
4	Weißrussland	2,9	4	Algerien
5	Argentinien	2,6	5	Japan
6	Australien	2,5	6	Saudi Arabien
7	Uruguay	1,1	7	Philippinen
8	Ukraine	0,7	8	Indonesien
9	Schweiz	0,4	9	Ägypten
10	Nicaragua	0,3	10	Südkorea

	Niedrigste Kosten	Höchste Kosten
1	Kamerun	Schweiz
2	Äthiopien	Finnland
3	Uganda	Kanada
4	Pakistan	Norwegen
5	Nigeria	Iran

Der weltweite Milchhandel ist sehr klein. Nicht einmal zwei Drittel der weltweiten Milchproduktion kommen in den Handel, der größte Teil der verarbeiteten Milch wird im jeweiligen Inland konsumiert. Aus diesem Grund haben schon geringe Veränderungen in der Produktion einen großen Einfluss auf den Welthandel und damit auf den Weltmilchpreis. Dazu kommt, dass die zehn Länder mit einem Milchhandels-Nettoüberschuss für 99 % der weltweit gehandelten Menge verantwortlich sind (siehe Tabelle).

Nach aktuellen Studien wird ein jährliches Wachstum des Verbrauches an Milch und Milchprodukten von 2,4 % prognostiziert. Das Wachstum wird aber in Entwicklungs- und Schwellenländer zu erwarten sein, während in den hoch entwickelnden Ländern der Milchkonsum bestenfalls gleich bleiben wird. Die großen Milchverarbeiter der Welt versuchen deshalb in den Hoffnungsmärkten, vor allem in China, ihre Präsenz auszubauen. Auch werden nicht alle Milchprodukte in gleicher Weise vom Wachstum profitieren. Während für Käse die Aussichten nicht so rosig gesehen werden, wird für Molke und Molkenprodukte eine überdurchschnittliche Steigerung erwartet. Der Zuwachs wird in den Industrieländern mit dem Trend zur gesunden Ernährung und Sport (Bedarf an Molkeneiweiß) begründet, in den aufstrebenden Ländern wird Molke für den Einsatz in Babynahrung immer bedeutender. Die Milchproduktion in Asien, Afrika und Südamerika wird deutlich steigen. Und diese Entwicklung wird auch von der verbreiteten Laktoseintoleranz wenig behindert werden. Bei fermentierten Milchprodukten wie Joghurt oder Käse ist der Laktosegehalt in unterschiedlichem Ausmaß reduziert. Dabei gilt, je länger die Reifungsdauer, desto geringer der verbleibende Anteil an Laktose. Hartkäse wie Bergkäse oder Emmentaler enthalten keine Laktose mehr. Auch wird bei fermentierten Produkten das Enzym Lactase, dessen Mangel die Laktoseintoleranz verursacht, mit dem Produkt mitgeliefert.

Zu Milch und Molke, die den Großteil an Beschwerden hervorrufen, gibt es aber eine gute Alternative. Diese so wie viele andere Milchprodukte können laktosefrei angeboten werden. Dabei wird mit dem Enzym Lactase technisch die Spaltung der Laktose in Glukose und Galactose, wie sie ansonsten im Körper erfolgen sollte, vorweggenommen und daher werden diese Produkte gut vertragen.

Die Milch bleibt also weiterhin ein Nahrungsmittel der Zukunft mit viel Potential.

Das Leben auf einer Kamelfarm in Dubai. Der lange Weg von der Kamelfarm zur Kamelmilchschokolade

von Martin van Almsick
(GM von Al Nassma Chocolate)

Ein nächtlicher Spaziergang auf der Camelicious Kamelfarm, die das luxuriöse Zuhause von etwa 4500 Kamelen vor den Toren Dubais darstellt, ist schon ein bemerkenswertes Erlebnis.

Neun km² umfasst die Sanddünenlandschaft der Farm und wird von einem wunderschönen Zaun vom Rest der Wüste abgegrenzt.

Die Kamele haben eigens abgegrenzte Spazierwege durch die Landschaft, wo sie ihre langen täglichen Wanderungen absolvieren. Die wenigen stachligen Disteln und ausgetrockneten Pflanzen dienen als Jause zwischendurch. In der Farm gibt es gutes Futter, extra feines Heu aus Äthiopien sowie frische Karotten. Ein ausgewähltes Team von Veterinärärzten aus Ungarn sorgt für die professionelle tierärztliche Versorgung rund um die Uhr.

Ein Computer-Chip im Ohr hilft bei der Registrierung und Aufzeichnung der täglich abgegebenen Milchmenge. Die Jahresmilchmenge hat wiederum Einfluss auf die Zucht. Man ist bemüht, nur den „guten" Milchkühen zu großer Nachkommenschaft zu verhelfen. Mit modernster Molkereitechnik werden die Kamele gemolken. In Boxen zu je ca. 25 Kamelen wird gleichzeitig die Milch abgenommen und direkt unterirdisch in gekühlten Leitungen an die auf der Farm befindliche Molkerei weitergeleitet.

Absolute Stille herrschte hier in der Nacht und nur das Geräusch der leichten und warmen nächtlichen Brise, im arabischen „Al Nassma" genannt, war zu vernehmen. Jahrelang lebten wir Tür an Gatter mit tausenden freundlichen und fast immer gut gelaunten Kameldamen und etwa 30 Kamelbullen. Deren Hauptaufgabe besteht im Wesentlichen darin, zur natürlichen Vergrößerung der streng von der Außenwelt abgeschirmten Herde zu sorgen und damit auch zur dringend benötigten Erhöhung der zur Verfügung stehenden Milchmengen. Dieses doch sehr einseitige Verhältnis von 30 Bullen zu 4500 Kühen ist auch immer wieder Nahrung für den Mythos der unheimlichen Wirkung von Kamelmilch für die Manneskraft. Im Winter, wenn es in Dubai etwas

kühler wird, erblicken pro Jahr etwa 500 bezaubernde Kamelkälber das Licht der Welt auf der Camelicious Farm und sorgen für einen deutlichen Anstieg der Milchmengen. Kamele geben ausschließlich nach der Geburt etwa sieben Liter Milch durchschnittlich pro Tag für eine Zeitspanne von ungefähr 1,5 Jahren. Danach werden sie idealerweise möglichst schnell wieder trächtig und nach einer Trächtigkeitsperiode von etwa 385 Tagen fängt die Milchquelle wieder an zu sprudeln.

Der Weg von der frischen, leicht salzigen und fettarmen Kamelmilch hin zu einer der teuersten Schokoladen der Welt war eine Achterbahnfahrt über, um im Bild zu bleiben, immer neu sich auftürmende Sanddünen und Wüstenberge, die nicht immer leicht, sicherlich aber enorm spannend war. Die Schwierigkeiten, die zu überwinden waren, begannen mit der Notwendigkeit, eine gewisse Gleichartigkeit der Milch im Hinblick auf Fettgehalt und geschmackliche Eigenschaften zu erreichen. Dazu mussten Fütterung und Haltung der Kamele leicht verändert werden. Die Handhabung der bürokratischen Anforderungen an die Produktion und Ausfuhr von Kamelmilchprodukten, um die Bürokraten dieser Welt zufrieden zu stellen, würde Bücher füllen.

Die Grundvoraussetzung für das Gelingen des gesamten Projektes bedeutete die möglichst reibungslose Zusammenarbeit von mehreren Dutzend Menschen aus ebenso vielen Herkunftsstaaten. Diese auf einen gemeinsamen Nenner zu bringen, ist aus meiner Sicht der alles entscheidende Erfolgsfaktor. Vertrauen aufzubauen, im Gespräch zu bleiben und immer und immer wieder zu erklären, zu vermitteln und die kleinen Schritte nach vorne zu gehen, sind für solch eine innovative interkulturelle Zusammenarbeit entscheidend. Nicht zuletzt aber auch das erfolgreiche Management einer vertrauensvollen Beziehung zwischen Mensch und Kamel.

Kamelmilch ist seit Jahrtausenden nicht nur wichtiges Grundnahrungsmittel der Beduinen, sondern stellt auch ein Kernstück der lokalen Identität und des immer noch hoch geschätzten traditionellen Lebensstils dar. Mit unseren Kamelmilchschokoladen holen wir die mystischen Aromen der arabischen Halbinsel ins 21. Jahrhundert und vermitteln damit auch ein Stück weit das Erbe der Region an die Welt. Eindeutig als originäres Produkt der Emirate erkennbar, ist dieser Aspekt ein sehr wichtiger Faktor für unsere Firma und unsere Markenidentität. Neben der Tatsache, dass Kamelmilch am arabischen Golf als ein mystisches Lebenselixier gilt, wurde sie vor wenigen Jahren als eine überlegene Alternative zu Kuhmilch wiederentdeckt. Dies zog ein großes Medieninteresse auf sich, welches im Gegenzug wiederum zu einer stark steigenden Bekanntheit unseres Produktes führte.

Deshalb können wir sicherlich sagen, dass der besondere Charakter der Kamelmilch in ihrer Komposition und der mystische Touch sie zu einem außergewöhnlichen Rohstoff machen, der es uns ermöglichte, den globalen Schokoladenmarkt mit einem ganz besonderen und einzigartigen Produkt zu betreten.

Mit unserer Al Nassma-Kamelmilchschokolade konzentrieren wir uns ganz auf die Schaffung einer reinen und exklusiven Schokolade, die die besonderen Nuancen der Kamelmilch betont. Auch Menschen, die sich selber nicht als Schokoladenkenner bezeichnen würden, sind in der Lage, die besonderen Eigenschaften und Qualitäten unserer Schokolade zu erkennen.

Wenn man von der Tatsache absieht, dass Kamelmilch an sich ein sehr natürlicher, reiner und hochwertiger Rohstoff ist, zeichnet sich Al Nassma vor allem dadurch aus, dass wir alle billigen Ersatzstoffe wie künstliches Vanillin, Süßmolkenpulver und Sojalecithin verbannt haben. So können sich die vollen Aromen von Original Madagaskar Vanille, hochwertigem Honig und die leicht mineralische Note von Kamelmilch zu einem harmonischen Miteinander entwickeln. Das Ergebnis ist eine Premium-Schokolade, in der sich sowohl die überlegene Qualität der Zutaten als auch das besondere Mundgefühl der Kamelmilch zu einem exklusiven Geschmackserlebnis verbinden.

Al Nassma ist ein „wahrhaftiger" Schokoladenhersteller in dem Sinne, als wir keine fertige Schokoladenmasse von einem der Schokoladen-Industrie-Riesen kaufen und dann nur diese Masse schmelzen und in unsere eigenen Produktformen gießen. Wir machen in der Tat unsere eigene Schokolade von Grund auf, was einen enormen Aufwand und viel Know-how vorrausetzt und in Zeiten der vorherrschenden billigen Massenproduktion selten geworden ist.

Was ist der markante Unterschied von Kamelmilch zu anderen Milcharten, und worin liegt ihr Vorteil?

Die grobchemische Zusammensetzung der Kamelmilch ist jener von Kuhmilch sehr ähnlich. Jedoch liegt der Unterschied wie so oft im Detail (siehe auch Tabelle „Zusammensetzung der Milch verschiedener Tierarten").

Kamelmilch schmeckt etwas salzig, obwohl der Mineralstoffgehalt jenem von Kuhmilch gleicht. Aber abgesehen von der geschmacklichen Abweichung ist Kamelmilch reich an Vitaminen, vor allem B-Vitaminen. Der Gehalt an Vitamin C ist etwa fünfmal so hoch wie jener der Kuhmilch. Der Eisengehalt ist sogar zehnmal so hoch. Auch findet sich in der Kamelmilch eine hohe Anzahl von Immunglobulinen, die sich bezüglich ihrer Wirksamkeit als Antikörper den menschlichen überlegen zeigen. Der hohe Anteil an ungesättigten Fettsäuren wird ebenfalls als positiv bewertet.

Infolge dieser Vorteile in der Zusammensetzung werden der Kamelmilch folgende positive Wirkungen auf den menschlichen Organismus zugeschrieben:

Kamelmilch stärkt das Immunsystem, beugt Blutarmut und Diabetes vor, ebenso Autoimmunerkrankungen. Sie reduziert das Risiko, an Arteriosklerose zu erkranken, verringert allergische Reaktionen und steigert prinzipiell das Wohlbefinden. Aus diesen Gründen wird in Ländern, in denen der Wert der Kamelmilch schon lange bekannt ist (Kasachstan, Russland sowie arabische und nordafrikanische Länder) der Konsum von Kamelmilch zur Unterstützung der eigenen Abwehrkräfte von Ärzten empfohlen.

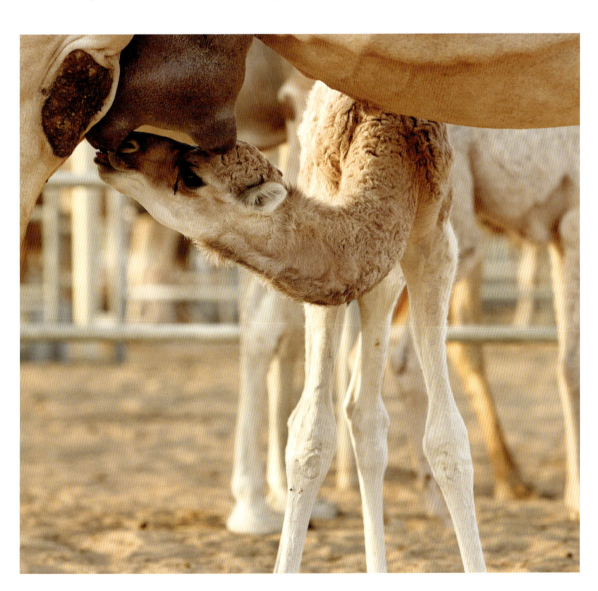

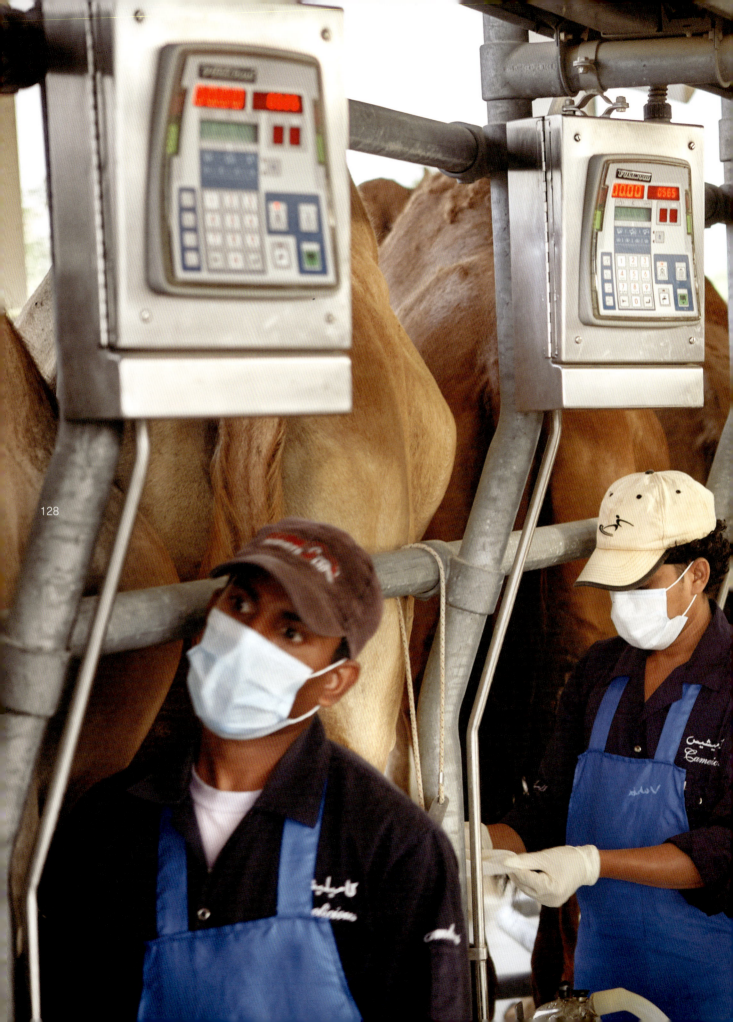

AROMEN | VANILLE

Geschichte der Vanille

Die Königin der Gewürze weltweit ist die Vanille. Die Vanille wird aus den fermentierten Kapselfrüchten (Schoten) der Orchideengattung *Vanilla* gewonnen. Was wäre passender und schöner als die Legende zur Vanille zu Beginn zu erzählen: Die Wiege der Vanille ist die Region Veracruz am Golf von Mexiko. Als *cacixanatl* (aztekisch „tiefgründige/gejagte Blume") musste das Volk der Totonaken ihren Tribut an die Azteken bezahlen. Sie waren lange das einzige Volk, das um den Vanilleanbau wusste. Vanille wurde häufig in Verbindung mit Kakao genossen, um dessen bitteren Geschmack abzurunden. Von den Totonaken stammt die ergreifende, tragische Legende zur Vanille-Orchidee:

Legende zur Entstehung der Vanille
Prinzessin Tzacopontziza (Morgenstern)

Im Land Gottes und des glänzenden Mondes lag das totonakische Königreich Tononacopan. In den Grünen Tälern zwischen Papantla und El Tajin, der alten Stadt, erbaut zu Ehren der Gottheit Thlaloc – der Blitz, lebte das Volk der Totonaken. Ihr Herrscher Tenitzli hatte eine unbeschreiblich schöne Tochter namens Tzacopontziza (Morgenstern). Er wollte seine Tochter nicht an einen sterblichen Menschen verlieren und so machte er die Prinzessin zur Dienerin im Tempel der Göttin Tonoacayohua. Der Tempel stand mitten im Wald, und die Prinzessin begab sich jeden Tag zum Tempel, um Gaben sowie schöne Blumen darzubringen. Der junge Prinz Zkatan-Oxga (Junger Hirsch) beobachtete sie eines Tages, als sie aus dem Tempel kam und war wie vom Blitz getroffen und sogleich unsterblich in sie verliebt. Die Prinzessin hatte ihn nicht gesehen, da er sie vom Gebüsch aus beobachtet hatte. Es war ihm bekannt, dass der König Tenitzl bereits auf seine Tochter gerichtete Blicke mit dem Tod bestrafte. Seine brennende Liebe war jedoch so stark, dass er sich nicht davon abhalten ließ – und ab diesem Tag war er ihr geheimer, ungesehener ständiger Begleiter. Seine Liebe wuchs von Tag zu Tag, und als eines Morgens Nebel auf den Hügel lagen, fasste der Prinz den Entschluss, nicht länger mit dieser Liebe alleine zu leben. Er gab sich zu erkennen, indem er aus seinem Versteck hervorkam und die wunderschöne Prinzessin ansprach und ihr seine Liebe gestand. Auch die Prinzessin war wie vom Blitz der Liebe getroffen, und ihr Herz war sofort dem Prinzen zugetan. Sie beschlossen zu fliehen, da sie den Zorn des Königs fürchteten. Von der Liebe beflügelt erreichten sie die scheinbar sicheren Berge. Hier wurde ihre Flucht von einem schauerlichen Untier gestoppt. Es spie Feuer und zwang die beiden Liebenden zur Umkehr. Die Priester des Tempels hatten die Prinzessin bereits vermisst und sich auf die Suche nach ihr gemacht. Sie entdeckten das Paar bei seiner Flucht vor dem Untier. Ohne den Prinzen anzuhören, enthaupteten sie ihn. Das gleiche Schicksal traf auch die wunderschöne Prinzessin. Die Priester schnitten die noch schlagenden Herzen aus den Körpern der Liebenden und brachten sie im Tempel der Göttin als Opfer dar.

Die Legende besagt, dass bereits wenige Tage nach dieser grausamen Tat an jener Stelle des Blutvergießens das Gras zu trocknen begann. Dort, wo das Blut versickert war, spross ein starker Strauch. Bereits nach kurzer Zeit erlangte er eine Höhe von über einem Meter. Kurz darauf begann eine zarte, smaragdgrüne Kletterpflanze aus der Erde zu sprießen und die Zweige des kräftigen Busches wie in einer Umarmung zu umranken. Die zarten Ranken waren elegant und schön, ihre Blätter kraftvoll und sinnlich. Sie wurde von allen bewundert. Eines Morgens sprossen zarte weißgrüne Orchideen aus den smaragdgrünen Ranken. Das Bild der Pflanze verstand man sinnbildlich so, als ob eine junge schmachtende Frau von ihrem Geliebten träumen würde. Und als die Orchideen verwelkten, wuchsen schlanke Schoten und verströmten den herrlichsten Duft auf Erden. Er war prächtiger, betörender und anmutiger als alle bisher gekannten Göttergaben. Man verstand, dass sich das Blut des Prinzen und der Prinzessin zu dem starken Busch und in die grazile, wunderschöne, betörend duftende Orchidee verwandelt hatte. Den Totonaken war die Vanille geschenkt worden – die Königin der Gewürze. Der Name für Vanille blieb bei den Totonaken bis heute Caxixanath, was so viel wie „gejagte Blume" bedeutet.

Die erste schriftliche Erwähnung und bildliche Darstellung von Vanille findet sich im Codex Badiano aus dem Jahr 1552. Auf die illegale Ausfuhr der Vanillepflanze stand die Todesstrafe. Deshalb blieb Vanille in den Händen der Adeligen in Spanien und man hütete das Monopol. Nach der Unabhängigkeit Mexikos (1810) gelangten Stecklinge in die botanischen Gärten Europas. Die Stadt Papantla (heute ca. 150 000 Einwohner) ist die Heimat der Vanille in Mexiko, wo auch heute noch Nachfahren der Totonaken leben. Viele Versuche, die sensible Orchideenart fernab ihres ursprünglichen Lebensraumes zu reproduzieren, scheiterten aufgrund der speziellen Art der Befruchtung der Vanillepflanze. Denn allein die in Mexiko und Zentralamerika heimische Melipona-Biene befruchtete die Vanille auf natürliche Weise. Dadurch erlangte Mexiko eine so lange Monopolstellung für Vanille.

1836 entdeckte der belgische Naturforscher Charles Morren, auf seiner Veranda in Papantla sitzend, wie diese dunklen, kleinen Melipona-Bienen in die Blüte der Vanillepflanze krabbelten und dabei die Pollen transportierten. Er begann nun zu experimentieren, und im Jahr 1837 gelang im Botanischen Garten von Lüttich die erste künstliche Bestäubung. Doch dies waren alles Versuche, und erst im Jahr 1841 gelang dem zwölfjährigen Sklaven Edmond Albius auf der Insel Réunion, ein effizientes Verfahren im großen Stil zu entwickeln. Er verwendete einen dünnen Bambusspieß, um die Blüten der Orchidee zu öffnen und das Pollenpaket im Staubgefäß auf die Narbe zu streichen. Dies war der Beginn für die erfolgreiche Vanilleproduktion außerhalb Mexikos. Wenige Jahrzehnte danach war die Île de Bourbon weltweit führend in der Vanilleproduktion. Nach Abschaffung der Sklaverei (1848) verlieh man Edmond das Patronym Albius, das sich auf die weiße (alba) Farbe der Vanilleblüte bezieht.

1819 brachten die Niederländer die Pflanze auf ihre Kolonie nach Java und 1822 brachten die Franzosen sie nach La Réunion (damals Île Bourbon – daher die Bezeichnung Bourbon-Vanille). 1880 begannen die Produzenten von La Réunion, Vanille auch in Madagaskar anzupflanzen. Im Jahr 1929 überstieg die Produktion aus Madagaskar erstmals die 1000-Tonnen-Grenze, was der zehnfachen Menge der auf La Réunion produzierten Vanille entsprach. Aus Madagaskar kommen heute ca. 70 % der weltweiten Vanilleproduktion.

Auch in Indonesien und Tahiti wird Vanille sehr erfolgreich angebaut.
Mexiko produziert nur noch ca. 10 % der Welternte. Als Coca Cola und Pepsi im Jahr 1985 die Verwendung von Vanille-Extrakt in ihrer Produktion auf das synthetische Vanillin umstellten, brach die Nachfrage um 50 % ein – ein Desaster für alle Vanillebauern weltweit.
Heutzutage hat Vanille ihre frühere Bedeutung wiedererlangt und erfährt einen ungemeinen Boom. Auch in der Schokoladeproduktion gehört es zum guten Ton, nur noch echte Vanille einzusetzen – wie zu ihren ursprünglichen Zeiten bei den Azteken.

Pflanzenkunde Vanille-Orchidee

Die Gattung der Vanilla umfasst etwa 130 Arten, von denen 15 aromatische Schoten liefern. Die wichtigste Vanille-Orchidee ist die Gewürzvanille Vanilla planifolia (Bourbon Vanille) Ihr Ursprung ist Mexiko. Neben der Gewürzvanille sind noch die Tahiti-Vanille Vanilla tahitensis sowie die Guadeloupe-Vanille Vanilla pompona (weniger aromatisch, findet sie vor allem in der Kosmetikindustrie Verwendung) von wirtschaftlicher Bedeutung.
Die Orchidee ist eine ganz besondere Pflanze, sie passt sich den Naturgegebenheiten ideal an, oft wächst sie aus anderen Pflanzen heraus – ohne jedoch „Parasit" zu sein. Der Name kommt aus dem griechischen „Orkis".
Die Vanille ist eine mehrjährige, immergrüne Kletterpflanze und gedeiht im Flachland der tropischen Regenwälder, ähnlich wie Kakao. Sie ist eine Zwitterpflanze und verfügt über männliche und weibliche Blüten (Staubblatt bzw. Stempel). Beide Organe sind durch eine Membran getrennt, um eine Eigenbefruchtung zu vermeiden. Nach drei Jahren der Pflanzung wird die Vanille erwachsen und ist bereit zur Befruchtung.
Im Ursprungsland Mexiko wurde die Bestäubung

durch die kleine, dunkle Melipona-Biene sowie im geringen Maße auch von einigen Kolibriarten durchgeführt. Dies waren die natürlichen Bestäuber der Vanillepflanze. Sie ernährten sich vom Nektar und führten die Bestäubung durch. Um in die Höhe zu ranken, benötigt die Pflanze einen Baum oder Stock, den sogenannten Tutor. 1836 erfand der Belgier Chareles Morren die künstliche Bestäubung, dies revolutionierte die Produktion von Vanille.

Aus einer Knospe wachsen der Vanillepflanze Triebe und Reben, die bis zu 25 Meter lang werden und in eine Höhe von mehr als 10 Meter reichen können. Am Boden findet sie durch ihre kräftigen Luftwurzeln Halt. Die Blätter wachsen immer abwechselnd auf jeder Seite eines Zweiges. Sie sind dunkelgrün und fleischig-dick und haben eine länglich-ovale Form mit einer Länge von ca. 18 cm. Die Blätter haben Farben von weiß über creme bis zu gelb-grün. In den Vanilleblättern befindet sich ein Saft, der in Kontakt mit der menschlichen Haut einen brennenden Juckreiz verursacht.

Die Blütenstände der Vanille sind wie Trauben in Gruppen von maximal 10 Trauben angeordnet.

Die Stiele sind relativ kurz und eine Traube kann bis zu 80 Blüten enthalten, es entstehen im Endeffekt aber nur 10 bis 20 Vanilleblüten. Die Lebensdauer einer Blüte beträgt nur einen einzigen Tag, an dem die Bestäubung erfolgen muss. Es ist also eine wirklich sehr kurze Zeit, in der die Bauern per Hand die Bestäubung vornehmen können. Nach der Befruchtung reift die Vanillepflanze acht bis neun Monate. Am Ende erreicht sie 12 bis 25 cm Länge und einen Durchmesser von 7 bis 10 mm.

Bei der Ernte ist das Aroma noch nicht voll ausgebildet. Das Aroma wird erst während der Fermentation gebildet. Hierzu wird die geerntete Frucht der Schwarzbräunung, einem zeit- und arbeitsintensiven Prozess, unterzogen. Trotzdem ist der Zeitpunkt der Ernte von entscheidender Bedeutung. Erfahrene Bauern erkennen den optimalen Zustand der Reife.

Zunächst werden die Kapselfrüchte heißwasser- oder wasserdampfbehandelt. Anschließend folgt die Fermentation in luftdichten Behältern, bis eine Auskristallisierung zu beobachten ist. Dies erfolgt in einem Zeitrahmen von 2 bis 4 Wochen. Durch diesen Prozess wandeln sich Vorstufen des Vanillins und es erfolgt die Ausprägung von über 300 weiteren Geschmacks- und Aromastoffen. Gleichzeitig schrumpfen die Schoten stark zusammen und sollten zum Schluss eine Luftfeuchtigkeit von weniger als 35 Prozent aufweisen, bevor man sie versandfertig macht. Sie werden in Wachspapier verpackt und in Holzkisten verstaut und für ca. 3 Monate gelagert.

Vanillearten

Bourbon-Vanille
Gehört der Gruppe der Vanilla planifolia aus Mexiko an. Den Namen verdankt sie der ursprünglich französischen Insel Île de Bourbon, dem heutigen La Réunion.
Heutzutage steht der Name für Vanille aus Madagaskar (ca. 70 % der Welternte) und den Regionen des Indischen Ozeans.

Tahiti-Vanille
Vanilla tahitiensis ist wahrscheinlich eine Kreuzung von Vanilla planifolia und Vanilla odorata. Sie wird im südpazifischen Raum angebaut und unterscheidet sich im Aroma und durch einen geringeren natürlichen Vanillingehalt. Sie hat dafür einen höheren Anteil an anderen Aromastoffen, was ihr einen sehr blumigen Duft verleiht. Sie wird vorrangig in der Kosmetikindustrie eingesetzt.

Mexikanische Urvanille
Ist die ursprüngliche Gewürzvanille – Vanilla planifolia.
Sie stellt heute noch ca. 10 % der weltweiten Produktion.
Vanilleschoten aus dem „totonakischen" Papantla erzielen weltweit den höchsten natürlichen Vanillingehalt.

Westindische Vanille
Die Guadaloupe-Vanille stammt aus Mittel- und Südamerika und wird heute kommerziell auf den westindischen Inseln angebaut. Vanilla pompona ähnelt der Tahiti-Vanille und kommt in der Kosmetikindustrie zum Einsatz.

Knoblauch ist die „Vanille des armen Mannes"
Als vor einigen Jahrhunderten Vanille für einen gewöhnlichen Bürger kaum bezahlbar war, bekam in manchen Gegenden Österreichs Knoblauch den Namen „Vanille des armen Mannes". Das kommt daher, weil die unteren Schichten den damals entstandenen Vanillerostbraten nicht mit Vanille, sondern nur mit Knoblauch würzen konnten. Aus diesem Grund wird der Vanillerostbraten noch heute mit Knob-

lauch statt mit Vanille zubereitet. Und er ist noch immer ein Standardgericht der Wiener Rindfleischküche.

Echte Vanille vs. künstliches Vanillin
Vanillin wurde erstmals im Jahr 1848 von Nicolas-Théodore Gubley aus der Vanillepflanze isoliert.
Im Jahr 1874 gelang den Chemikern W. Haarmann und F. Tiemann erstmals die Herstellung von Vanillin aus Coniferin, das im Rindensaft von Nadelhölzern vorkommt.
1876 synthetisierte Karl Reimer erstmals aus „Guajacol" das Vanillin. Vanillin wird heute synthetisch-künstlich aus Nebenprodukten der Holz- und Papierindustrie hergestellt. Diese Nebenprodukte enthalten die Stoffe „Guajacol" und „Lignin". Vanillin kann auch auf biotechnologischem Weg hergestellt werden. Dabei wird das Aroma durch Bakterienstämme und weitere chemische Ausgangsstoffe, unter anderem auch aus „Eugenol" hergestellt (auch ein Nebenprodukt von Nelkenöl). Bei dieser Art der Herstellung darf es als „natürliches Aroma" auf der Zutatenliste erscheinen. Zu diesen Vanillinarten zählt auch Ethylvanillin, das derzeit in Hinblick auf seine möglicherweise gesundheitlich bedenkliche Wirkung diskutiert wird. Es gibt Studien, die dem Ethylvanillin gesundheitsgefährdende Wirkung zuschreiben, andere Studien wiederum sehen es als unbedenklich an.

Bei den negativen Studien wird unter anderem angeführt: Vanillin gilt als krebserregend und schädlich für das Nervensystem. Vanillin eignet sich für die konventionelle Massentierhaltung, da es extrem appetitanregend wirkt. Vanillin überdeckt die mindere Qualität von Lebensmitteln und erhöht dadurch die ungesunde Ernährung. Reines Ethylvanillin ist bei stark überhöhter Dosis sogar tödlich für Tier und Mensch.
Echte Vanille pur enthält ca. 1,2 bis 2,5 % natürliches Vanillin sowie über 400 weitere natürliche Aroma- und Geschmacksstoffe. Machen Sie sich selbst ein Bild und entscheiden Sie, worauf es in Zukunft beim Einkauf Ihrer Lebensmittel ankommen soll.

Wie soll man Vanille verwenden / Vanilla Magic
Als Vanilleextrakt / Vanilleschote pur, gemahlen als Pulver.
Vanilleschote (mehrmals verwendbar) aufgeschnitten oder Vanillepulver zu Staubzucker in eine Dose geben.

- Bei allen Produkten, die zu säurebetont schmecken, kann eine geringe Beigabe von Vanille die Säure neutralisieren
- Wenn Früchte fad schmecken, kann man sie mit Vanille zu neuem Leben erwecken
- Verstärkt die Süßkraft von Gemüse und Obst durch eine geringe Beigabe
- Gib eine Vanilleschote in Olivenöl, und verwende das Öl zum Braten von Fisch oder Fleisch – alles wird bekömmlicher und besser
- Zur Beruhigung des Magens gib eine Minimenge an Vanilleextrakt in dein Mineralwasser oder das tägliche Glas Milch
- Wenn du dir die Zunge durch zu heißes Essen verbrannt hast – gib ein paar Tropfen Vanille auf die Zunge – der Schmerz lässt nach
- Spinnen unter dem Bett – streu etwas Vanille und sie sind weg
- Fischer verwenden Vanille zum Einreiben ihrer Hände, um den intensiven Fischgeschmack wegzubekommen

Zu Besuch auf einer Vanilleplantage

In Mexiko, unweit von Veracruz, gibt es in der Gegend um Papantla viele Vanilleplantagen (ca. 10 % der Weltproduktion). Wir besuchten aber auch Madagaskar, wo heute die meiste Vanille weltweit angebaut wird.
Wir besuchen eine Plantage in den Hügeln über Sambava.
Sambava ist die „Hauptstadt" der Vanille auf Madagaskar. Die Vanille wächst im Unterholz. Viele Plantagen befinden sich daher im Urwald in den Hügeln rund um die Vanille-Städte Sambava, Antalaha und Andapa. Man fährt nicht mehr als ca. 30 Minuten auf einer unbefestigten Sandpiste, dann erreicht man bereits die ersten Plantagen. Uns erwartet eine unglaubliche Geräuschkulisse aus Vogelgezwitscher und dem Zirpen von Grillen, dazu eine extrem hohe Luftfeuchtigkeit, die unsere Wanderung durch den Urwald recht mühselig macht. Die Plantage ist eine Misch-Plantage. Neben Arealen, in denen Vanille wächst, sehen wir hier auch Zimt, Pfeffer und Gewürznelken. Als Kletterpflanze rankt die Vanille an anderen Gewächsen hoch – mit teilweise bis zu 15 m Länge. Auf Plantagen werden oft Büsche oder kleine Bäume so gepflanzt, sodass die Liane gut an ihnen emporranken kann, wie auch auf der Plantage, die wir besichtigt haben.

Einzig die systematische Anordnung der Triebe macht die Plantage als solche erkennbar: die Triebe wachsen ca. 1,50 bis 2 m voneinander entfernt, das Wachstum wird auf ca. 1,80 bis 2 m Höhe beschränkt, damit die Bauern an alle Blüten und Schoten heranreichen.

Die Vanille blüht im Oktober und hier erfolgt die Bestäubung jeder einzelnen Blüte mittels Hand. Man verwendet dazu ein zugespitztes Bambusrohr, das aussieht wie ein kleiner Zahnstocher.

Jede Blüte blüht nur einen einzigen Vormittag im Jahr und fällt dann ab. Das bedeutet für die Bauern, dass sie zur Blütezeit jeden Vormittag auf die Plantage gehen müssen, um die frischen Blüten des jeweiligen Vormittags zu bestäuben. Nach der Blüte entstehen am Strunk der Blüte die grünen Vanilleschoten. Jede nicht bestäubte Blüte bedeutet eine Vanilleschote weniger.

Die Ernte erfolgt im Juli. Je mehr Zeit die Schoten zum Wachstum haben, desto stärker ist der natürliche Vanillingehalt. Oft kommt es zu einer späten Blüte und damit kürzeren Reifezeit. Wenn die Vanilleschoten reif sind, platzen sie auf und verstreuen die Saat. Diese überreifen Vanilleschoten, sogenannte gespaltene Schoten, haben den höchsten Vanillingehalt, da hier das Vanillin die meiste Zeit hatte, sich zu entwickeln.

Nach der Ernte im Oktober werden die Schoten von den Bauern einige Minuten in ca. 70 Grad heißem Wasser „pasteurisiert". Dies löst zugleich den Fermentierungsprozess aus. Danach breitet man die Schoten auf Jutesäcken aus und wendet sie öfters.

Nachts werden die Schoten in die Jutesäcke eingewickelt und in den Hütten der Bauern aufbewahrt. Der ganze Dschungel duftet zu dieser Zeit nach Vanille. Diese Arbeit erfolgt noch bei den Bauern auf der Plantage.

Die Bauern verkaufen die Vanille danach an die Kollekteure, die sie wiederum an die Exporteure weiterreichen.

Es wird nun laufend geprüft, ob der Feuchtigkeitsgehalt nicht 35 Prozent übersteigt. Zum Abschluss werden die Bunde von Vanilleschoten in mit Wachspapier ausgeschlagenen Holzkisten für weitere sechs Wochen gelagert, damit sich das Aroma voll entfalten kann. Erst dann ist die Ernte bereit für den Export.

Aromen / Rechtliche Aspekte der Kennzeichnung von Lebensmitteln

Das Wort „Aroma" stammt aus dem Griechischen und bedeutet ursprünglich „Gewürz". Lebensmittel werden bereits seit prähistorischen Zeiten aromatisiert. Eines der ersten Aromatisierungs- und gleichzeitig Konservierungsmittel war vermutlich der Rauch. Würzmittel wie Pflanzenextrakte wurden zum ersten Mal in mittelalterlichen Apotheken verwendet. In die Küche fanden sie ihren Weg erst im 19. Jahrhundert.

Aromen verleihen Lebensmitteln einen besonderen Geruch oder Geschmack. Sie können aus unterschiedlichen Gründen im Essen enthalten sein. Zum einen kommen Aromen natürlicherweise in Lebensmitteln vor, zum Beispiel in Kräutern. Sie können sich aber auch bei der Essenszubereitung erst bilden, etwa beim Braten oder Rösten. Zum anderen werden Aromen bei der Herstellung von Lebensmitteln bewusst hinzugefügt, um Aromaverluste während der Herstellung, Lagerung und Zubereitung auszugleichen oder um einem Lebensmittel einen besonderen Geschmack zu verleihen. Ohne Aromen wäre die heutige Lebensmittelvielfalt also nicht denkbar. Sie sind zudem der Garant für gleichbleibende Geschmackserlebnisse.

In der Regel werden Aromen in Lebensmitteln im Verhältnis 1 : 1000 dosiert,
das heißt 1 Gramm Aroma pro Kilogramm Lebensmittel, wobei das Aroma zu 10 bis 20 Prozent aus aromatisierenden Bestandteilen besteht. Der Rest sind andere Zutaten, zum Beispiel Lösungsmittel oder Trägerstoffe wie Stärke oder Milchzucker, die dafür sorgen, dass das Aroma leichter zu verarbeiten ist und im Lebensmittel besser zur Geltung kommt. Dies ist auch der Grund, warum bei Schokoladen, die mit Aromen versetzt wurden, mit dem Trägerstoff Stärke auch Gluten in die Schokoladen gelangen können, was bei an Zöliakie leidenden Menschen Probleme verursachen kann.

Kennzeichnung von Aromen:
Wie Aromen in der Zutatenliste zu bezeichnen sind, ist in der Lebensmittelinformations-Verordnung (EU) Nr. 1169/2011 geregelt. Aromen sind in der Zutatenliste mit dem Wort „Aroma" oder einer genaueren Bezeichnung oder Beschreibung, z. B. „Erdbeeraroma", gekennzeichnet. Die Angabe „natürlich" ist optional, d. h. nicht verpflichtend. Ein Aroma darf jedoch nur dann als natürlich ausgelobt

werden, wenn bestimmte Anforderungen erfüllt sind, z. B. muss ein „natürliches Erdbeeraroma" zu mindestens 95 Prozent aus der Erdbeere stammen. Die restlichen 5 Prozent müssen ebenfalls natürlichen Ursprungs sein und dürfen nur zur Standardisierung oder zur Verleihung einer frischeren, schärferen oder grüneren Note verwendet werden. Lautet die Bezeichnung „natürliches Aroma", besteht das Aroma zwar aus natürlichen Aromastoffen und/oder Aromaextrakten, diese stammen aber aus verschiedenen natürlichen Ausgangsstoffen, die den wahrgenommenen Geschmack des Aromas nicht widerspiegeln. Das Aroma schmeckt dann z. B. nach Erdbeere, wurde aber nicht oder nur zu einem geschmacklich nicht erkennbaren Teil aus Erdbeeren gewonnen.

Die einfache Bezeichnung „Erdbeeraroma" (ohne den Hinweis „natürlich") ist dagegen als Geschmackshinweis zu verstehen, nicht jedoch als Hinweis auf die verwendeten Ausgangsstoffe, d. h. das Aroma schmeckt nach Erdbeere, muss aber nicht von Erdbeeren kommen.

Natürliche Aromen

Auf der Packung steht: Vanille, Erdbeeren
Besteht aus natürlichen Lebensmittelbestandteilen
Auf der Packung steht: Natürliches Erdbeer- oder Vanillearoma
Dieses Aroma ist natürlicher Herkunft und wird aus Erdbeeren hergestellt, indem es
extrahiert oder destilliert wird. In den USA ist es mit dem Kürzel FTNF (from the named fruit) gekennzeichnet. Wichtig hierbei ist, dass der geschmacksbezeichnende Name gemeinsam mit dem Aroma angeführt wird.

Nachgemachte Aromen

Auf der Packung einer Erdbeerschokolade steht nur: Natürliches Aroma
Das Aroma ist natürlicher Herkunft, muss aber nicht aus Erdbeeren gewonnen werden. Es kann auch mit Hilfe von Bakterien, Pilzen oder Hefen aus natürlichen Grundstoffen, wie z.B. Sägespänen hergestellt werden. Wird in den USA mit dem Kürzel WONF gekennzeichnet
(With Other Natural Flavors).

Das Aroma kann zwar nach Erdbeere schmecken, wird aber aus anderen „natürlichen" Grundsubstanzen gewonnen, die nichts mit Erdbeere zu tun haben.

Auf der Packung einer Erdbeerschokolade steht nur: Naturidentisches Aroma
Dies ist ein chemisch definierter Stoff mit Aromaeigenschaften. Er muss nicht dem natürlichen Erdbeeraroma entsprechen. Es reicht, wenn nur wenige der mehreren 100 verschiedenen Substanzen des natürlichen Erdbeeraromas enthalten sind.
Große Verbrauchertäuschung, weil es nicht der Natur entspricht. Die Bezeichnung wurde seit Januar 2011 endlich verboten, nun darf es nur noch „Aroma" heißen. Produkte, die vorher erzeugt wurden, dürfen noch abverkauft werden
Auf der Packung steht: Aroma, Vanillearoma, mit Vanillegeschmack
Dies ist ein chemisch definierter Stoff mit Aromaeigenschaften. Hat keine Ähnlichkeit mit natürlichen Aromen. In unserem Fall hat dieses Aroma eine Vanilleschote nie gesehen.

Gesundheitliche Wirkungen

Aromen werden aufgrund ihrer Intensität nur in sehr geringen Mengen verwendet. Gesundheitsschädliche Auswirkungen durch den Verzehr von aromatisierten Lebensmitteln sind nicht bekannt.
Bekannte Lebensmittelallergien (z. B. durch Sojabohnen, Sellerie, Nüsse) werden in der Regel durch das Eiweiß (Protein) im Nahrungsmittel ausgelöst. Pseudoallergische Reaktionen können vereinzelt auftreten, z. B. bei Zimtaldehyd, Pfefferminzöl oder Fruchtsaftkonzentraten.

Aromenrecht

Das europäische Aromenrecht sieht vor, dass bestimmte Aromen und Ausgangsstoffe erst nach Bewertung und ausdrücklicher Zulassung bei der Herstellung von Lebensmitteln verwendet werden dürfen.
Dazu gehören Aromastoffe, Aromaextrakte, die aus Nichtlebensmitteln hergestellt werden, bestimmte thermische Reaktionsaromen, die aus Nichtlebensmitteln hergestellt werden, Aromavorstufen, die aus Nichtlebensmitteln hergestellt werden, sonstige Aromen sowie Ausgangsstoffe, die keine Lebensmit-

tel sind. Ab Oktober 2014 dürfen nur noch Aromastoffe verwendet werden, die auch in dieser Liste aufgeführt sind. Seit November 2011 ist eine neue Verordnung zur allgemeinen Kennzeichnung von Lebensmitteln im gesamten EU- Raum in Kraft. Diese Regelung ersetzt die seit den 1970er-Jahren in Europa bestehende Gesetzeslage.

Einige Auszüge davon:
3. Wie ist zu kennzeichnen (Art 13)
Die Kennzeichnungselemente müssen leicht verständlich, deutlich lesbar, dauerhaft angebracht und nicht durch andere Angaben verdeckt oder getrennt sein.
4. Sichtfeldregelung (Art 9)
Folgende Kennzeichnungselemente müssen in einem Sichtfeld – das heißt für den Verbraucher auf „einen Blick erkennbar" – angegeben werden:
Bezeichnung des Lebensmittels (Sachbezeichnung)
Nettofüllmenge des Lebensmittels
bei Getränken mit einem Alkoholgehalt von >1,2 Volumenprozent die Angabe des vorhandenen Alkoholgehalts in Volumenprozent
Das Mindesthaltbarkeitsdatum muss seit 2014 nicht mehr im selben Sichtfeld erscheinen.
5. Welche Informationen sind auf dem Etikett von Lebensmitteln verpflichtend anzugeben (Art 9)
Bezeichnung des Lebensmittels (Art 17): Das ist die rechtlich vorgeschriebene Bezeichnung. Fehlt eine solche, wird eine verkehrsübliche Bezeichnung oder eine beschreibende Bezeichnung angegeben (z.B. Milchschokolade).
Zutaten (Art 18 iVm Anhang VII): Als Zutat gilt jeder Stoff und jedes Erzeugnis einschließlich Aromen, Lebensmittelzusatzstoffen und Lebensmittelenzymen sowie jeder Bestandteil einer zusammengesetzten Zutat, die bei der Herstellung oder Zubereitung eines Lebensmittels verwendet wird und gegebenenfalls in veränderter Form im Enderzeugnis vorhanden ist.

Zutaten sind in absteigender Reihenfolge des jeweiligen Gewichtsanteils zum Zeitpunkt der Verwendung bei der Herstellung zu deklarieren. Das bedeutet: An erster Stelle steht die Zutat, von der mengenmäßig am meisten, an letzter Stelle jene, von der am wenigsten bei der Herstellung des Produktes verwendet wurde. Diesem Verzeichnis ist zwingend das Wort „Zutaten" voranzustellen.Besonders interessant finde ich die sogenannte QUID Verordnung:
Quantitative Ingredient Declaration - QUID
Die mengenmäßige Angabe der Zutaten (Quantitative Ingredient Declaration - „QUID") ist in der EU-Informationsverordnung geregelt (Art 22 iVm Anhang VIII):
Eine quantitative Angabe der Zutat ist u.a. bei Hervorhebung der Zutat durch Worte, Bilder, grafische Darstellungen auf der Verpackung oder bei wesentlicher Bedeutung der Zutat für die Charakteristik des Lebensmittels erforderlich (z.B. „mit Butter", „mit Sahne", „Abbildung einer Kuh"). Die Menge der Zutat ist in Prozent anzugeben und entweder im Zutatenverzeichnis oder in der Bezeichnung des Lebensmittels zu deklarieren.
Von der mengenmäßigen Zutatenkennzeichnung ausgenommen sind u.a. Zutaten oder Zutatenklassen, die in kleinen Mengen zur Geschmacksgebung verwendet werden.

Wirtschaftliche Bedeutung von Vanille: Zahlen / Fakten

Die Aromen- und Duftstoffindustrie hat global gesehen eine sehr große Bedeutung. Viele Unternehmen sind an den internationalen Börsen notiert und sind weltweit wirtschaftlich sehr erfolgreich.
Vanillin ist mengenmäßig einer der wichtigsten Aromastoffe weltweit, nicht zuletzt, da er technisch preisgünstig hergestellt werden kann. Man geht von einem Verbrauch von etwa 18 000 Tonnen synthetisch hergestelltem Vanillin im Jahr aus (2007).
Die rund 4000 Tonnen Kapselfrüchte echter Vanille, die jährlich weltweit geerntet werden, enthalten aber nur etwa 80 Tonnen natürliches Vanillin.
Über 95 Prozent des weltweit in Verkehr gebrachten Vanillins sind also nicht natürlichen Ursprungs. Vanillin ist nicht nur in der Süßwaren- und Schokoladenwelt im Einsatz. In der Parfümherstellung, Pharmaindustrie, chemischen Industrie sowie in der Farbherstellung kommt Vanillin zum Einsatz.

147

Herstellung

VON DER BOHNE ZUR ROH-SCHOKOLADE

von Johann Georg Hochleitner

Liebe Alessandra, die Geschichte der Schokoladeproduktion ist ab einem gewissen Punkt sehr schweizlastig.
Nachdem die Spanier den Kakao nach Europa gebracht haben, hatten die Kakaogetränke einen Siegeszug, waren jedoch dem Adel vorbehalten. Man mag es nicht für möglich halten, aber die eigentlich erste Schokoladefabrik gab es in Bristol, England, um 1730. Mit der Erfindung der Dampfmaschine gab es sogar gegen Ende des 18. Jahrhunderts sogenannte Dampf-Schokoladefabriken. Hierbei hatte Frankreich um 1780 die erste Fabrik. In diesen Fabriken ging es immer um den Reinigungs-, Röst- bzw. Mahlvorgang bei der Kakaoverarbeitung.

Es waren wieder die Engländer, nämlich das Unternehmen Fry & Sons, das nach vielen Versuchen dem Gemisch aus Kakaomasse und Zucker zusätzlich Kakaobutter zusetzte und mit dieser „neuen" Schokolade einen riesen Erfolg hatte, die danach von vielen anderen Produzenten übernommen wurde..

Erst im Jahr 1820 wurde auch in der Schweiz eine erste Schokoladefabrik durch den Unternehmers F. Callier gegründet.

1811 entwickelte der Franzose Princelet den Mélangeur, eine einfache Wanne mit zwei sich drehenden Mühlsteinen.

1860 gründete Adolf Bühler ein „Eisenunternehmen", das heute zu den weltweit größten Unternehmen zur Produktion von Grob- und Feinwalzwerken für die Schokoladeindustrie gehört. Diese Walzwerke sind ein Ausdruck Schweizer Präzision, sie ermöglichen es, die Schokolade kleiner als 15 Mikrometer zu walzen, was wiederum die Basis für den feinen Schmelz der Schokolade ist.

1867 erfand Henri Nestlé das Verfahren zur Milchpulverherstellung. Vorerst war es für die Babynahrung gedacht, aber es revolutionierte die Schokoladeproduktion.

1875 erfand Daniel Peter, verheiratet mit Fanny, der Tochter des Schokoladeunternehmers Francois-Louis Cailler, die erste Milchschokolade.

Er war mit Henri Nestlé befreundet und experimentierte mit dessen Erfindung, dem Milchpulver, doch der Durchbruch gelang ihm vorab mit Kondensmilch.

Die Schokolade hatte aber weiterhin eine brüchige, sandige Konsistenz und führte danach zur Erfindung der berühmten „Conche" im Jahr 1879 durch Rodolphe Lindt. Bei dieser für die Schokoladewelt wirklich bahnbrechenden Erfindung ging es einerseits darum, den noch in der Schokolade enthaltenen Wassergehalt zu entfernen, sowie andererseits darum, die Emulsion des Restwassers mit den unterschiedlichen Fetten und die Verringerung der noch vorhanden Säure in der Schokolade so zu verfeinern, dass je nach Länge der Conchierzeit eine eindeutige geschmackliche Verbesserung des Produktes stattfand. Wasser, Säuren und unangenehme Geschmacksstoffe wurden durch das Conchieren entfernt.

Auf diesen Schweizer Erfindungsgeist begründet sich heute noch der weltweit einzigartige Ruf von Schweizer Schokolade. Danach kam es zu vielen Verbesserungen und technischen Weiterentwicklungen, aber am grundsätzlichen Herstellungsprozess der Schokolade hat sich nichts geändert. Als wirkliche Neuerung kann man die Entwicklung bzw. Weiterentwicklung im Jahr 2010 der deutschen Firma Netsch bezeichnen, die mit Erfolg die Prozesse der Feinwalzung und Conche durch eine Weiterentwicklung des Kugelmühlensystems verfeinerte und derzeit mit diesem neuen Verfahren sehr erfolgreich ist. Al Nassma Chocolate LLC in Dubai setzt die Netsch-Technologie ein und erzielt damit ausgezeichnete Ergebnisse. In der Entwicklung hat sich gezeigt, dass es bis zur Jahrtausendwende eine enorme Konzentration an einigen wenigen Schokoladeherstellern gegeben hat.

Seit dem Beginn des 21. Jahrhunderts gibt es neue Technologien sowie kleinere Anlagen, die eine Vielfalt von Herstellern in Zukunft ermöglichen wird. Hierzu sollte man grundsätzlich 3 Verarbeitungsstufen festhalten:

1. Es kommt zur Bearbeitung der fermentierten, getrockneten und gerösteten Kakaobohne und man produziert daraus Kakaomasse / Kakaopulver und Kakaobutter. Dies ist nun wieder im Großen sowie im Kleinen möglich. Vor dem Jahr 2000 waren damit sicherlich weniger als 70 Firmen betraut. Heute würde ich diese weltweit auf mehr als 500 schätzen. Dies würde ich als einen der massivsten Trends und ein neues Lebenszeichen in der globalen Lebensmittelbranche sehen. Obwohl hierbei festgehalten werden muss, dass dieser Prozess, weltweit gesehen, noch immer von einigen wenigen wie Barry Callebaut, ADM und Cargill zu über 85 Prozent dominiert wird.

2. Herstellung von Roh-Schokolade aus den besagten Rohstoffen (Halbfabrikaten). Man lässt die Kakaomasse und Kakaobutter produzieren, hat aber beim Einkauf und bei der Behandlung der Kakaobohnen noch entscheidende Mitsprache. So etwas hat natürlich auch immer wirtschaftliche Hintergründe und die Einflussmöglichkeiten sind entsprechend auch mengenabhängig. Einzig jene Betriebe, die Schritt 1 und eventuell unter gewissen Voraussetzungen Schritt 2 betreiben, können sich als „Bean-to-Bar-Produzenten" bezeichnen. Daraus ableiten kann man auch, dass es weltweit nur sehr wenige wirkliche Fachleute gibt, die von tatsächlicher Schokoladeherstellung eine Ahnung haben. Aber es werden wieder mehr.

3. Veredler von Roh-Schokolade zu Schokoladetafeln, handgeschöpften Schokoladen, Pralinen, Konfekt u. v. m. Hierbei kommt es zur Verfeinerung der Schokolade und Produktion der Vielfalt mit unterschiedlichsten Beigaben zur Schokolade. Der Phantasie sind hier keine Grenzen gesetzt. Es wird die wieder verflüssigte Schokolade in unterschiedlichsten Mischungen vergossen, verarbeitet und abgetafelt. Dies wird von der Masse (99 %) aller großartigen Confiseurs, Chocolatiers, Patissiers und sich selbst oft als Schokoladehersteller bezeichnenden Berufskollegen betrieben.

Mythos Schweiz – Geschichte der Milchschokolade

Das besterhaltene Archiv aller Schweizer Schokoladefirmen ist jenes des Musée d´art et d´histoire in Neuchâtel. Schokolade ist ein Faktor von nationaler Identität in der Schweiz. In Relation zum geringen Weltmarktanteil der in der

155

Schweiz produzierten Schokolade von ca. 2 Prozent kommt der Schweizer Schokolade eine außergewöhnlich hohe Bedeutung zu. Bis zum 19. Jahrhundert galt : „C'est Paris qui fabrique les meilleurs chocolats."

Dies änderte sich ab 1905 grundlegend. In dieser Zeit war Schokolade in der Schweiz nach dem Käse zum zweitwichtigsten Exportgut aufgestiegen. Um 1910 produzierte man bereits mehr als zwei Drittel für den Export.

Von Cioccolatieri und Zuckerbäckern zur Industrie

Karl Viktor von Bonstetten, Syndikatsrichter des Standes Bern für die Tessiner Vogteien schrieb 1795:

> „Jedes südliche Italienische Alpenthal treibt ein besonderes Handwerk in der Fremde ... Ein ganz besonderer Zug der italienischen Schweiz ist, daß bei der Auswanderung jedes Thal bei seinem Handwerk bleibt, das vom Vater auf den Sohn fortgepflanzt wird. Im Val di Blegno ... werden alle Männer zu Chocolademachern geboren."

Gegen Mitte des 19. Jahrhunderts waren über 100 Tessiner „Cioccolatieri" in Deutschland, Frankreich, Holland und Italien tätig. Da zahlreiche Auswanderer in späteren Jahren wiederum in die Heimat zurückkehrten, brachten die vermögenden Heimkehrer nicht nur wirtschaftliche Impulse, sondern viel Know-how und ausgezeichnete Kontakte mit nach Hause.

Ähnlich ist auch das Schicksal der Bündner Zuckerbäcker zu sehen. Schokolade wurde damals hauptsächlich in Zuckerbäckereien verarbeitet. Auch die Bündner Zuckerbäcker zog es ins Ausland und sie erlangten europaweit einen derart guten Ruf, dass anlässlich der Pariser Weltausstellung Jean-Jacques Kohler von „superiorité incontestable de la Confiserie Suisse" berichtete. In Norddeutschland waren im 19. Jahrhundert viele Konditoreien und Kaffeehäuser von Schweizern geführt. Die wichtigsten Konditoreien Berlins waren zu dieser Zeit in Schweizer Hand.
1884 gab Rudolf Sprüngli-Amman bekannt, dass er nun von der Aufteilung der Arbeit in „Chocoladefabrikation", „Conditorei" und „Confiserie" sprach. Bis heute ein Zentrum der schweizerischen Schokoladeindustrie, etablierte sich in Vevey um 1770 durch Philippe Loup und Benjamin Rossier wohl eine der ersten Schokolademühlen, die „Moulin de la Clergère".

Ab 1800 ändern sich die Ernährungsgrundlagen und -gewohnheiten massiv. Konservierungsmöglichkeiten, Aufbau der Lebensmittelindustrie und die damit einhergehende bessere Verfügbarkeit ebenso wie verbesserte Bedingungen von Transport, Lagerung und Haltbarmachung der Lebensmittel verringerten die Sorge um das tägliche Brot massiv. Der Holländer Van Houten brachte durch den Alkalisierungsprozess fettarmes, besser lösliches und billigeres Kakaopulver auf den Markt. Dies führte zur Trennung des Marktes in Trink- und Essschokolade – was wiederum auch zwei Preissegmente entstehen ließ. Hier entstand auch die preisgünstige Kochschokolade (grob und mit wenig Kakaobutter hergestellt).

Im 19. Jahrhundert begann die Mechanisierung und Rationalisierung der Verarbeitung. Am Anfang dieses Umbruchs stand die Verlagerung der Produktion in alte Mühlen, und damit die Nutzung der Wasserkraft als Energiequelle. Bereits im Jahr 1880 hatte Suchard eine eigene Maschinenbauwerkstatt, in der eigene technische Verbesserungen umgesetzt wurden. Bei der Landesausstellung 1883 in Zürich war Sprüngli bereits mit einem eigenen Stand in der Maschinenhalle vertreten. Die Erkenntnis des Temperierprozesses ist nicht vollständig nachvollziehbar. Aber bereits bei Philippe Suchard gab es Ende des 19. Jahrhunderts große Anlieferungsmengen an Natureis. Erst ab 1900 setzten sich Kältemaschinen durch.

1819 soll Francois-Lois Cailler die erste Schweizer Schokoladefabrik bei Vevey errichtet haben. 1826 folgte Philippe Suchard in Neuchâtel, 1845 Rudolf Sprüngli-Ammann in Zürich, 1852 Aquilino Maestrani in Luzern, 1867 Daniel Peter, 1879 Rudolph Lindt in Bern, 1887 R. und Max Frey in Aarau, 1899 Jean Tobler in Bern und 1904 stieg auch Nestlé in die Schokoladenfabrikation ein – um hier nur einige der wichtigsten und zumeist bis heute bekannten Namen zu nennen.

Alle großen Namen der Schweizer Schokoladeproduzenten kamen aus der Zuckerbäckerei und konnten zumeist auf langjährige Erfahrung in in- und ausländischen Zuckerbäckereien verweisen, bevor sie auf mechanisierte Verarbeitung von Schokolade übergingen.

Beste Kontakte ins Ausland, die damit verbunden

Ausbildung und Lehrzeit in ausländischen Unternehmungen, zudem die Bedeutung persönlicher Beziehungen und Freundschaften zu ausländischen Produzenten waren entscheidend für die weitere Entwicklung der Schweizer Schokoladeindustrie.
Als Beispiel sei hier Familie Cailler mit Caffarel in Turin angeführt.
Eine Ausnahme bildete auf den ersten Blick Daniel Peter – als Sohn eines Metzgers produzierte er zuerst Kerzen und stieg dann 1867 in die Schokoladeproduktion ein. Aber auch hier ist erkennbar, dass er enge nachbarschaftliche Beziehungen zur Familie Cailler und zu Henri Nestlé unterhielt. Henri Nestlé betrieb damals eine Knochenstampfe zur Herstellung von Knochenmehldünger, er schwenkte danach auf die Fabrikation von Kindermehl um. Sein später rasanter Aufstieg mit der Kondensmilchfabrikation inspirierte Herrn Daniel Peter zur Erfindung der ersten Milchschokolade ab 1880. Nestlé fusionierte im Jahr 1905 mit „Anglo-Swiss Milk Co." zu „Nestlé & Anglo-Swiss Condensed Milk Co." mit einem Aktienkapital von 40 Millionen Schweizer Franken und hatte bereits damals 18 Fabriken im In- und Ausland.
Die vertraglich abgesicherte enge Zusammenarbeit zwischen „Nestlé" und „Peter, Cailler, Kohler Chocolats Suisses S.A." (kurz PCK) ermöglichte es PCK, zur größten Schokoladefabrik der Schweiz zu werden. Auch zwischen den Familien Lindt und Kohler (Bern) gab es enge und gute Beziehungen.
In der Zeit von 1880 bis 1902 stieg die Anzahl der Schweizer Schokoladefabriken von 13 auf 22. Die Anzahl der Arbeiter versechsfachte sich jedoch. Im Jahr 1880 betrug der Import von Kakaobohnen 2000 Tonnen und im Jahr 1919 um die 18 000 Tonnen. Der höchste Beschäftigungsstand in der Schweizer Schokoladeindustrie war so gegen 1920 mit etwa 9000 Erwerbenden festzustellen.
Eine weitere seit 1900 feststellbare Entwicklung war die zunehmend gute Zusammenarbeit verschiedener Firmen sowie Fusionen und Übernahmen.
Der erst 44-jährige Junggeselle Lindt verkaufte an Rudolf Sprüngli-Schifferli um die damals sehr beachtliche Summe von 1.5 Millionen Franken. Schon damals war der bereits bekannte Markenname von „Lindt" sehr hilfreich, so nannte man auch das neue Unternehmen „Lindt & Sprüngli" und nicht umgekehrt.
Herr Lindt bekam einen Sitz im Verwaltungsrat der übernehmenden Firma.
Als Faktoren für den weltweiten Erfolg, den außergewöhnlichen Ruf und den Aufstieg der Schweizer Schokoladeindustrie gelten im Allgemeinen die folgenden:

1. Erfindung der Milchschokolade ab 1875 durch Daniel Peter
2/. Erfindung der Conche durch Rudolf Lindt nach 1879 sowie
3. die außerordentlich hohe Qualität von Schweizer (Milch-)Schokolade

Ad 1. Die Erfindung der Milchschokolade durch Daniel Peter ab 1875 ist nur vor dem Hintergrund der zunehmenden Bedeutung der Milch als Nahrungsmittel und der zahlreichen Milchverfälschungen zu verstehen. Den Nährwert eines Milch-Kakaogetränkes hatte man schon lange vor Herrn Peter erkannt. Die im 19. Jahrhundert durchgeführten Agrarreformen führten zur verbesserten Viehhaltung und Steigerung des Milchertrages und damit verbunden zu einer Intensivierung der Milchwirtschaft.
Milch etablierte sich als gesundes Grundnahrungsmittel in dieser Zeit
Die Schweiz nahm in der Entwicklung der Milchwirtschaft jedoch im europäischen Kontext eine Sonderstellung ein. Da in den alpinen Regionen Getreideanbau nur schwer möglich war, bestand hier eine sehr lange vieh- und milchwirtschaftliche Tradition. Die Verarbeitung wurde zu Beginn des 20. Jahrhunderts hauptsächlich durch genossenschaftliche Molkereibetriebe sehr gut organisiert.
Die Versorgung der Städte und insbesondere der Säuglinge mit qualitativ guter Milch war ein Problem dieser Zeit. Durch die länger haltbare und qualitativ bessere Kondensmilch, später Milchpulver, eröffnete man sich neue, stark wachsende Absatzmärkte. Insgesamt muss der Erfolg der Milchschokolade im Zusammenhang mit der Durchsetzung der Milch als Nahrungsmittel (1886 Einführung der Pasteurisierung), der traditionellen Bedeutung der Schweiz als Milchland und dem raschen Aufstieg der Kondensmilchindustrie im 19. Jhdt. gesehen werden.
1866 war die „Anglo-Swiss Condensed Milk Co." in Cham (Kanton Zug) von den Gebrüdern Page (Amerikaner) gegründet worden. Im Jahr 1882 produzierte man bereits 30 Millionen Büchsen Kondensmilch pro Jahr.
Philippe Suchard hatte auch bereits 1868 intensiv an der Erfindung der Milchschokolade gearbeitet. Sein Produkt zu dieser Zeit war ein Milchschokoladepul-

ver. Es war also eine gemeinsame Entwicklung der Schokoladeproduzenten in der Schweiz, die zur Erfindung der Milchschokolade geführt hat. Daniel Peter arbeitete über 10 Jahre an der Entwicklung des Produkts, dies lässt sich anhand seines Versuchsbuchs aus den Jahren 1875 bis 1891 rekonstruieren, wo er all seine Erfolge und Misserfolge festhielt. Ein Problem war die Gärung des Produkts nach wenigen Wochen, die zu einer ranzigen und unverkäuflichen Schokolade führte. Peter begann die Milch einer Temperatur von 90 bis 95 Grad auszusetzen.

Ein Ansporn für die Entwicklung von Daniel Peter wird sicherlich auch die Erfindung des ersten Kindermehls (mit Milchanteil) von Henri Nestlé gewesen sein. Wie erwähnt war die Verbindung von Milch und Kakao (bzw. Fett und Wasser) eines der Hauptprobleme bei der Herstellung einer guten Milchschokolade. Ab 1881 wurde die Milch im Vakuum kondensiert, was eine schonende Verarbeitung ermöglichte.

Daniel Peter erhielt in dieser Zeit sehr viele Auszeichnungen und Medaillen auf nationalen und internationalen Ausstellungen. 1880 erhielt er von der Académie Nationale in Paris „une médaille de Deuxiéme Classe ... en considération des produits de Chocolat et lait Condensé".

Sein Enkel Daniel Peter junior stellte anlässlich des 100-jährigen Jubiläums (1975) fest: „Das erste Rezept meines Großvaters stammt aus dem Jahr 1887."
Es wurde „Gala Peter" genannt (von griechisch „Gala" für Milch), hierfür gab Peter dem trockenen Milchschokoladepulver nur noch Kakaobutter hinzu und das neue Produkt konnte in Tafeln ausgeformt werden.

Nach dem frühzeitigen Tod seines Sohnes Francois widmete er sich weiterhin intensiv der Entwicklung. Mitte der 1800er-Jahre entwickelte er einen Vorläufer der Toblerone unter dem Namen „Delta Peter". Sie wurde später von Theodor Tobler verbessert und im Jahr 1908 auf den Markt gebracht.

Überblickt man die Erfindung der Milchschokolade, war sie die Verbindung von technischem Fortschritt, jahrelangen – von Rückschlägen gezeichneten – Versuchen und Verbesserungen des Produkts sowie die Folge eines guten Beziehungsnetzes und sozialen Umfeldes (Henri Nestlé, Familie Callier, Philippe Suchard u. a. m.), der sozikulturellen Bedeutung eines Produktes und den Interessen einer Unternehmerpersönlichkeit – dies entspricht dem Grundmuster von Innovationsprozessen.

Die Durchsetzung der Milchschokolade erfolgte nur langsam. Der Durchbruch erfolgte ab 1900, als mehrere Schweizer Fabrikanten zur Herstellung von Milchschokolade übergingen. Einen Nachweis für den Aufschwung zu dieser Zeit bildet auch die Gründung von Daniel Peter, der „S.A. des Chocolats au Lait Peter", mit einem Aktienkapital von 450 000 Schweizer Franken – es wurde im Jahr 1903 auf 1.500.000 Franken erhöht. Unterstützt wurde die zunehmende Verbreitung aber nicht nur durch die Imitation des Produkts, sondern die Beigabe von Milch ermöglichte die Einsparung von bis zu 20 % der wesentlich teureren Rohstoffe Kakao und Zucker. Von großer Bedeutung war die Symbolik der Milch, die als weißes, Reinheit symbolisierendes und jahrhundertaltes Nahrungsmittel für Kinder – trotz der zahlreichen Verfälschungen – über eine weit zurückreichende Tradition verfügte. Die immer wieder betonte Natürlichkeit der Schweizer Alpweiden ließ die Milch gerade im Zeitalter der Industrialisierung und Urbanisierung zum Symbol einer gesunden und naturverbundenen Lebensweise werden.

Bis nach 1905 blieb die Schweiz die alleinige Herstellerin von Milchschokolade und verfügte damit über einen First-Mover-Vorteil, der für den Aufstieg der Schweizer Schokoladeindustrie entscheidend war.

Jean-Jacques Kohler schrieb in seinem Bericht zur Weltausstellung in Paris:
„Il faut dire que la fabrication (... du chocolat au lait) n'a pas été couronné de succès dans les autres pays, don't la concurrence est quasi nulle dans ce domaine." Die Konkurrenz in Deutschland und England produzierter Produkte war aufgrund ihrer niedrigeren Qualität gering – teilweise waren sie mit einem Milchgehalt von unter 10 % hergestellt, was einen guten Milchgeschmack fast unmöglich machte.

Trotz schlechter Qualität, aber mit sehr günstigen Preisen, lehnten sich die ausländischen Konkurrenten immer „so eng wir nur möglich in der Vermarktung an die Schweizer Vorbilder an", was wiederum als starke Stellung der Schweizer galt.

Ad 2. Die zweite wichtige Innovation der Schweiz war die Erfindung der Conche durch Rudolphe Lindt im Jahr 1879. Herr Lindt war der Sohn eines wohlhabenden Apothekers aus Bern und hatte 1879 gemeinsam mit Charles Kohler in Bern eine Fabrik gegründet. Für die Fabrikation kaufte Herr Lindt einige veraltete Maschinen der Schokoladefabrik „Ballif & Co" aus Bern.

Mit diesen altmodischen Maschinen gelang es nicht, die Feuchtigkeit in der Schokolade entsprechend zu reduzieren, was sich negativ auf die Qualität auswirkte. Die von ihm eingesetzte auf den Italiener Bozelli zurückgehende „Längsreibmaschine" konnte sich im Gegensatz zu den Melangeuren und Walzwerken im Verlauf des 19. Jahrhunderts nicht breiter durchsetzen.

Lindt verbesserte diese Maschine, die auch Conche (von lateinisch „concha" für Muschel oder muschelförmiges Gefäß) genannt wurde. Der Boden sowie die Läufer wurden durch eingelassene Granitplatten ersetzt.

Dies basierte auf dem Glauben, dass „jede längere Berührung mit Eisen" der Masse einen Metallgeschmack geben könnte.

Die von Lindt angestrebte Trocknung der Masse war deshalb möglich, weil er die Conche auch beheizte (70 bis 90 Grad).

Diese Veränderungen gaben der Schokolade den besagten besseren und feineren Schmelz sowie neue, veränderte Aromen. Die Masse wurde jetzt tagelang gewalkt und damit intensiver homogenisiert und es wurde auch mehr Kakaobutter beigegeben.

Durch die konkave Form der Conche überschlug sich die Masse beim Hin- und Hergehen der Walze, was im Gegensatz zur Verarbeitung im Melangeur eine innige Durchmischung und Belüftung bewirkte.

Dies ermöglichte die Feinheit der Schmelzeigenschaften, rascheres Trocknen der Masse, Entfernung von unangenehm riechenden Aromen (wie Ameisen- und Essigsäure) und somit das Entstehen einer dunklen, samtenen Masse.

Man musste aber exakt darauf achten, nicht zu viel zu conchieren, denn dadurch konnte auch eine „tote Masse", bei der sich zu viele Aromastoffe verflüchtigt haben, entstehen.

Herrn Lindt ist es gelungen, in Bezug auf die Feinheit, die Schmelzeigenschaften und das Aroma ein völlig neuartiges Produkt zu erfinden, das sich positiv auf das Image der Schweizer Schokolade am internationalen Markt auswirkte.

Insgesamt bestand die Innovation Lindts aus einer neuen Verwendungsweise einer bereits bestehenden und von ihm verbesserten Maschine.

Es gelang Lindt rund zwei Jahrzehnte, sein Verfahren geheim zu halten, deshalb setzte sich dieses Verfahren auch nur langsam durch.

1899 wurde Lindt von Sprüngli übernommen. Aber man produzierte auch zum Beispiel im Jahr 1903 erst ca. 100 Tonnen Schokolade in Bern und 150 Tonnen in Kilchberg im Jahr, was etwa 3 % der Gesamtproduktion in der Schweiz zu dieser Zeit entsprach.

Auch die Maschinengröße war noch entsprechend klein und wurde erst im Lauf der Jahre auf 100 kg und mehr gesteigert.

Lindts Innovation galt der Qualitätsverbesserung und nicht der Senkung der Produktionskosten. Die beiden Reisenden Brüder Tobler vertrieben zu Beginn mit viel Aufwand diese neuartige Schokolade „Chocolat moux".

Man arbeitete mit einer Provision von 18 % – sie wurde von Herrn Lindt auf 5 % gesenkt, was angeblich zu einem Bruch mit den Toblers führte, und nach dem Verkauf an Sprüngli begann man selbst mit der Produktion von Schokolade.

Die Schmelzschokolade setzte sich nach 1910 immer mehr durch.

Herr Lindt hatte ein Verfahren entwickelt, das wie die Fabrikation von Milchschokolade schon bald zu den Standardverfahren in der Schokoladeherstellung gehörte, zugleich die Feinheit der Waren erhöhte und damit nicht nur zusätzliches Kundenvertrauen generierte, sondern auch den Ruf der Schweizer Schokolade weiter festigte.

Ad 3. War die schweizerische Schokoladeindustrie ursprünglich aufgrund des Standortnachteils zur Produktion hoher Qualität gezwungen worden, ermöglichte dies in späteren Jahren die Erzielung eines hohen Preises sowie die Erlangung eines guten Rufs.

Denn auch seit Ende des 19. Jahrhunderts stieg die Nachfrage nach qualitativ guten Produkten ständig an – ein Markt, in dem die Schweiz bereits über eine lange Tradition und positives Image verfügte.

Diese Bedeutung von Qualität muss aber auch vor dem Hintergrund der im 19. Jahrhundert zahlreichen Lebensmittelverfälschungen gesehen werden.

Diese wurden durch die industrielle Verarbeitung von Lebensmitteln hervorgerufen – weil nicht mehr ein Rohprodukt, sondern ein verarbeitetes Nahrungsmittel verkauft wurde.

Eine Untersuchung von Kakao- und Schokoladeprodukten in England, die von der Londoner „Sanity Society" durchgeführt worden war, die in der Fachzeitschrift „The Lancet" und später in Berichten der französischen „Académie nationale de médecine" publiziert worden war, ergab folgendes Bild: 39 von 70 untersuchten Proben waren mit rotem Ocker (aus gemahlenen Ziegeln) gefärbt. 48 von 56 unter-

suchten Schokoladen enthielten Mehl von Kartoffeln, Pfeilwurzel, sowie einfaches Weizen- und Gerstenmehl (zwischen 5 und 50 Prozent) als Beigabe.

Eine oft vorgenommene Verfälschung lag darin, die teure Kakaobutter durch andere pflanzliche oder tierische Fette zu ersetzen.

Dies führte zur Entwicklung der Lebensmittelgesetzgebung.

In der Schweiz wurde 1905 das „Bundesgesetz betreffend den Verkehr mit Lebensmitteln und Gebrauchsgegenständen" erlassen.

Angesichts der noch unbefriedigenden Situation kam der Initiative einzelner Unternehmer besondere Bedeutung zu.

Das geeignete Mittel, gegen Verfälschungen vorzugehen und zugleich Verantwortung für die eigenen Produkte zu übernehmen, war die Einführung von Fabrikmarken.

Dadurch konnte die Verfälschung durch Zwischenhändler mittels einer sorgfältigen Verpackung deutlich erschwert werden.

Durch die Angabe des Herstellernamens waren die Fabrikanten der Produkte eruierbar.

Philippe Suchard hatte als einer der ersten in seiner Broschüre mit dem Titel „Die Chocolade" festgehalten:

> „Es gibt nur ein Mittel (… die Verfälschungen) zu beseitigen und das wäre: dass jeder Fabrikant ein Fabrikzeichen adoptiert und so den Consumenten gegenüber eine Verantwortlichkeit für seine Ware übernimmt; dieselben werden dann schon das Fabrikzeichen zu wählen wissen, welches ihnen am meisten Vertrauen einflösst."

Im Jahr 1917 begründete Albert Wander den ungeheuren Aufschwung der Schokoladeindustrie in der Schweiz wie folgt:

> „Die Bezeichnung Schweizer Schokolade ist in der Tat eine Qualitätsbezeichnung geworden für die beste und feinste Ware auf dem Weltmarkt. Diesen Erfolg haben unsere Fabrikanten der Verarbeitung von nur erstklassigem Rohmaterial und der technischen Vollkommenheit ihrer maschinellen Einrichtungen zu verdanken."

KLASSISCHES VERFAHREN DER SCHOKOLADEHERSTELLUNG
MISCHEN, WALZEN, CONCHIEREN

Die Kakaobohnen gelangen aus den Ursprungsländern im getrockneten Zustand in die großen Häfen wie Amsterdam und Rotterdam und werden von dort in die Schokoladefabriken geliefert. Dort werden Proben der angelieferten Bohnen entnommen und mit den vorab zugesandten Mustern verglichen sowie auf ihre Qualität untersucht, danach wird die Ware abgelehnt oder angenommen und sie gelangt in die Lagersilos.

Vorreinigung

Bei der Vorreinigung werden alle Nicht-Kakaobestandteile wie kleine Steine und Fasern von den Jutesäcken u.a.m. entfernt, dies erfolgt durch spezielle Siebvorrichtungen.

Debakterisierung

Die Kakaobohnen sind von Natur aus bakteriell stark belastet, da sie üblicherweise im Freien vorgetrocknet werden, und sollten deshalb bei der Schokoladeverarbeitung debakterisiert werden. Dies erfolgt üblicherweise durch eine Behandlung in einem Dampfbehälter mit Druck von über 2 bar und einer Temperatur von über 170 °C für länger als 2 Minuten.

Rösten

Der Röstvorgang hat einen entscheidenden Einfluss auf die Aromenentwicklung der Kakaomasse. Die Rösttemperatur beträgt je nach Sorte ca. 110 bis 130 Grad Celsius. Unterschiedliche Röstungsarten kommen zum Einsatz, je nach Größe des verarbeitenden Betriebes. In großen Schokoladefabriken setzt man mehr auf kontinuierliche Röstung bei gleichbleibenden Temperaturen. Der Röstvorgang dauert ca. 30 Minuten. In Kleinbetrieben können beim Röstvorgang durch Änderung der Rösttemperatur und Röstzeit andere Ergebnisse erzielt werden, man ist somit flexibler und kann mehr auf die unterschiedliche Behandlung der Bohnenarten eingehen.

Neben der Aromenbildung dient der Röstvorgang auch dazu, den Wassergehalt unter 2 % zu bekommen, was entscheidend für die Weiterverarbeitung ist. Aufgrund der Hitzebehandlung kommt es auch zur weiteren Reduktion der Keimbelastung der Bohnen.

Trennung von Schale und Kern

Nach Abschluss der Röstung und einer Abkühlungsphase müssen nun die Schalen vom Kern getrennt werden. Dies erfolgt durch ein Aufbrechen der Bohnen mittels Walzen oder Mühlen. Danach werden durch Absaugungen und vibrierende Förderbänder die Schalenanteile entfernt und es verbleibt der reine Kakaokern. Dieser liegt jedoch nicht mehr im Ganzen vor, sondern als Bruch und ist unter dem Begriff „Kakao-Nibs" bekannt.

Die Kakaoschalen finden in der Masttierhaltung oder zur Wärmegewinnung Verwendung.

Mahlen / Pressen

Die Kakaomasse wird danach zur Weiterverarbeitung zu Kakaopulver oder zu Schokolade verwendet.
Anschließend wird aus den Nibs Kakaomasse und Kakaobutter.
Man verfeinert die Nibs über einen Mahlprozess bei ca. 70 bis 90 Grad Celsius zur Kakaomasse. In diesem Prozess trennt man die grundsätzlichen zwei Bestandteile der Kakaobohne.
Bei einer Temperatur von 36 Grad wird durch Pressen die Kakaobutter von der Kakaomasse getrennt. Die Kakaobutter ist eine goldgelbe Flüssigkeit. Die Kakaomasse kann danach zu Kakaopulver mit einem Fettanteil von weniger als 20 Prozent verarbeitet werden.

Die Kakaobutter ist ein sehr hochwertiges Fett mit einem hohen Schmelzpunkt von 28 bis 36 Grad Celsius und damit ein hartes Fett. Die sogenannte „desodorierte Kakaobutter" wird einem Raffinationsprozess, der eine Erhitzung auf 150 °C über einen längeren Zeitraum von über 2 Stunden bedeutet, unterzogen. Danach wird die Kakaobutter gefiltert, zu einem relativ reinweißen, neutral schmeckenden Fett. Die Alternative dazu ist die Kakaobutter naturell, hierbei wird auf die aufwendige Raffination verzichtet. Diese Kakaobutter weist jedoch von Charge zu Charge einen verschiedenen Eigengeschmack auf, der in der heutigen Zeit der Standardisierung sich nur sehr schwer durchsetzt. Die Mehrheit der Verbraucher erwartet gleichbleibenden, standardisierten Geschmack von Jänner bis Dezember, von Amsterdam bis Zagreb.
In der Kakaomasse steckt also das ganze Aroma des Kakaos, das durch die Kakaobutter (Fett) getragen wird.

Mischen

Jetzt kommt es zu den unterschiedlichen Rezepturen und Geheimnissen jedes Schokoladeproduzenten. Beim Mischen werden nun die Rohstoffe wie Zucker, Kakaobutter, Kakaomasse, Milchpulver, Vanille und weitere Zutaten gemischt.

Walzen

Aufgrund der vielen technischen Entwicklungen kann man heute eine Schokolade mit feinem Schmelz, sprich feinst gewalzte Schokolade (weniger als 15 Mikrometer) als „gelernt" bezeichnen.
Zum Beispiel auf Sizilien gibt es noch eine sehr grob gemahlene Schokolade, die dort als Spezialität gilt. (Bei uns war dies die berühmte Haushaltsschokolade nach dem Krieg.)
Beim Walzen wird das Mischgut über ein Förderband zuerst der Grobwalze zugeführt.
Hier erfolgt die Mahlung auf weniger als 60 µ
Danach kommt es über das Fünfwalzwerk zur Feinmahlung der Schokolademasse. Unter 20 mü sind Teilchen für das menschliche Empfinden nicht mehr als „sandig" zu erkennen. Hier hat es die Technik nun geschafft, eine Mahlung unter 15 mü zustandezubringen.
Die große Kunst hierbei ist es, dass dies kontinuierlich passiert, denn sollte der Prozess gestört werden, so können bereits geringe Anteile von Partikeln, die größer als 20 mü sind, einen Eindruck des Sandigen vermitteln.

Conchieren

Das Conchieren kann man sich vereinfacht so vorstellen, dass hier über Regelung der Temperatur durch einen Rühr- und Spachtelvorgang an der Außenwand der Conche eine homogene, glatte Masse entsteht, in der noch alle erwünschten Aromen enthalten sind und alle unterwünschten entfernt wurden.
Durch entsprechende Absaugung und Belüftung wird der Schokoladenmasse noch die Restfeuchte entzogen. Das Trockenconchieren oder Flüssigconchieren bedeutet die Beigabe von Kakaobutter und Lecithin zu einem unterschiedlichen Zeitpunkt.
Auch die Verwendung der Schokolade als Überzugsschokolade für Pralinen, als Tafelschokolade oder Schokolade für Hohlfiguren als Weihnachtsmann und Osterhase erfordern eine unterschiedliche Viskosität. Diese Viskosität wird durch die Menge von Kakaobutter und Lecithin bestimmt, die Beimengung ist daher rezepturabhängig.

Die Viskosität ist ein Maß für die Zähflüssigkeit eines Fluids.

Die alte Messeinheit Poise (P) ist eine nichtgesetzliche Einheit der dynamischen Viskosität, benannt nach dem französischen Physiker und Mediziner Jean Léonard Marie Poiseuille.

Im amtlichen und geschäftlichen Verkehr ist seit 1978 die SI-Einheit Pascal-Sekunde (Pa· s) zu verwenden. Eine weitere Einheit der Viskosität in angelsächsischen Ländern war das Reyn.

Das Lecithin beschleunigt auch den Homogenisierungsvorgang der unterschiedlichen Fette (Emulsion) in der Schokolademasse mit der Restfeuchte von mehr als 1 Prozent.

Die Conchierzeiten reichen von 6 bis 72 Stunden und sind von vielen Faktoren abhängig.

Temperieren

Bevor nun die Schokolade zu den verschiedensten Verwendungszwecken weiterverarbeitet wird, muss sie temperiert werden.

Dieser Prozess ist entscheidend dafür, ob die Schokolade danach einen schönen, natürlichen Glanz sowie eine homogene Konsistenz aufweist.

Dieser Prozess beginnt damit, dass man die flüssige Schokolade auf über 45 Grad Celsius erwärmt – hierbei lösen sich alle „Kristalle" auf.

Das Besondere bei Kakaobutter ist der hohe Schmelzpunkt von ca. 26 bis 28 Grad Celsius. Beim Vorgang des Temperierens senkt man die Temperatur der Schokolademasse bis auf ca. 26 Grad (die Schokolade wird gerade dickflüssig) und danach erwärmt man sie bis maximal 32 Grad. Nur wenn dieses Prozedere exakt eingehalten wird, erhalten die Kakaofette eine entsprechende Struktur, die die gewünschten Eigenschaften hat. Es gibt grundsätzlich zwei Methoden, zum einen die Impfmethode, zum anderen, indem man die Schokolade tabliert. Dazu Näheres im nachfolgenden Kapitel.

Bei der Konditormeisterprüfung gehört dieser Prozess zur Ausbildung und bedarf langer Übung. In den großen Schokoladewerken wird er durch Maschinen präzise durchgeführt.

Nach dem Temperieren wird die Schokolade ihrer Verwendung zugeführt, über die wir in einem anderen Kapitel im Detail sprechen werden.

Qualitätsmerkmale guter Schokolade

- Kakaobutter ist das einzig enthaltene Pflanzenfett
- Voll- oder Sahnemilchpulver ist das einzig enthaltene Milchfett
- Lecithinlose Schokolade ist zu bevorzugen Anstatt des Lecithins kommt es zu einer erhöhten Beigabe von Kakaobutter
- Sonnenblumenlecithin ist meistens nicht genmanipuliert – im Gegensatz zu Sojalecithin
- Weicher, samtiger Schmelz bedeutet Geschmackserlebnis durch perfekte Walzung auf weniger als 15 mü und intensive Conchierung
- Hoher ausgewiesener Gesamt-Kakaoanteil bei Zartbitter-Schokoladen ab 60 %, bei Vollmilchschokoladen ab 36 %, bei weißen Schokoladen ab 32 %
- Hohe Qualität der Bohnen (Fermentation), korrekte Verarbeitung erkennt man durch ein ausgeprägtes, komplexes Kakaoaroma mit großer Vielfalt an Geschmackskomponenten
- Verwendung von purer, echter Vanille
- Gute Schokolade darf weder Fremdfette (gehärtete Fette), künstliche Aromen noch Vanillin enthalten
- Bio-Rohstoffe garantieren meistens besser behandelte Rohstoffe
- Fairtrade-Produkte machen die Schokolade aus sozial-verantwortlicher Sicht weniger bitter

Herstellung von Nougat

Mit Schokolade harmoniert die Nuss am besten, deshalb ist sie auch die bevorzugte Variante neben den reinen Schokoladetafeln.

In vielen Ländern gehört der Nougat zu den bevorzugtesten Produkten in Kombination mit Schokolade.

Nougat besteht grundsätzlich aus Nüssen (1 Teil), Zucker (1 Teil, als Karamell), Kakaobutter, Kakaomasse (= 1 Teil Couverture) und manchmal auch noch Milchpulver.

Es gibt je nach Art der Nuss (Macadamia, Haselnuss, Mandel u. a. m.) sowie der unterschiedlichen Beigabe anderer Zutaten eine Vielfalt an unterschiedlichsten Nougats.

Beim Herstellungsverfahren wird der Zucker meistens karamellisiert (bei mehr als 140 Grad, eigentlich 170 Grad, ohne Wasser) oder der Zucker (mit Wasser) wird eingekocht und bei Erreichung des richtigen Grades werden die gerösteten Nüsse zur Abkühlung beigegeben. Aber es gibt auch hier unterschiedliche Herangehensweisen.

Danach wird der Krokant zur Zerkleinerung in einem Mélangeur verarbeitet.

Auch bei der Nougat-Herstellung ist die Feinheit wichtig, deshalb kommt auch hierbei wie bei der Schokoladeherstellung das 5-Walzwerk zum Einsatz und ist Garant für das entsprechende Geschmackserlebnis. Danach kommt es noch zur Beigabe von Schokolade oder Kakaobutter. Auch die Conche und das Temperieren wird wie bei der Schokolade vorgenommen.

Voraussetzung für guten Nougat ist die Qualität und Art der Nüsse, für die geschmackliche Ausprägung sind der Röstgrad der Nüsse, die Menge des Karamellzuckers und die Beigabe der Schokolade entscheidend.

Schokolade – Passion in Variation

Jetzt kommen wir zu jenem Teil des Buches, in dem auf die unterschiedliche Verarbeitung und die Sorten von Schokolade eingegangen wird.

Schokolade wird meistens im festen Zustand an die vielen Confiserien und verarbeitenden Schokoladebetriebe angeliefert.

Einschmelzen

Klassisch ist es, die Schokolade in einem Topf, der in einem Wasserbad (60 Grad) steht, aufzuschmelzen. Wasser darf jedoch nie in die Schokolade kommen!!

Es geht auch im Backofen (bei 70 Grad) oder – etwas gefährlicher – im Mikroofen.

Achtung, die Schokolade schmilzt optimal bei 45 Grad, entsprechend sollte man immer rühren und es sollte nicht zu heiß werden.

In gewerblichen Betrieben erfolgt das Einschmelzen mit einer entsprechenden maschinellen Vorrichtung.

Temperieren

Auch hierzu gibt es bereits technisch perfekte Maschinen.

Für den Konditor oder für Sie zu Hause gibt es zwei Methoden, um einen schönen Glanz sowie eine perfekte Verarbeitung der Schokolade zu garantieren:

Beim klassischen Tablieren mit einer Palette wird die flüssige warme Schokolade auf einer sauberen glatten Fläche (in den Konditoreien gab es hierzu immer den Tisch mit der Marmorplatte) hin und her gestrichen, so dass die Schokolade abkühlt und dickflüssiger wird. Man gibt sie wieder zurück und fährt mit diesem Prozess so lange fort, bis die Schokolade im Kessel dickflüssig wird (sprich bis unter 28 Grad Celsius hat). Danach wird die Schokolade auf etwa 30 bis 32 Grad angewärmt und nun kann man sie entsprechend verarbeiten und der Glanz ist garantiert.

Sie darf aber die Temperatur von 32 Grad nicht übersteigen.

Hierbei ist immer wieder leicht nachzuwärmen.

Hierzu sind viel Erfahrung und Gefühl notwendig.

Die zweite Methode ist die Impfmethode, dabei löst man die feste Schokolade (am besten Linsen) in der flüssigen Schokolade auf (man impft sie) bis zur richtigen Konsistenz (dickflüssig) und Temperatur.

Sie merken umgehend, dass Sie etwas falsch gemacht haben, wenn die Schokolade nicht in relativ kurzer Zeit fest wird und wenn sie nicht glänzt, sondern weiß beziehungsweise grau wird.

Schokoladeprodukte

Eine spezielle Art von Plexiglasformen, die von einigen wenigen Spezialfirmen hergestellt wird, dient als Gussform für die Schokotafel.

Sie sind Teile einer Gießmaschine, von der die flüssige, temperierte Schokolade in die vorgewärmten Formen gegossen wird. Danach wird sie über ein Schüttelband geführt, es werden durch die Vibration die Luftbläschen entfernt und eine gleichmäßige Verteilung der Schokolade in der Form erfolgt.

Nach dem sogenannten Kühltunnel kommen die Formen zur Entformstation, wo die gefestigte Schokolade leicht (aufgrund des unterschiedlichen spezifischen Gewichtes) aus den Formen fällt. Danach kommt es umgehend zur Verpackung der Tafeln. Da Schokolade einen hohen Fettgehalt aufweist, nimmt sie gerne Fremdgeschmack an, umso wichtiger ist luftdichte Verpackung.

Auch hier haben Schweizer Firmen ein sensationelles Verfahren entwickelt, das One-Shot- Verfahren. Es wird – trotz unterschiedlichen spezifischen Gewichts – die Schokoladehülle sowie die Fülle in einem Guss (one shot) abgefüllt und verschlossen.

Dunkle Schokolade

Auch Zartbitterschokolade sollte die vielen Aromen (durch die Fermentation entwickelt) des Kakaos erkennen lassen. Als Inhaltsstoffe gelten grundsätzlich nur Kakaobutter, Kakaomasse und Kakao. Die meistens eingesetzte Vanille sollte nur der Abrundung des Geschmacks dienen.

Geschmacklich am besten ist die Zartbitterschokolade mit einem Kakaoanteil von 60 bis 75 Prozent. Aufgrund des hohen Kakaobutteranteils sind Zartbitterschokoladen hart im Bruch.

Es gibt auch hochprozentige Zartbitterschokoladen wie zum Beispiel Al Nassma, die ihren verbleibenden Zuckeranteil durch Milchpulver ersetzt haben. Aufgrund des niedrigeren Schmelzpunktes des Milchfetts sind diese Schokoladen feiner im Bruch, und der geringe Milchanteil gibt den Schokoladen eine gute Abrundung.

Dunkle Schokolade erfährt in den letzten Jahren einen regelrechten Boom und hohe Zuwachsraten, trotzdem steht sie an zweiter Stelle an der Menge gemessen.

Milchschokolade

In gute Milchschokoladen kommt Zucker, Kakaobutter, Milchpulver (Vollmilch oder Sahne), Kakaomasse und zur Abrundung Vanille. Der Milchbestandteil mit seinem Milchzucker gibt der Schokolade eine feine, milde Note. Der Kakao wird bei Milchschokoladen meistens mit einem Petzomaten behandelt, der bewirkt, dass die Kakaomasse milder wird, so dass ein harmonischer Geschmack entsteht. Es kommt zu einem Säureabbau und Wasserentzug unter geringem Druck – man unterstützt sozusagen die Conche im Vorfeld. Butterreinfett, Magermilchpulver und Süßmolkepulver kommen hauptsächlich aus wirtschaftlichen Gründen zum Einsatz.

Unterschiedliche Milchsorten wie zum Beispiel Kamelmilch oder Büffelmilch geben der Schokolade aufgrund ihres unterschiedlichen Fett- und Mineralstoffgehalts eine ausgesprochen eigene Note.

Weltweit gesehen ist der Anteil an Milchschokolade der höchste.

Weisse Schokolade

Zucker, Kakaobutter, Milchpulver und Vanille sind die Bestandteile von weißer Schokolade. Für die Geschmacksgebung in qualitativ hochwertigen weißen Schokoladen kommen echte Vanilleschoten zum Einsatz. Man erkennt dies durch die schwarzen Punkte in der Schokolade. Weiße Schokolade ist süßer als andere Schokoladen und hält den geringsten Anteil von allen drei Sorten am Markt.

Weiße Schokoladen werden entweder durch Füllungen verfeinert oder erhalten durch Beigabe von festen Bestandteilen wie gerösteten Nüssen oder gefriergetrockneten Früchten eine zusätzliche Geschmackskomponente.

Bei den Füllungen handelt es sich meistens um Ganachefüllungen, also Füllungen, deren Basis Milchfett und Kakao ist. Verschiedenste Aromen, Früchte, Nüsse und Alkohol verfeinern den Geschmack.

Kuvertüre - Glasurmasse

Kuvertüre nennt man Schokolade mit einem meist etwas höheren Kakaobutteranteil, der für die Weiterverarbeitung in gewerblichen Betrieben gedacht ist.

Bei Glasurmasse wird die Kakaobutter durch andere, um vieles billigere Pflanzenfette ersetzt. Glasurmasse wird vorwiegend mit Kakaopulver erzeugt und ist sehr einfach zu verarbeiten. Man muss nicht auf Temperatur und besondere Arbeitsschritte achten. Sie kann auch nicht „grau-weiß" werden, da sich keine Kakaobutter absetzen kann (weil nicht vorhanden). Die Konsistenz ist um vieles weicher als bei echter Schokolade. Sie wird gerne in der Süßwarenindustrie sowie in Bäckereien auf allen Gebieten der Verarbeitung (Überzug) eingesetzt.

Hohlfiguren

Osterhase und Weihnachtsmann sind die wohl bekanntesten Schokoladehohlfiguren. Man unterscheidet die handwerklich oder industriell gefertigte Hohlfigur. In vielen Ländern wird über die Schokoladefigur eine farblich gestaltete Alufolie gezogen. Bei der handwerklichen Herstellung wird eine Hälfte der Plexiglasform mit entsprechend temperierter Schokolade gefüllt (exakte Füllmenge), danach mit der zweiten Plexiglasform geschlossen und mit Magnetspangen zusammengehalten. Jetzt werden diese Formen an einer Schleuder befestigt, die sich langsam dreht. Während dieses Prozesses verteilt die Schokolade sich gleichmäßig und wird schön langsam fest. Nachdem die Schokolade fest geworden ist, kann die Form abgenommen werden.

171

173

Industriell gibt es bereits Maschinen, die für unterschiedliche Schokoladen ganz präzise eingesetzt werden. Man nennt diese Prozesse „Schminken".
Auch die Folie kommt bereits vollautomatisch über die Schokoladefigur. Und dies passiert jedes Jahr in den Monaten vor Weihnachten und Ostern.

Pralinen – Konfekt
Relativ kurz nachdem der Kakao an den Höfen Europas Einzug gehalten hatte, beschäftigte man sich dort auch mit der Verfeinerung der Desserts durch Schokolade. So soll es sich zugetragen haben, dass es am Sitz des damaligen Reichstags in Regensburg um 1663 zu einem Kongress kam.
Dem Abgesandten von Ludwig XIV., Herzog Choiseul du Plessin-Praslin, stellte die einflussreiche Augsburger Familie Fugger einen guten Koch zur Verfügung. Dieser kreative Mann veränderte die bis dahin üblichen kleinen süßen Happen dahingehend, dass er Nüsse und getrocknete Früchte mit Schokolade überzog. Er nannte sie Pralinen. Zu Beginn des 20. Jahrhunderts kam es in Belgien zur Gründung vieler Konfekthersteller, deren berühmte Namen noch heute den Ruf Belgiens auf diesem Gebiet unterstreichen.
Leonidas und Neuhaus waren nur einige dieser noch heute existierenden klingenden Namen.
Konfekt, Praline und Trüffel sind die Begriffe für kleine (5 bis 15 Gramm) Süßspeisen, deren wesentlicher Bestandteil Schokolade ist. Eine Einteilung ist sehr schwierig vorzunehmen. Aber wir versuchen, eine solche über die Art der Füllungen vorzunehmen:

Gianduja – Krokant – Marzipan
Hier ist die Basis des Gemisches die Nuss in all ihren Formen mit Zucker.
Wie bei Schokolade stellt Wassergehalt / Feuchtigkeit für diese Art der Verarbeitung ein Problem dar, da zu große Feuchtigkeit einfach auch die Haltbarkeit des Produkts stark verringert.
Als Geschmackskombination wird mit Aromen wie Kaffee sowie mit Fruchtbeigaben auf Alkoholbasis gearbeitet.

Zucker
Die wohl geschmacksintensivste Art, Zucker zu verarbeiten, ist Karamell.
Hier wird der Zucker eingeschmolzen auf über 140 Grad Celsius. Er erhält die bräunliche Farbe und den besonderen Karamellgeschmack.
Die Verarbeitungsmöglichkeiten sind unterschiedlich, durch Beigabe von Milchfett erlangt man eine unterschiedliche Konsistenz (Fudge).
Die Fondantfülle basiert ebenfalls auf reinem Zucker. Der Zucker wird auf
ca. 110 Grad eingekocht und mit Glucosesirup vermengt. Nach Bearbeitung wird die Zuckermasse samtig und weich. Diese dient als Basis für die Füllmasse der Pralinen.

Likörpralinen
Bei dieser sehr aufwendigen Herstellung von Pralinen wird der Zucker bis zu einem gewissen Grad eingekocht. In Formen, die mit Mais- oder Weizenstärke gefüllt sind und danach mit der entsprechenden Vertiefung (Stempel) der Pralinenform versehen sind, wird nun diese Zucker-Likörfüllung vergossen und es kommt zu einer Krustenbildung auf der Außenseite. Danach überzieht man die innen flüssige Praline mit Schokolade oder man dragiert sie.

Ganache
Ganache ist sicherlich eine der qualitativ anspruchsvollsten Art der Pralinenfüllungen.
Von einer Ganache spricht man bei einem Gemisch von Schokolade (2 Teile) und Milchrahm (1 Teil, auch Butter) und Beigabe unterschiedlicher Geschmackskomponenten. Bei der wohl beliebtesten Trüffel dieser Art, der Champagner-Trüffel, erfolgt dies durch die Beigabe eines Tresterbrandweins aus der Champagnerherstellung (Marc de Champagne). Diese Ganache-Creme-Füllungen sind in unterschiedlichen Konsistenzen herzustellen.

Dragees
Kommt aus dem Französischen und bedeutet „Zuckerschale". Sie wurden vorab in der Arzneiherstellung verwendet. Ab dem 14. Jahrhundert begann man damit, Zuckerdragees herzustellen, ab dem 19. Jhdt. auch mit Schokolade.
Als Schokolade-Dragees bezeichnet man einen Kern (Nuss, Frucht), der durch den Dragier- Vorgang mit Schokolade überzogen wird. Das Dragieren ist also ein Überziehvorgang. Dragees haben die angenehme Eigenschaft, nicht wie die meisten Schokolade- /Zuckerwaren bei feuchter Luft zu kleben.
Dragees werden in einem offenen, rotierenden Kupferkessel produziert.
Die Nuss wird eingeschüttet und es werden nun unterschiedliche Schichten auf den Kern aufgetragen

(Einsprühen von Zucker und Schokolade). Diese Schichten härten immer wieder aus und ergeben dadurch eine harte Schale. Zum Abschluss wird meistens Gummi Arabicum aufgetragen, was den besonderen Glanz der Dragees erzeugt.

Trinkschokolade

Als Trinkschokolade bezeichnet man ein kakaohaltiges Getränk, das mit Wasser oder Milch zubereitet wird. Man kann es heiß oder kalt zu sich nehmen. Wie in den Ursprungsländern Südamerikas, wo der Kakao in flüssiger Form zu sich genommen wurde, wurde es in europäischen Adelskreisen ab dem 17. Jahrhundert zum Modegetränk. Für Ludwig XIV. und Maria Theresia von Österreich war es ein Lieblingsgetränk. Entscheidend war die Entdeckung, dass es mit Rohrzucker gesüßt viel aromatischer wurde.

Für alle Kakaogetränke gilt, dass man sie nicht kochen soll, sondern entweder heiß oder kalt zu sich nehmen kann. Aromatisierung erfolgt durch Vanille oder Beigabe von Alkohol wie Rum (Lumumba). Folgende unterschiedliche Zubereitungsarten gibt es:

Basis Schokoladenwalzpulver

In vielen europäischen Ländern wird traditionell als Basis Schokoladewalzpulver verwendet, noch zusätzlich mit Zucker und Milchpulver versetzt und danach mit Milch (viel besser) oder Wasser aufgegossen. In Italien und Spanien wird das Pulver durch zusätzliche Beigabe von Stärkemehl beim Aufguss mit heißer Milch dickflüssig. In diesen Ländern wird der Geschmack durch Beigabe von zusätzlichem Kakaopulver intensiviert.

Basis ganze Kakaobohne

In Mexiko werden noch heute ganze, geröstete Kakaobohnen zu einer Paste vermahlen. Diese erhält man in Kugelform. Danach wird das Getränk mit heißem Wasser aufgeschäumt und zusätzlich mit Gewürzen (wie Chili, Vanille u. a. m.) versehen. In Anlehnung an die Azteken ist dieses Getränk einzigartig im Geschmack!

Basis Kakaopulver

Ein schwach oder stark entfettetes Kakaopulver wird mit Wasser oder Milch aufgegossen.
Es entsteht beim Abpressen der Kakaobutter.

Basis Instantpulver

Ein spezielles Verfahren macht aus viel Zucker, Milchpulver und Kakao ein Instant-Kakaogetränk, das sich dadurch auszeichnet, dass es sich auch in kalter Flüssigkeit sehr leicht auflöst.

Schokoladeaufstriche

Eine wohl sehr häufige und durch das italienische Familienunternehmen Ferrero weltweit berühmte Form der Verwendung von Kakao.
Entscheidend in der Produktion ist die Beigabe von Pflanzenfetten, die einen viel niedrigeren Schmelzpunkt haben als die Kakaobutter. Deshalb ist diese Creme gut streichfähig. Ein Schokoladenaufstrich besteht aus einem Kakaoanteil von ca. 12 Prozent, die anderen Bestandteile sind Nüsse, Milchfette, Aromen und – ganz wichtig – fraktionierte Pflanzenfette. Palmöl ist das meist verwendete und für diesen Zweck am besten geeignete Pflanzenöl.
Natürlich spielen auch wirtschaftliche Gründe für den Einsatz von Palmöl eine maßgebliche Rolle. Derzeit wird über den Einsatz von Palmöl eine heftige Diskussion geführt. In dieser Diskussion geht es aber um die Anbaumethoden und die Gefährdung der bestehenden Regenwälder in den Anbaugebieten durch Monokulturen. Festzuhalten ist, dass es keinen wissenschaftlichen Nachweis gibt, aufgrund dessen von schädlicher Wirkung des Palmöls gesprochen werden kann.
Ferrero hat auch den Raffinationsprozess dahingehend verändert, dass die Temperaturen bei diesem Prozess verringert wurden.
Doch der Markt bietet bereits Schokoladecremen mit einem anderen Pflanzenfett als dem Palmöl an (Sheabutter).
Diese sind jedoch etwas teurer als mit Palmöl produzierte Produkte.
Die italienische Marke Augusto arbeitet an einer Neuentwicklung mit Büffelmilch und Sheabutter.

Schokolade für Tiere

Das Theobromin in der Schokolade zeigt eine für Haustiere relativ hohe Toxizität, da sie nicht gewohnt sind, Theobromin abzubauen und eine lange Zeit dafür benötigen.
Beim Hund können bereits Dosen zwischen 20 und 100 Gramm zu Vergiftungssymptomen führen. Diese drücken sich durch Zittern bis hin zu Krampfanfällen aus.

Le Goût du Chocolat
von Marcel Leeman

Das Wichtigste bei einer Schokoladenverkostung ist die Zeit. Man sollte sich genügend Zeit nehmen und nicht im Stress sein. Der Kopf sollte frei sein von Gedanken an weitere Dinge, die noch zu erledigen sind, und man sollte sich voll und ganz auf die Verkostung einlassen. Wichtig ist auch der Zeitpunkt. Das heißt, man sollte nicht müde sein und vor allem auch nicht gerade vom Essen kommen oder hungrig sein. Natürlich sollte man vor einer Verkostung auch nichts Geschmacksintensives gegessen oder getrunken haben, so ist ein Kaffee vor einer Degustation überhaupt nicht zu empfehlen, da der Geschmackssinn ansonsten zu stark vorbelastet ist. Selbstverständlich sollten auch Raucher auf eine Zigarette vor einer Degustation verzichten.

Die Verkostung sollte in einem Raum stattfinden, in welchem keine Fremdreize für die Sinne vorhanden sind, wie zum Beispiel Essensgeruch, zu grelles Licht oder auch Lärm. Je nach sensorischem Test ist es auch zu empfehlen, eine künstliche Infrarotlichtquelle zu verwenden, damit keine Rückschlüsse aufgrund der Probenfarben gemacht werden können. Dies ist aber nur sinnvoll, wenn wirklich nur der Geschmack getestet und nicht auch die Farbe der Schokolade geprüft werden soll. Bei der Verkostung sollte immer genügend stilles Wasser zur Verfügung gestellt werden, damit zwischen den einzelnen Probenverkostungen der Mund wieder genügend neutralisiert werden kann. Zusätzlich kann es nützlich sein, spezielle Kräcker oder Brot zum Neutralisieren zu verwenden, da einige Schokoladengeschmäcker, vor allem Fehlgeschmäcker sehr intensiv sind und nicht mit Wasser allein neutralisiert werden können. Dies ist aber umstritten, da selbstverständlich auch die Kräcker oder Brot einen Eigengeschmack aufweisen und beim Verzehr von solchen Produkten im Mund Speichel gebildet wird, in welchem bereits Verdauungsenzyme vorhanden sind, die bei der anschließenden Verkostung den Geschmack der Schokoladen verändern können.

Je nach Verkostungsart oder Testablauf sollten auch die Schokoladen dementsprechend vorbereitet werden. Sucht man nach Geschmacksunterschieden von Proben, dann ist es von Vorteil, wenn alle Proben gleich aussehen, was bedeutet, dass man zuerst alle Schokoladen in dieselbe Form gießen muss und vor allem, dass alle Proben die gleiche Temperatur aufweisen.

Ebenfalls muss für jede Verkostungsart eine Verkostungsvorlage zum Ausfüllen vorbereitet werden, so dass der Tester möglichst einfach eintragen kann, wonach gefragt wird. Beispielsweise eine Intensitätsskala, in welche der Tester die Intensität eines Attributes einfach eintragen kann oder ein Aromarad, dank welchem der Tester einfacher nach bestimmten Aromen suchen kann.

Selbstverständlich benötigt es je nach Aufgabenstellung auch eine sehr intensive Ausarbeitung des Testpanels, um gute Resultate erzielen zu können. Dies ist aber nicht bei allen Tests nötig. Es ist trotzdem von Vorteil, wenn alle Verkoster einen Test machen, um zu erkennen, ob die einzelnen Testteilnehmer die Grundgeschmacksrichtungen überhaupt erkennen können. Dazu benutzt man am besten standardisierte Testlösungen der Grundgschmacks-richtungen sauer, bitter, salzig und süß mit verschieden hohen Dosierungen von Substanzen mit diesen Geschmacksrichtungen, so dass man für jeden Prüfer bestimmen kann, bis zu welchem Geschmacksschwellenwert er in der Lage ist, Unterschiede zu erkennen. Wenn ein Tester Mühe hat, bereits höhere Dosierungen zum Beispiel von Zuckerwasser als süß zu erkennen, dann zeigt dies, dass der Tester nicht geeignet ist, um professionelle Schokoladenverkostungen durchzuführen.

Der einfachste Test ist ein Unterschiedstest, bei welchem die Verkoster nur erkennen müssen, ob zwei Proben identisch oder unterschiedlich sind. Dazu benötigt es keine Schulung, außer den oben erwähnten Geschmacksschwellenwert-Test. Am einfachsten führt man einen solchen Unterschiedstest mittels eines Dreieckstests, auch Triangeltest genannt, durch. Dabei werden dem Verkoster drei Proben gegeben, von welchen zwei identisch sind und die dritte abweichend. Der Prüfer muss dann nach der Verkostung einfach angeben, welche Proben er als identisch empfunden hat. Mit einer genügend großen Menge an Degustatoren und mittels statistischer Berechnung kann dann ermittelt werden, ob die beiden verschiedenen Schokoladen signifikant unterschiedlich sind oder nicht.

Ein solcher Test wird oft verwendet, um Produktionschargen zu vergleichen oder auch, um kleine Rohstoffschwankungen oder Rezeptänderungen zu prüfen.

Ein weiterer Test, welcher keiner Schulung bedarf und welcher sicherlich für den Schokoladenliebhaber am interessantesten ist, ist der Präferenztest. Bei diesem Test wird einfach danach gefragt, welche Schokolade am besten schmeckt. Es wird also nach einer Reihenfolge der Bevorzugung von verschiedenen Schokoladen gesucht. Ein solcher Test wird oft mit einer sehr großen Anzahl an Verkostern gemacht, um herauszufinden, welche Rezepte am besten ankommen und um damit zu entscheiden, mit welchen Rezepten man auf den Markt gehen möchte.

Viel mehr Schulung wird benötigt, wenn man einen beschreibenden Test machen will. Das heißt, dass nach Intensitäten von verschiedenen Attributen einer Schokolade gesucht wird. Dazu muss das Degustationspanel sehr gut geschult sein, da grundsätzlich jeder Mensch für sich selbst eine unterschiedliche Vorstellung von einem Attribut hat. So kann etwas für eine Person sehr süß sein, da diese Person vielleicht oft nur sehr wenig süße Dinge isst, und für eine andere Person kann dieselbe Schokolade viel zu wenig süß sein, da sie süße Lebensmittel gewohnt ist. Um solche individuellen Unterschiede zu eliminieren, muss ein Panel für jedes zu testende Attribut geschult werden, indem Vorgabewerte gegeben werden, mittels welcher sich jeder Prüfling orientieren kann. Es ist aber wichtig zu erwähnen, dass es einige Zeit dauert, bis ein Panel so weit geschult ist, dass für jeden einzelnen Probanden klar ist, wie die Referenzwerte gelegt sind und ob er diese auch gut erkennen kann.

Schlussendlich sind es aber gerade solche hoch geschulten Verkoster, die dann die Entscheide über den Kauf oder Nichtkauf von Rohstoffen oder den Verkauf von Schokoladen machen können und damit entscheidend den Geschmack einer Schokoladenmarke oder Tafel mitbestimmen.

Neben allen oben erwähnten technischen Details von Testanordnungen geht es aber bei jeder Schokoladenverkostung darum, positive und negative Eigenschaften einer Schokolade zu beurteilen. Dabei geht es nicht immer nur um den Geschmack.

Zu allererst sollte man sich die Schokolade gut ansehen und dann beurteilen, ob die Schokolade auch schön glänzt, da dies ein Hinweis auf die gute Temperierung der Schokolade ist. Dann interessiert natürlich auch die Farbe, die je nach verwendetem Kakao sehr unterschiedlich sein kann. Es gibt rötlichen Kakao, sehr hellen Kakao oder auch sehr dunklen Kakao, worin Hinweise auf seine Herkunft und Qualität zu sehen sein können.

Als nächsten Schritt kann man die Schokolade zerbrechen und dabei beobachten, ob es einen guten „Knall" (den sogenannten Snap) gibt, was auch ein Zeichen für eine gute Temperierung ist. Die Bruchkanten können dann auch betrachtet werden, um zu prüfen, ob die Bruchkante möglichst fein und die Schokolade nicht körnig ist, was auf die Feinheit der Schokolade und auch auf die Temperierung Rückschlüsse ziehen lässt.

Nach diesen eher physikalischen Eigenschaften ist es am besten, wenn man an der Schokolade riecht und bereits einmal die verschiedenen Duftnoten analysiert. Riecht die Schokolade stark nach Kakao, Vanille, Milch oder vielleicht nach Früchten oder Blumen? Riecht man eventuell einen Fremdgeschmack einer störenden Säure? Riecht sie nach Lösungsmitteln, nach Harnsäure oder sogar eher muffig, wie in einem Natursteinkeller? Alle diese Eindrücke ergeben bereits ein erstes Bild, welches dann durch die effektive Verkostung bekräftig oder abgemildert wird.

Bereits beim Zerbeißen eines Schokoladestücks kann erkannt werden, ob die Schokolade gut temperiert ist, das heißt einen festen Biss hat, und ob die Schokolade fein genug zermahlen wurde oder doch eher leicht sandig ist. Dann lässt man die Schokolade am besten zwischen Gaumen und Zunge vergehen, um möglichst viel vom Geschmack zu erleben. Zu allererst wird man die Süße und die Säure entdecken, welche vor allem bei dunklen Schokoladen sehr unterschiedlich sein kann. Dann wird man auch die Bitterkeit bemerken und die Adstringenz, das heißt die gerbende Eigenschaft der Schokolade. Mit längerer Verweildauer im Mund kommen dann immer mehr Geschmacksnoten dazu, wie zum Beispiel die Fruchtigkeit, die Blumigkeit, verschiedene Aromen wie Vanille oder Karamell oder auch Tabaknoten. Um eine Hilfe zur Erkennung aller Geschmacksrichtungen zu haben, hilft oft ein Aromarad, in welchem viele verschiedene Aromen notiert sind, so dass man nach allen suchen kann.

Nicht erwünscht, aber trotzdem immer wieder einmal vorhanden, findet man dann auch die Fehlgeschmäcker wie muffig, erdig, speckig und einige andere mehr.

Schokolade macht glücklich

Liebe Alessandra, dieses Kapitel ist mir sehr wichtig, da es darum geht, die vielen positiven Wirkungen von Kakao aufzuzeigen, die schon seit Jahrtausenden bekannt sind. Wichtig bei der Schokoladeherstellung ist die Verwendung von „weniger" Zucker, aber es geht eben auch nicht ohne Zucker. Ich selbst nehme sicherlich im Durchschnitt jeden Tag 100 Gramm Schokolade (gute) zu mir, und betrachte mich weder als fettleibig noch einfach zu dick.

Nun zu den Fakten: Bei den Mayas und Azteken galt Kakao (Baum, Frucht, Blüten) als Heilmittel auf vielen Gebieten. In Europa wurde Schokolade von Ärzten und in Apotheken seit dem 19. Jahrhundert als Stärkungsmittel abgegeben.

Die Inhaltsstoffe einer 100 g-Tafel Zartbitterschokolade mit ca. 60 % Kakao
(sowie sowie mehr als 400 natürliche Aromastoffe.)

Nährstoff		Mineral/Vitamin	Menge	Tagesbedarf	Mineral/Vitamin	Menge	Tagesbedarf
Kohlenhydrat	38 g	Kalium	400 mg	2-3 g	Magnesium	250 mg	350 mg
Fette	35 g	Phosphor	280 mg	1 g	Chlor	100 mg	4 g
Ballaststoffe	15 g	Calcium	120 mg	1 g	Natrium	14 mg	2 g
Protein	8 g	Eisen	4 mg	15 mg	Kupfer	1 mg	1 mg
Wasser	1 g	Nickel	0,25 mg	0,4 mg	Zink	0,2 mg	15 mg
		Fluor	0,08 mg	1 mg	Jod	0,008 mg	0,2 mg
		Beta Carotin	0,04 mg		Vitamin B1	0,008 mg	
		Vitamin B 2	0,07 mg		Vitamin B5	0,6 mg	
		Vitamin E	5 mg		Vitamin PP	0,6 mg	
		Folsäure	0,01 mg				

Bei guten Milchschokoladen kommen noch viele gute Inhaltsstoffe der Milch hinzu, bei Kamelmilchschokolade sind diese am höchsten, vor allem der Gehalt von Vitamin C.

Das Fettsäurenprofil bei Schokolade mit Kakaobutter von gesättigten zu ungesättigten Fettsäuren ist im Durchschnitt 70/30.

Der hauptsächliche Fettanteil besteht aus Stearinsäure (> 38 %). Stearinsäure hat – obwohl es eine gesättigte Fettsäure ist – nachweislich keinen negativen Einfluss auf den Cholesterinspiegel. Gute Fette sind grundsätzlich für uns lebensnotwendig.

Fett hat viele positive Eigenschaften, die in der Diskussion um das Körpergewicht immer zu kurz kommen.

Fett ist Geschmacksträger, geschmacklich gute Produkte enthalten Fett.

Ungesättigte Fettsäuren sind zu bevorzugen – bei der erwiesenermaßen gesündesten Küche der Welt, der mediterranen tragen sie vorwiegend zum langen Leben bei.

Kakaobutter ist ein ausgesprochen hochwertiges, gutes und teures Fett!

Zusätzlich wird dem Kakao nachgesagt, dass er den Zucker verlangsamt in das Blut entlässt, was wiederum den Blutzuckerspiegel (Hyperglykämischen Index) nicht rapide ansteigen lässt, so dass es zu keinem verstärkten Insulinausstoß durch die Bauchspeicheldrüse kommt.

Dies hat bei Versuchen mit Diabetikern mit Schokoladen ab einem Kakaoanteil von mehr als 60 % zu überraschend positiven Ergebnissen geführt.

Zahlreiche wissenschaftliche Studien konnten bisher gesundheitsfördernde Effekte durch Kakaokonsum nachweisen. Für die Wirkung einzelner Bestandteile konnten positive Effekte auf das menschliche Herz-Kreislaufsystem, auf das Nervensystem, das lymphatische und hormonelle System und das Immunsystem festgestellt werden.

Schweizer Kardiologen bezeichnen dunkle Schokolade mit über 60 % Kakaoanteil als „süßes Aspirin".

Bioaktive Verbindungen in hochprozentiger Schokolade sollen die Verklumpung von Blutplättchen vermindern.

Wissenschaftler begründen die positiven Effekte mit den antioxidativen Eigenschaften von Kakao (50 g dunkle Schokolade enthalten so viele Antioxidantien wie 15 Gläser Orangensaft oder sechs reife Äpfel).

Dadurch kann Ablagerungen in Gefäßen vorgebeugt sowie eine Schädigung etwa durch Rauchen gemildert werden.

Außerdem erhöht Kakaokonsum die Durchblutung des Gehirns (durch Kernspinuntersuchungen nach Kakaoverzehr nachgewiesen). Des Weiteren wurde Kakao eine blutdrucksenkende Wirkung nachgewiesen.

Besonders Schokolade mit hohem Kakaoanteil kann so zur Blutdrucksenkung beitragen. Bei gesunden, normalgewichtigen Personen und Personen mit erhöhtem Blutdruck wurde die Insulinempfindlichkeit verbessert.

In einer weiteren Studie wurde festgestellt, dass das relative Sterberisiko durch Herz-Kreislauf-Erkrankungen von Personen mit hohem Kakaoverzehr während einer 15-jährigen Beobachtungsperiode um 50 % niedriger war als das von Personen mit niedrigem Kakaokonsum.

Die gesundheitlichen Aspekte des Kakaogenusses sind nach wie vor Inhalt aktueller Forschungen und Studien und noch nicht vollständig geklärt.

Kakaobutter gehört in Afrika zu den natürlichen Hautcremen und findet in der westlichen Welt ihren Einsatz in der Kosmetik.

Natürlich enthält eine gute Tafel Schokolade Kalorien und von diesen nicht zu wenig.

Aber es kommt eben wie immer auf die tatsächlich verzehrte Menge an.

Genetische Veranlagung, Anteil an Bewegung und Verzehrgewohnheiten sind viel stärker für das Körpergewicht verantwortlich als die Kalorienmenge von guter Schokolade.

Schokolade ohne Zucker ist nicht wirklich bekömmlich und gut. Es hat viele Versuche gegeben, den Zucker zu ersetzen. Die Ergebnisse waren nicht wirklich zufriedenstellend. Bei Stevia kam noch die Frage hinzu, was preis- und fülltechnisch anstatt Zucker verwendet werden sollte.

Zucker ist genauso wichtig für gute Schokolade wie Fett. Am besten gilt ein Zuckeranteil zwischen 25 und 39 Prozent in den Schokoladen, hier kommt der Kakao optimal zur Geltung und wird nicht von Süße übertönt.

Nachfolgend aufgeführte Wirkstoffe, die in Kakao enthalten sind und deren gesundheitliche Auswirkungen lassen erkennen – welch einzigartigen Rohstoff Kakao darstellt, den schon Azteken und Mayas als solchen erkannt haben:

Theobromin / Koffein

Das Theobromin ähnelt dem Koffein sehr und hat ähnliche Wirkung, es regt das zentrale Nervensystem an. Die Erweiterung der Blutgefäße hilft gegen Müdigkeit und macht uns aktiv.

Antioxidantien

sind chemische Verbindungen, die eine Oxidation anderer Substanzen verlangsamt oder gänzlich verhindert. Ihre Hauptwirkung liegt in ihrer Funktion als Radikalfänger (Freie Radikale), deren übermäßiges Vorkommen zu oxidativem Stress führt.
Dieser wiederum ist Ursache einer Reihe von Krankheiten und hat maßgeblichen Einfluss auf den Alterungsprozess. Antioxidantien verhindern auch einen oxidativen Abbau von Inhaltsstoffen in Lebensmitteln, die eine Wertminderung darstellen (Ranzigwerden u. a. m.). Antioxidantien, durch Kakao zugeführt, gelten als effektive Vorbeugung vor Herz-Kreislauf-Erkrankungen, Unterstützung im Alterungsprozess (man bleibt länger jung) und eine Schutzwirkung vor bestimmten Krebserkrankungen wird als möglich erachtet.

Polyphenole

sind aromatische Verbindungen und kommen als bioaktive Substanzen im Kakao vor. Sie haben eine hohe antioxidative Wirkung und wirken daher entzündungshemmend bis krebsvorbeugenden. Sie vermindern das Risiko für Alzheimererkrankung sowie von Hirninfarkten. Auch für den Haarnachwuchs gibt es einen positiven Wirkungsnachweis.
Neben Kakao sind Polyphenole sehr stark in Granatäpfeln, Weintrauben, Tee und Lärchenholz vorhanden.

Endorphine

sind ein vom Körper selbst produziertes Opioid.
Sie haben eine hohe schmerzstillende Wirkung, regeln Empfindungen wie Schmerz und Hunger. Man macht sie auch mitverantwortlich für die Entstehung von Euphorie (Glücksgefühl). Anerkannt ist, dass durch die Ausschüttung von Endorphinen bei bestimmten körperlichen Anstrengungen ein Glücksempfinden hervorgerufen wird.

Serotonin

ist ein wichtiger Neurotransmitter und Gewebestoff, der im Zentralnervensystem, Darmnervensystem und im Blut vorkommt. Es wird über Lebensmittel zu 75 Prozent im Blut aufgenommen. Seine Wirkung im menschlichen Organismus ist sehr komplex. Serotonin wirkt mit am Zusammenziehen und Entspannen der Blutgefäße, hilft dabei, über das Zentralnervensystem den Blutdruck zu steuern, fördert die Blutgerinnung und reduziert den Blutstrom in kleinen Blutgefäßen – was wiederum zur besseren Wundheilung beiträgt.
Serotonin hat Einfluss auf die Anregung der Bewegung des Darms und es reguliert über die Nerven den Augeninnendruck. Serotonin hat eine markante Auswirkung auf die Stimmungslage. Es gibt das Gefühl der Gelassenheit, innerer Ruhe und Zufriedenheit. Es dämpft Gefühlszustände wie Angst, Kummer und das Hungergefühl. Depressive Verstimmungen lassen sich häufig auf einen Mangel an Serotonin zurückführen. All diese Faktoren führen dazu, dass Serotonin im Volksmund als Glückshormon gehandelt wird. Der vermehrte Konsum von Schokolade und damit die Aufnahme von Serotonin (es gibt eine Blut-Hirn-Schranke, die nicht automatisch überwunden wird) führt durch die aufgenommenen Kohlenhydrate zu einer vermehrten Ausschüttung von Neurotransmittern im Gehirn.

Cholesterin

Kakao (Kakaobutter) hat sehr gute Auswirkungen auf den Cholesterinspiegel.
Er bewirkt eine Senkung des schlechten Cholesterins (LDL) sowie eine Erhöhung des guten Cholesterins (HDL). Er verringert somit deutlich das Thromboserisiko. Also ein weiterer Grund, hochprozentige Schokolade zu essen.

Anandamid und Phenylethylamin

Diese beiden Inhaltsstoffe findet man auch in Rauschmitteln. Ihnen wird eine Beeinflussung jener Gehirnteile nachgesagt, die das Glücks- und Lustgefühl beheimaten.
N-Phenylpropenoyl-L-aminosäureamide
wirken wachstumsfördernd auf Hautzellen und haben eine positive Wirkung auf die Vorbeugung von Magengeschwüren.

Magnesium

ist allgemein bekannt gut für die Durchblutung und den Stoffwechsel und hilft gegen Stress.

Calcium

kommt auch nochmals durch das Milchpulver in den Organismus. Ist gut für den Knochenaufbau und soll Osteosklerose verhindern.

Eisen

Ist wichtig für das Blutbild sowie den Aufbau der Blutkörperchen.

Flavonoide

Bei Versuchen an argentinischen Fußballspielern mit Flavonoiden wurde eine Leistungssteigerung festgestellt. Weiterhin wurde nachgewiesen, dass der regelmäßige Verzehr von flavanolhaltigem Kakao in dunkler Schokolade die gesunden Hautfunktionen fördert und dadurch die Hautalterung signifikant verzögern kann. Dies äußert sich in einer Glättung und erhöhtem Eigen-UV-Schutz der Haut sowie in besserer Hautfeuchtigkeit.

Schließlich fand eine Studie der Universität L'Aquila und der Firma Mars Inc. auch Belege für eine positive Wirkung der im Kakao enthaltenen Flavanole auf die kognitive Leistungsfähigkeit älterer Menschen. Spätere Studien scheinen diese Aussage zu bestätigen und geben erste Einblicke in potentielle Mechanismen und den Zusammenhang zwischen Dosis und Effekt. Auch in anderen Studien konnte die konzentrationsfördernde Wirkung von Kakao und dessen Bestandteilen nachgewiesen werden.

Fettgehalt – Kalorien

Schokoladen weisen einen unterschiedlichen Anteil an Kalorien auf. Sie reichen von 400 – 700 Kalorien. Wie bereits im Kapitel über Zucker festgehalten, handelt es sich um das Gleichgewicht von Energiebedarf und Energiezufuhr.

Eine 100 g-Tafel Schokolade mit einem Kakaoanteil von ca. 60 % weist einen Kaloriengehalt von durchschnittlich 500 auf.

Wenn man die Kakaobohne auf ihre Qualität hin prüft, wird der Fettgehalt festgestellt. Dieser bewegt sich zwischen 45 und 55 Prozent. Dieses Fett wird Kakaobutter genannt, ein sehr hochwertiges Fett. Zucker kommt im Kakao in natürlicher Form in sehr geringen Mengen vor. Er wird in der Rezeptur von Schokolade hinzugefügt und sollte idealerweise zwischen 25 und 40 % betragen. Milchfett enthält auch Kalorien. Schokolade sollte man als energiereiche, wertvolle Nahrung betrachten.

Die Dosis macht es aus. An einem täglichen Verzehr von qualitativ hochwertiger Schokolade von 50 bis 100 Gramm kann ich nichts Negatives feststellen.

Ich vertilge im Schnitt pro Tag 100 Gramm Schokolade, betreibe Sport und fühle mich mit meinem Körpergewicht sehr wohl.

Schokoladekultur / länderspezifisch

Hier habe ich bei Herrn Marcel Leemann nachgefragt.

Europa | Russland

Wie würde man den europäischen und russischen Schokolademarkt beschreiben?

Schokolade ist ein sehr bekanntes Produkt in Europa. Es ist schon sehr lange am Markt und dieser ist daher auch gut entwickelt. Ganz allgemein ist der Schokoladekonsum in Europa gegenüber anderen Kontinenten sehr hoch. Die aktuellen Weltmeister im Schokoladeverzehr sind die Deutschen mit über 11,5 kg Schokolade pro Kopf und Jahr.

Dicht gefolgt werden sie von den Schweizern, den Norwegern und den Österreichern. Auch der durchschnittliche Pro-Kopf-Konsum in der ganzen Europäischen Union liegt mit 5,8 kg sehr hoch. Beim Konsum gibt es ein Nord-Süd-Gefälle, das heißt, Schokolade wird im Allgemeinen mehr im Norden gegessen, was sicherlich auch mit den klimatischen Bedingungen zu tun hat. Es ist aber nicht nur die verspeiste Menge, die unterschiedlich ist in den verschiedenen Ländern Europas, sondern vor allem auch der bevorzugte Geschmack einer Schokolade.

Seit einiger Zeit gibt es aber immer mehr Konsumenten, die sich dunkler Schokolade zuwenden. Dies liegt zum einen daran, dass immer mehr Leute sich gesundheitsbewusster ernähren wollen und dunkle Schokolade aufgrund des hohen Polyphenolgehaltes und des tieferen Zuckergehaltes gesünder ist. Zum anderen gibt es bei den Schokoladen auch den Trend zu Spezialitäten, wie Ursprungsschokoladen mit nur einem Ursprung, da der Konsument die speziellen Eigenschaften der verschiedenen Ursprünge auch wirklich schmecken möchte. Auch dafür ist dunkle Schokolade besser geeignet. Schließlich gibt es auch ein immer größeres Bedürfnis nach biologischen und fair gehandelten Produkten, bei welchen der Ursprung der Rohstoffe aus dem Süden im Mittelpunkt steht, weshalb solche Produkte vorwiegend einen hohen Kakaoanteil enthalten.

Allgemein ist zu sagen, dass in mitteleuropäischen und nordeuropäischen Ländern eher Milchschokoladen bevorzugt werden, während zum Beispiel in Italien und in Frankreich eher dunkle Schokoladen mit höherem Kakaoanteil gegessen werden.

Belgien, das andere typische Schokoladeland neben der Schweiz, hat sich stark auf die Produktion von verarbeiteten Schokoladespezialitäten wie Pralinen und andere Confiseriearitkel spezialisiert. Die Vielfalt an verschiedenen Kreationen ist in Belgien einzigartig und das Confiseriehandwerk auf sehr hohem Level.

In ganz Europa gibt es einige sehr große internationale Schokolademarken, die den Markt beherrschen. Seit einigen Jahren gibt es aber plötzlich immer mehr kleinere Manufakturen, welche Schokoladespezialitäten herstellen. Diese kleineren Hersteller achten sehr oft vor allem auf die lückenlose Rückverfolgbarkeit des Kakaos bis zu den Kooperativen, oft sogar bis zu den Bauern. Der Grund liegt darin, dass ein immer größeres Bedürfnis der Konsumenten besteht, genau zu wissen, woher die Rohstoffe kommen und ob diese nachhaltig und ethisch angebaut werden.

In Russland gab es schon während des Kommunismus eine einfache, aber sehr gute Produktion von Schokolade. Natürlich wurden in Russland relativ rasch Füllungen mit Alkohol erzeugt (Wodka). Aber die Grundschokoladen waren in Russland schon sehr früh von hoher und guter Qualität.

In Neapel, einer der schönsten Städte Europas, soll man „Blutschokolade" hergestellt haben.

Aufgrund eines alten Brauches in Neapel, dem „Sanguinaccio", kam es zum Gerücht, dass Schweineblut bei der Schokoladeherstellung verwendet wird. Warmes, frisches Schweineblut, mit dunkler Schokolade angerührt, soll eine Spezialität ergeben haben, deren Produktion seit 1992 nicht mehr erlaubt ist.

USA

Wie würde man die besonderen Merkmale des Schokolademarktes in den USA beschreiben?

In den Vereinigten Staaten von Amerika wird der Schokolademarkt von einigen wenigen Herstellern beherrscht. Dies sind vor allem von Hershey, Mars, Nestlé und Lindt. Leider gibt es einige Hersteller, welche unfermentierten Kakao verwenden, was zu qualitativ nicht sehr hochstehenden Schokoladen führt, zumindest nach europäischer Meinung. Aus diesem Grund wird amerikanische Schokolade oft als nicht hochwertig angesehen.

Wie bei allem gibt es aber auch da eine Gegenbewegung. So sind in den letzten Jahren sehr viele kleine Startup-Unternehmungen entstanden, welche Schokolade produzieren. Solche sogenannten „Bean-To-Bar"-Produzenten, die bereits mit der Kakaobohne und nicht mit einer eingekauften Couverture oder Kakaomasse arbeiten, haben oft eine Kleinanlage, in welcher sie den ganzen Herstellungsprozess vornehmen können. Da die Kosten zur Herstellung von solchen Schokoladen natürlich höher sind als bei der industriellen Großproduktion, kosten solche Schokoladen sehr viel Geld. Da aber der Preis sowieso schon hoch ist, fallen die Rohstoffkosten nicht mehr so stark ins Gewicht, weshalb sich diese Produzenten auf spezielle Kakaosorten konzentrieren, welche sie oft direkt bei den Bauern oder den Bauernkooperativen einkaufen. Dies führt dazu, dass mittlerweile in den USA ein großer Markt von exklusiven Schokoladespezialitäten entstanden ist mit ganz verschieden Kakaos, verschiedenen Herstellungsverfahren und auch mit ausgefallenen Verpackungen.

Wie bei vielen modernen Sachen sind die USA auch bei diesen speziellen Schokoladen Vorreiter und es setzt sich nun in Europa und auch in Afrika der Trend durch, dass Kleinunternehmen beginnen, Schokoladen selbst zu produzieren.

China und Asien

Wie würde man die besonderen Merkmale des Schokolademarktes in China beschreiben?

China ist momentan sicherlich noch nicht als Schokoladeland zu bezeichnen. Der Pro-Kopf-Konsum liegt weit tiefer als in den westlichen Ländern, aktuell bei nicht einmal 200 Gramm pro Kopf und Jahr. Ich wage zu behaupten, dass es viele Chinesen gibt, die in ihrem Leben noch nie Schokolade gegessen haben, da die Schokoladen zwar in den riesigen Großstädten angekommen, in den ländlichen Regionen aber noch nicht weit verbreitet sind.

Weit verbreitet sind in China nur die von ausländischen Marken lokal hergestellten Produkte als Massenware und dazu noch die importierten Schokoladen der großen Markenhersteller.

Da der Markt noch nicht entwickelt ist und der Pro-Kopf-Konsum sehr tief liegt, steht China natürlich stark im Fokus aller westlichen Schokoladehersteller. Während in Europa und den USA der Markt ausgeschöpft ist und Wachstum einzelner Unternehmen eigentlich nur noch durch Verschiebungen und Unternehmenseinkäufe möglich ist, sieht man in China ein riesiges Wachstumspotential. Aufgrund der sehr großen Bevölkerungszahl würde natürlich eine Steigerung des Pro-Kopf-Verbrauchs eine riesige Zunahme an Schokoladeprodukten bedeuten. Aus diesem Grunde arbeiten alle größeren Firmen daran, ein Vertriebsnetz in China einzurichten in der Hoffnung, dass ein Stück des Kuchens für sie abfällt. Eine Eigenheit des aktuellen chinesischen Marktes liegt im Online-Handel. Ein sehr großer Teil aller Lebensmittel wird in China online bestellt und geliefert, läuft also nicht über den klassischen Lebensmittelhandel mit seinen lokalen Geschäften. Dies bietet einerseits viele neue Möglichkeiten für alle Unternehmen, ist aber für Schokoladen nicht ganz unproblematisch, da Schokolade bekanntlich nicht bei zu hohen Temperaturen verschickt werden darf. Speziell ist in China auch, dass aufgrund des noch jungen Marktes viele Standards wie Bio- Zertifizierungen oder Fairtrade-Zertifizierungen noch nicht bestehen. Entsprechend können auch keine Produkte mit diesen Zertifizierungen in China verkauft werden. So müssen die speziellen Labels bei Importschokoladen entweder von den Verpackungen entfernt oder überklebt werden.

Wie würde man die besonderen Merkmale des Schokolademarktes in Japan beschreiben?

Japan ist generell kein typisches Schokoladeland. Obwohl Japan ein Industrieland ist, hat es sich aufgrund seiner Insellage viele Besonderheiten erhalten, während sich andere Industrieländer immer ähnlicher werden. Die Bräuche und Lebensweisen sind anders als in westlichen Industrienationen, was sich auch beim Schokoladegeschmack zeigt. So gibt es in Japan eine große Anzahl von Schokoladen, welche Matcha-Tee enthalten. Dies ist der Grüntee, der normalerweise für die traditionelle Teezeremonie verwendet wird. Damit man den Grüntee nicht nur schmeckt, sondern auch sieht, wird der Grüntee oft in weiße Schokolade oder in weiße Füllungen verarbeitet, so dass man die grüne Farbe deutlich hervorstechen sieht.

Eine besondere Eigenheit in Japan liegt darin, dass die Einheimischen einen sehr großen Wert auf die Verpackung legen. Japaner haben ja eine Geschenkkultur, es wird erwartet, dass man bei allen möglichen Gelegenheiten Gastgeschenke übergibt. Bei diesen Geschenken ist das Wichtigste, dass die Verpackung schön ist, und so kann es schon einmal vorkommen, dass ein Geschenk in mehrere Lagen Geschenkpapier verpackt ist, um den Wert des Geschenkes zu steigern. Genau dies spiegelt sich auch bei den Schokoladen wider. Der eigentliche Geschmack tritt ein wenig in den Hintergrund, dafür ist es umso wichtiger, dass die Verpackung möglichst ansprechend ausschaut, dass auf keinen Fall kleine Druckfehler, abgeknickte Kanten oder ähnlich Dinge darauf zu sehen sind.

Eine weitere Besonderheit ist, dass in Japan mehr Stoffe als allergen angesehen werden als im Westen. Die zusätzlichen Allergene gelten zwar nicht als obligatorische Angabe auf den Verpackungen, dennoch werden diese als mögliche Kreuzkontamination auf den meisten Produkten angegeben. Es handelt sich um diverse verschiedene Ausgangsstoffe wie zum Beispiel Äpfel oder Orangen.

In Japan gibt es einige große einheimische Schokoladeproduzenten, die sich den Markt mit den großen internationalen Schokoladefirmen teilen. Aber auch in Japan besteht ein Trend zu speziellen Schokoladen und so sind mittlerweile auch etliche biologisch zertifizierte Produkte und fair gehandelte Produkte auf dem Markt zu finden. Japanische Konsumenten essen normalerweise eher kleinere Portionen, weshalb auch tiefere Grammaturen bei Schokoladen sehr beliebt sind.

Speziell zu erwähnen ist, dass der Export von Schokoladen nach Japan nicht sehr einfach ist. Das japanische Lebensmittelgesetz weicht zum Teil deutlich von den Lebensmittelgesetzen westlicher Länder ab und es gibt äußerst viele Vorschriften für Qualitätskontrollen von Produkten. Sendungen müssen zum Teil in Quarantäne, bis etliche Analysen und Proben gemacht worden sind, bevor sie in den Handel gelangen können.

Arabien, Afrika und Lateinamerika

Wie sieht man die Entwicklung am Schokolademarkt in der arabischen / afrikanischen Welt?

Die Zeit der vorbehaltlosen Akzeptanz westlicher Konsumgüter neigt sich rasch dem Ende zu. In dem Maße, in dem die Kenntnisse über Lebens- und Genussmittel und ihre qualitativen Unterschiede zunehmen, etablieren sich in der arabischen Welt zusehends Nischenanbieter im Lebensmittelbereich, die Kernaspekte der hiesigen Kultur aufgreifen und in Inhaltsstoffen und in puncto Frische klare Vorteile aufweisen.

Ein wesentlicher Aspekt der arabischen Kultur ist die Gastfreundschaft. Einladungen zum gemeinsamen Essen, bei dem der Gastgeber alles auf den Tisch bringt, was ihm möglich ist, sind wichtiger Teil des Miteinanders. Die „Siara", der persönliche Besuch, gehört hier auch in Zeiten der elektronischen Medien zum angesehensten Instrument der „Außenpolitik", und dies vollkommen unabhängig vom sozialen Status.

Kleine Geschenke als Mitbringsel gehören zum Alltag, Datteln waren Jahrhunderte lang das Präsent der Wahl.

Schokolade in diesem Teil der Welt war lange Zeit geprägt von billigen Schokoriegeln, die man auch bei 40 Grad ungekühlt im Souk, dem arabischen Markt, anbieten konnte. Zu Hause angekommen brauchte man lediglich 15 Minuten Geduld, bevor man sie nach einer kurzen Abkühlung im heimischen Kühlschrank genießen konnte, soweit das bei einem sicherlich eher unappetitlichen Anblick möglich war.

Es ist einigen wenigen libanesischen Schokoladeherstellern in den 70er-Jahren zu verdanken, dass Schokolade, opulent verpackt und in kleiner Darreichungsform, ihren Weg in die Paläste fand und im Anschluss daran auch geschenkfähig wurde.

Hier sehe ich die größten Wachstumschancen für die Branche in der Region. Grundvoraussetzung für einen Erfolg ist jedoch das Besondere, das Regionale, die Qualitätsorientierung als Markenkern zu etablieren und diese regionale Schokolade zum exklusiven, im Sinne von nicht immer und überall erhältlichen, aber immer gern angenommenen Botschafter der arabischen Welt zu machen. Al Nassma ist der erste gelungene Versuch am Schokoladenmarkt in der arabischen Welt.

Wie würde man den lateinamerikanischen Schokolademarkt beschreiben?

Kakaoanbauländer haben oft keinen Bezug zu Schokoladen, zudem verhindert eine spezielle Marktpolitik mit Zöllen, dass Importware auf den Markt kommt. Die einheimische Schokoladeproduktion steht erst am Anfang und ist noch kaum bekannt, aktuell sind nur die ganz großen internationalen Schokoladenmarken gut vertreten.

Zusammengefasst – Wie würde man die besonderen Merkmale des Schokolademarktes in Arabien, Afrika und Lateinamerika beschreiben?

In Arabien werden viele Süßigkeiten gegessen, weshalb auch Schokolade sehr beliebt ist. Natürlich gibt es die Schwierigkeit der Kühl-Logistik, da bei sehr heißen Temperaturen Schokolade sehr schnell schmelzen würde. So gibt es Schokolade nicht überall zu kaufen und der Verkauf beschränkt sich auf Ladenketten mit guter Klimatisierung, welche auch die Transporte unter Kühlbedingungen garantieren können. Immer beliebter werden in den arabischen Staaten Schokoladen ohne Zuckerzugabe, da leider der Anteil an zuckerkranken Personen in der Bevölkerung sehr hoch ist. Heutzutage gibt es sehr viele Hersteller solcher Produkte, welche sich auf diesen Markt fokussieren.

Um Schokoladen in arabische Länder zu exportieren, muss man wissen, dass viele Länder spezielle Importvorschriften haben, vor allem was die Auszeichnung betreffend Produktionsdatum und Haltbarkeitsdatum betrifft. Ebenfalls werden viele spezielle Dokumente benötigt, um die Schokolade in diese Länder einführen zu können.

Aus Afrika kommt der Löwenanteil der Kakaobohnen, und doch wird in Afrika nur sehr wenig Schokolade gegessen. Dafür sind viele verschiedene Gründe verantwortlich. Einerseits ist die Kaufkraft in vielen afrikanischen Ländern nicht sehr hoch, die Menschen vermögen es leider nicht, teure Import-Schokolade zu kaufen, und einheimische Schokoladeproduktion gibt es fast noch nicht. Zum anderen besteht keine Kühllogistik in den meisten afrikanischen Ländern, weshalb es unmöglich ist, Schokolade im Land zu verteilen.

Genau aus diesen Gründen ist klar, dass am meisten

Schokolade in den am weitesten entwickelten afrikanischen Staaten gegessen wird, das heißt vor allem in Nordafrika, Kenia, Tansania und Südafrika. Gerade in Südafrika ist der Markt stark entwickelt, da dort auch alle großen Detailhandelsketten (vor allem die britischen) präsent sind und damit auch die ganzen Schokoladesortimente der großen Anbieter erhältlich sind.

Der beste Kakao kommt bekanntlich aus Lateinamerika und so könnte man meinen, dass aus diesen Ländern auch die beste Schokolade kommt und dort am meisten Schokolade gegessen wird. Dies ist aber leider nicht so. Vielmehr gibt es viele Kakaobauern, die überhaupt keinen Bezug zu Schokolade haben, oftmals sogar eine solche noch nie probiert haben. Dies liegt wie in Afrika zum einen an der Kaufkraft und zum anderen an der fehlenden Infrastruktur. Wenn man keinen Kühlschrank besitzt, ist es schwierig in einem tropischen Land, Schokolade aufzubewahren, da die Tagestemperaturen permanent hoch sind.

Ein weiterer Grund liegt darin, dass seit Beginn die Europäer die Kakaobohnen nach Europa exportiert und dort verarbeitet haben. Das bedeutet, dass gar keine kakoverarbeitende Industrie in Lateinamerika entstanden ist. Heute gibt es natürlich schon Schokoladefabriken, diese gehören aber zum Großteil amerikanischen oder europäischen Konzernen. Auch der Hauptteil der gegessenen Schokoladen stammt aus deren Produktion.

Seit einiger Zeit gibt es immer mehr Erstverarbeiter von Kakao in Lateinamerika. Das heißt Firmen, welche den Rohkakao rösten und zu Halbfabrikaten wie Kakaomasse, Kakaobutter und Kakaopulver verarbeiten. Somit wird langsam ein Teil der Wertschöpfungskette zurück zu den Ursprungsländern gebracht.

Sehr interessant ist, dass nach dem ersten Schritt der Erstverarbeitung nun auch immer mehr Bauernkooperativen beginnen, ihre eigene Schokolade herzustellen. Dies geschieht noch in sehr kleinem Rahmen, ist aber natürlich ein großer Schritt: Kakaoanbauer werden nun langsam auch zu Schokoladeproduzenten.

194

Die Schokoladenmarke

WIE WIRD MAN EINE SCHOKOLADENMARKE?

Von Mag. Thomas Grabner
CEO (Internationale Agentur Kastner/Frankfurt)

Was macht ein Markenprodukt aus im Unterschied zu Private-Label-Produkten?

Vor allem eines: Nur Marken können innovieren. Private Labels sind insofern die „Generika-Anbieter": Sie kopieren lediglich erfolgreiche Konzepte. Und sparen sich so das Risiko der Markenmacher. Denn die investieren fortwährend in „R&D", also in neue Ideen, neue Rezepturen, neue Zutaten oder auch in Verpackungen. Das alles „sparen" sich die Private Labels. Kein Wunder also, dass sie dann vermeintlich „gleiche Produkte" zu besseren Preisen anbieten (können).

Aber: Ohne uns Markenmacher würde es neue Produkte nicht geben. Denn nur Markenmacher glauben an ihre Idee und versuchen sie entsprechend zu vermarkten. Private Labels hingegen haben ein gänzlich anderes Geschäftsmodell. Sie kopieren schlichtweg die erfolgreichsten Konzepte. Und geben dabei das gesparte Geld (für die Entwicklung und Markterschließung) dann auch nur teilweise an die Kunden weiter.

Was sollte man bei der Entwicklung einer Marke am Lebensmittelsektor beachten?

Eine starke Marke ist vor allem eines: Ein Qualitätsversprechen. Deswegen muss sich alles erst einmal um die Qualität drehen. Und nicht etwa nur um Kosteneffizienz. Die Logik dahinter ist ziemlich einfach: Der Preis einer jeden Ware wird nur dann in Frage gestellt, wenn die Qualität nicht stimmt.

Der zweite Punkt ist die Differenzierung. Diese kann sehr wohl im Produkt verankert sein wie zum Beispiel „die erste Schokolade aus Kamelmilch". Wirklich starke Marken basieren aber darüber hinaus auf dem Aufbau einer emotionalen Beziehung zu ihren Verbrauchern. Denn nur so werden aus Kunden Fans. Und weil Liebe ja bekanntlich durch den Magen geht, ist dieser Punkt gerade im Lebensmittelsektor entscheidend.

Was sind die Merkmale einer guten Marke?

Interessanterweise gibt es auf diese Frage keine allgemeingültige Antwort und tausende Abhandlungen. In Summe kann man aber sicherlich sagen: Eine Marke ist immer das Ergebnis guter Erfahrungen. Entscheidend dabei ist, dass die gute Erfahrung immer wieder Bestätigung findet und sich vor allem die positiven Erkenntnisse entsprechend vernetzen. Denn nur dann werden bei der Nennung der Marke bestimmte (und intendierte) Einordnungen abgerufen. Man könnte also sagen, dass einer starken Marke immer der Ruf ihrer Leistung vorauseilt.

In der Abgrenzung zu Handelsmarken wird der Wert einer Marke nochmals deutlich:

Denn Produkte, die ohne einen bekannten Namen und ohne dass ein Publikum zuvor Erfahrungen damit sammeln konnte, auf Menschen treffen, besitzen keine eigene (Marken-) Identität. Sie lösen nichts aus, schon gar keine Emotionen. Denn sie haben nichts zu erzählen. Sie sind anonym und gesichtslos. Aus diesem Grund werden Private Labels und Handelsmarken oft als „weiße Marken" bezeichnen. Man kann nicht über sie kommunizieren (außer über ihren Preis).

Gibt es Zahlen, wie sich der Lebensmittelmarkt in Marken und Private-Label-Produkte aufteilt?

Ja, die gibt es. Der Anteil der Private Labels im Deutschen LEH beträgt etwa 38% (die der klassischen Marke 62%). Seit 1985 hat sich der Anteil der Handelsmarken dabei mehr als verdoppelt. Das hat folgende Gründe: In Zeiten der Nichtmarken (White Labels; von 1985 bis etwa 1995) lag der Anteil bei lediglich 20%. Die Einführung der „Hausmarken" sorgte für einen steigenden Marktanteil auf etwa 30%. Und erst die Einführung der sogenannten „Mehrwertmarken" (etwa: Rewe Feine Welt) vor etwa 10 Jahren sorgte dann nochmal für einen Anteilsgewinn.

Im Bereich der Süßwaren ist der Anteil dabei geringer. Forscher begründen das vor allem mit der hohen Innovationsrate der Süßwarenkategorie. Interessant ist auch die Beobachtung auf Markenebene: Die Käufer der zweifelsfrei sehr starken Marke Lindt etwa kaufen nur zu etwa 27% auch Handelsmarken, d.h. 30% weniger als der Durchschnitt! Die Nestlé Schokoladenkäufer hingegen kaufen zu 52% auch Handelsmarken.
(Quellen: IFH Köln, GFK)

Wie sieht Ihrer Ansicht nach die Zukunft von Marken aus in unserer transparenten und globalen Welt?

Gerade in einer transparenten und globalen Welt liegt die größte Chance für Marken. Denn in einer immer komplexeren Welt sehnen sich die Menschen nach Orientierung. Und genau diese liefern starke und authentische Marken. Aber für so manche Marke wird die neue Welt auch zur Gefahr. Denn „Fehler" werden gnadenlos offengelegt und vom Konsumenten mit Sanktionen belegt. Palmöl in der Schokolade? Keine gute Idee. Fair-Trade-Kakao hingegen? Schon besser!

Sehen Sie auch etwas, das man mit Kunst bei Schokolade/Kakao in Verbindung bringen könnte?

Hand aufs Herz: Die Schokolade als Medium der Kunst ist doch eigentlich der Ursprungsgedanke eines jeden Chocolatiers!
Es gibt aber auch Chocolatiers, die großformatige Skulpturen und Gebilde erschaffen, wie etwa der vielleicht beste Chocolatier Frankreichs, Patrick Roger. Lebensgroße Skulpturen oder eine 15 Meter lange Berliner Mauer aus 900 kg Kakao – alles ist möglich.
Andere Beispiele: Das Etruscan Chocohotel in Perugia. Hier begegnen einem allenthalben schokoladige Überraschungen, zum Beispiel essbare Teppiche und Bilder in der Choco Sweet Suite. Oder etwa das New Yorker Luxushotel Bryant Park. Es ließ kurzerhand in Kooperation mit dem belgischen Chocolatier Godiva den Künstler Larry Abel ans Werk. Er erschuf zwei Jahre in Folge eine komplett essbare Suite, vom Sofa bis zum Gemälde an der Wand. Verrückt? Lecker!

Der Schokolademarkt wird von einigen ganz Grossen dominiert, sehen Sie überhaupt noch die Chance für einen Newcomer, Fuss zu fassen?

Wenn man nicht Weltmarktführer für Tafelschokolade werden will, allemal. Denn Qualität setzt sich nicht nur durch, sondern sie hat oft auch einen limitierenden Faktor. Kamelmilch zum Beispiel ist eben nicht unendlich verfügbar. Genauso wenig wie Büffelmilch. Solche Schokoladen zu produzieren passt so gar nicht in die Strategien der Riesen wie Mondelez oder Mars.
Gerade im (Super-) Premiumsegment wächst die globale Nachfrage und daher auch die Chance für exquisite Nischenanbieter.

Wie und warum wurde Al Nassma zu der Marke, die sie heute ist?

Weil sie nicht nur hervorragend schmeckt, sondern auch einzigartig ist.
Zuerst war die Idee: Dass Kamelmilch sehr gesund ist, weiß die ganze arabische Welt. Und es hat sich mittlerweile auch bei uns herumgesprochen. Mehr und mehr Menschen schwören auf das „Weiße Gold". So ist etwa Kamelmilch-Kosmetik seit langem auf dem Vormarsch, denn der pflegende Effekt auf die Haut ist legendär.
Dass Kamelmilch aber auch dazu dienen kann, puren Genuss zu verbreiten, beweist die Kamelmilchschokolade Al Nassma. Sie ist die erste und einzige Kamelmilchschokolade und sicher eine der exklusivsten Schokolademarken der Welt. Al Nassma wird aufwändig gefertigt aus dem sehr knappen und teuren Rohstoff. Und sie ist so bekömmlich wie kaum eine andere Schokolade.
Und hinter der Idee stecken zwei sehr engagierte Partner: Johann Georg Hochleitner, der Chocolatier, und Kastner & Partner, die Markenmacher.
So wurde aus einem guten Konzept eine sehr erfolgreiche Marke, die den Nahen Osten im Sturm erobert hat und sich auch in den internationalen Premiumoutlets glänzend verkauft.

MANNER. THE COMPANY

Josef Manner & Comp AG was founded in 1890 and has been listed on the stock exchange since 1913. By now it has become one of the largest confectionery manufacturers in Austria. The company is a rare example of a large successful Austrian company which is still mostly family owned, with over 125 years of tradition. Moreover, the traditional and family-owned company produces exclusively in Austria and pays particular attention to the high standard of its products.

Manner's sweet delicacies are produced at two locations – the headquarters in Vienna's 17th district and the branch in Wolkersdorf in Lower Austria – according to the finest original recipes and with special care of the family business.

All Manner production locations work with the latest production procedures and have IFS (International Food Standard) certification, guaranteeing the highest product safety and highest quality in the world. In addition to the two production sites, Manner operates six brand stores in Austria. For decades, the pocket-sized Original Neapolitan wafer filled with hazelnut- its home country's borders.

Julius Meinl
AM GRABEN

Julius Meinl am Graben

The Julius Meinl brand stands for tradition, delicious indulgence, quality and expertise and is one of the strongest brands Austria has ever had – more than 95% of all Austrians know the Meinl logo with its famous "Maure".

Julius Meinl was established in 1862 and today is managed by the 5th generation of the family. It all began with Julius Meinl I's innovative idea more than 150 years ago, as the first company to offer coffee in an roasted form. Since until then only green beans were available that had to be roasted on their own, the success did not leave any doubt. Therefore Julius Meinl soon became an integral part of the Austrian food market. Also, the demand from restaurants increased continuously: Today, Julius Meinl is the market leader for coffee in Austria and, worldwide, more than one billion cups of the coffee are being served every year.

Julius Meinl am Graben, the flagship of the Julius-Meinl chain, is located right in the centre of Vienna – a culinary piece of art on three floors and Austria's premier address for connoisseurs from around the world. With its broad range of high quality products including more than 17,000 items from approximately 100 countries, the shop plays a major role in the Austrian food market.

To set new trends in the delicatessen trade and to satisfy even the most extravagant demands of our customers, the buyers of Julius Meinl am Graben are constantly looking for interesting high quality products. In addition to the large and great variety of international branded products, Julius Meinl created a line of high-quality private labels that can be found in the entire assortment. For this purpose, they select domestic and foreign producers who guarantee quality rather than quantity.

- Gründung Firma 2007
- Markteintritt: 2009
- Geschäftsführung: Martin van Almsick

FIRST AND FINEST
CAMEL MILK CHOCOLATE

DAS GESCHENK DER WÜSTE.

Als im Jahr 2002 die Idee feststand, lagen noch fünf Jahre an Entwicklung und Konzeption vor den Beteiligten, bis die Entscheidung für den Markennamen Al Nassma gefallen war. Vor Ort in der arabischen Welt wurde geprüft, wie die Marke ankommt, die Konsumenten entschieden im Vorfeld mit. Statt auf kostspielige Marktanalysen zu setzen, bildeten in der Entstehungsphase persönliche Einschätzungen die Basis. „Al Nassma", der Name eines arabi-schen Wüstenwindes, dokumentiert die Grundausrichtung. Der süße Botschafter Arabiens, geboren in Dubai, als erste Schokolade welt-weit mit Kamelmilch nach einzigartigen Rezep-turen produziert: Dafür steht Al Nassma. Schnell gelang es der jungen Marke, einen hohen Bekanntheitsgrad zu erlangen. Heute findet sich Al Nassma an vielen Flughäfen der arabischen Welt sowie in ausgewählten Verkaufsstellen wie „Harrod's" in London. Hinter Al Nassma steht eine authentische Geschichte, die mit ihr verbundenen Personen fühlen sich als Botschafter und entscheidender Teil der Marke.

- *Ruben´s Chocolate GMBH*
- *Geschäftsführung: Christian Höllwarth*
- *Markenentwicklung:/Agentur Kastner.Agency*
- *Entwicklung: 2015*
- *Markteinführung 2018*

DIE CREME DE LA CREME.

Die beste Qualität der Ingredienzien, Zeit und Können bei der Herstellung begründen den Weltruf von Italien bei Lebensmitteln.
Eliana-Sophie Scala - an der Amalfi Küste zu Hause - ist die Inspiration für Augusto. Durch die Büffelmilch (sie ist aufgrund Ihres hohen Fettgehaltes sehr geschmackvoll & cremig), Orangenblü-tenhonig aus Sorrento, Piemont Haselnüssen und Bergamott Orangen entstand die Rezeptur der wohl cremigsten Milchschokolade auf dem Globus.
Augusto ist dem Ort Positano gewidmet und bekam am 19.September 2018 den Segen von San Gennaro – dem Schutzpatron von Neapel !

RUBEN´S
LAKTOSEFREIE SCHOKOLADE.
WENIGER IST MEHR GENUSS.

Im Jahr 2013 begann J.G. Hochleitner gemeinsam mit renommierten Schweizer Schokoladeproduzenten sowie wissenschaftlicher Unterstützung von Universitäten, sich damit zu beschäftigen - die NEUE SCHWEIZER SCHOKOLADE zu definieren. Das Ergebnis nach 5 Jahren Entwicklung war eine neu definierte, veränderte Schokoladen-Rezeptur sowie eine einzigartige Marke. Die USP´s die diesen einzigartigen Geschmack von Ruben´s bestimmen sind:

- Lactosefreier Rahm aus der Schweiz
- Keine Aromen sondern eine Cuvee aus Orangenblütenhonig, Piemont Haselnüssen und Mexikanischer Ur-Vanille
- Weniger Zucker – viel Zeit in der Zubereitung (Conchieren)
- Anstatt genmanipuliertem Sojalecithin – reines Sonnenblumenlecithin
- Geringere Erhitzung der Kakaobutter

Berühren und Schokoladenduft genießen!

Rezepte

Klassische und ungewöhnliche Rezepte mit Kakao

Food Styling: Alexander Rieder
Patissiére: Janette Tamer
Fotografie: Manuel Zauner Blickwerk Fotografie
Foto-Assistentin: Fr. Sarahi Aquino

Torta Caprese
Nonna Luciana

leicht

Deine liebe Uroma aus Neapel, gleichzeitig die Erfinderin dieser Mehlspeise von Weltruf hat uns dieses traditionelle Rezept vererbt…

TORTA CAPRESE ORIGINAL

Die Hälfte der Butter, mit Eigelb und dem halbem Zucker schaumig schlagen, danach mit geschlagenem Eischnee und dem zweiten halben Zucker vermengen. Schokolade und Kekse/Waffeln (gerieben) mit Mandelmehl vermengen.

Zweite Hälfte der flüssigen, handwarmen Butter in die Eischnee-Masse geben sowie das Schoko-Mandel-Mehl beimengen, mit einem Schuss Original „Strega"-Likör oder Rum und Vanille/Zitrone abschmecken.
Die Masse in eine flache Rundform (26 cm Durchmesser) giessen, und auf der mittleren Schiene ca. 20 Minuten (175°) backen.

Die fertige Torte anschließend reichlich mit Staubzucker bestäuben. Die Konsistenz der Torte ist typisch – sehr saftig. Daher ja nicht zu lange backen.

Nonna sagt: Am besten 2-3 Tage nach dem Backen essen, somit entfalten sich die Aromen. Am besten mit Vanille-Creme-Eis und Schokoladensauce genießen.

Das Rezept (1920) ist original von Carmine di Fiore dessen Frau die Commarella (Goti) meiner Tante Anna war (Die Frau meines Onkels Francesco, Bruder meines Vaters)

Zutatenliste

250g Butter
250g Mandeln *fein gemahlen*
250g Zucker
5 Eier
150g Zartbitterschokolade (*eine Hälfte flüssig temperiert und die andere Hälfte geraspelt*), oder
120g Kakao Pulver (*dann wird sie auch dunkler*)
2-4cl Original Strega-Likör oder **Rum**
1 unbehandelte Zitronen- oder **Orangenschale** *gerieben*

Zusätzlich kann man noch **5 Biscotti da latte oder Waffelbrösel (ca. 100g)** *beigeben, dann wird die Masse etwas fester.*

Schoko-Vanillekipferl

Prinzessin Elisabeth von Auersperg-Breunner

leicht

KEKSE FÜR CA. 1 BACKBLECH

Einen Mürbteig zubereiten und diesen mit der weichen (27 Grad Schokolade (70 %) vermengen.
Daraus ca. 3 cm dicke Rollen formen und mindestens 2 Stunden kaltstellen.

Gleich große Scheiben davon abschneiden, zu Kipferl formen und auf das mit Backpapier ausgelegte Blech legen.

Bei 140 – 150 Grad backen, bis die Kipferl Farbe angenommen habe (ca. 10-15 Minuten).

Abgekühlt wälzt man die Kipferl in mit Vanille versetztem Staubzucker, oder tunkt die Spitzen mit temperierter dunkler Schokolade (auch Schoko mit Orangenöl) und wälzt Sie in Mandelstücken.

Zutatenliste
100g **Mehl**
160g **Butter**
200g **Staubzucker**
100g **Mandeln** *gerieben*
20g **Kakaopulver**
70g **weiche Zartbitter Schokolade** (70%)
1 **mexikanische Vanilleschote**
Staubzucker *(mit Vanille zum Wälzen)*

Schoko-Brotaufstrich Passionsfrucht/Mango

Alessandra Sophia Manna

leicht

FÜR CA. 15 GLÄSER *(150ml)*

Fruchtpüree, Zitronensaft, Honig, Zucker und Gelierzucker aufkochen.
Zucker mit Gelierzucker trocken mischen und zugeben.

Alles auf 100°C einkochen, kurz abkühlen und bei ca. 70 Grad über die zerkleinerte Schokolade, Vanille und dem Nougat giessen.

Die Masse mit dem Mixer homogenisieren und noch heiss in sterilisierte 150ml Gläser abfüllen.

Zutatenliste

600g Passionsfrucht/Mango *Püree (50:50)*
200g Haselnuss Nougat
30g Limettensaft
1 Stück Vanilleschote *(können auch zwei sein, am besten mexikanische Vanille)*
350g Zucker
100g Blütenhonig
40g Gelierzucker *(da sonst der Aufstrich sehr hart wird)*
80g Zucker
650g Schokolade *(dunkle Schokolade > 65 % Kakaoanteil)*

Schokoladenguglhupf
Didi Maier

mittel

Erblich durch seine berühmte Mutter Johanna Maier vorbelastet, zählt er zu den Stars der jungen Köche in Salzburg. Hinter jedem erfolgreichen Mann steht jedoch eine tolle Frau – so auch bei ihm (Christina).

GUGELHUPF *20cm Durchmesser*

Eiweiß mit Zucker in einem Rührkessel aufschlagen. Butter mit Eigelb, Marzipan aufschlagen und Schokolade lippenwarm schmelzen und danach miteinander vermischen. 1/3 des aufgeschlagenen Eiweiß in die Schokoladen-Buttermasse einrühren, dann die Schokoladen-Buttermasse zum restlichen Eiweiß unterheben. Das Eiweiß nicht zu stark ausschlagen, es muss noch cremig sein und nicht flockig. Auf niedriger Stufe langsam einrühren.

Sobald sich die Massen vermischt haben, das gesiebte Mehl mit Backpulver langsam und vorsichtig unterheben. Kurz rühren lassen.

Gugelhupf Form ausbuttern und die Masse knapp ¾ voll einfüllen. Die Masse sollte ca. ¾ des Volumens der Guglhupf Form ausfüllen.

Bei 175 Grad Ober- und Unterhitze ca. 40 °Minuten backen. Den Gugelhupf mit der Form stürzen, aber erst abheben wenn der Gugelhupf ausgekühlt ist.

> **Zutatenliste Gugelhupf**
>
> **110g Butter**
> **5 Eidotter**
> **35g Marzipan**
> **110g Zartbitter Schokolade** *(ideal mit 70% Kakaoanteil)*
> **220g Eiklar** *von ca. 6 Eiern Größe L*
> **96g Zucker**
> **70g Mehl** *glatt*
> **35g weiße Mandeln** *fein gerieben*
> **4g Backpulver** *(muss nicht sein)*

GLASUR

Für die Glasur die Zutaten miteinander verschmelzen lassen. Den Guglhupf mit Marillenmarmelade bestreichen und anschließend mit der Schokoglasur überziehen. Man kann ihn noch mit Gerösteten Mandelsplittern garnieren.

> **Zutatenliste Glasur**
>
> **200g dunkle Schokolade**
> **80g Sahne** *(36% Fett)*
> **1 Blatt Galantine**
> **Marillenmarmelade** *(zum Aprikotieren)*

Nero Kekse

Erich Winkler

mittel

Erich zählt zu den besten Konditoren Österreichs und brachte die Konditorei Schatz in Salzburg zum Status einer nationalen Institution in Sachen Süßspeise. Er war ein sehr guter Freund Deines Vaters. Von ihm kommt der Satz: "Es braucht beim Backen Leidenschaft – und zwar so viel, dass man es gar nicht beschreiben kann".

KEKSE FÜR CA. 3 BACKBLECHE

Butter und Zucker schaumig rühren. Dann die Eidotter und die ganzen Eier nach und nach im Mixer gut verrühren.

Mehl und Kakao auf ein Papier sieben, damit keine Klümpchen dabei sind.

Die fein gesiebte Mehl-Kakao-Mischung dann mit einem Kochlöffel gut in die Buttermasse einrühren.
Dann mit einem Dressiersack (Lochtülle Größe 6) kleine Stangerl auf ein Backtrennpapier spritzen.

Danach im Backofen bei ca. 150°C ca. 10-15 Min. backen.

Jeweils zwei Stangerl füllen also mit Himbeermarmelade oder Kaffeenougat zusammensetzen und zur Hälfte schräg in flüssige Schokolade tunken.

Zutatenliste

400g Butter
210g Staubzucker
320g Mehl
2 ganze Eier *(nicht zu kühl)*
2 Eidotter
80g Kakaopulver
Flüssige Schokolade *zum Tunken*

Schokoladen Kaiserschmarrn

Didi Maier

mittel

FÜR 2 PERSONEN ALS HAUPTSPEISE

Das Eigelb mit Vanillezucker schaumig schlagen.
Das Eiklar mit dem Zucker zu einem Schnee aufschlagen.
In die Eigelbmasse Milch, Mehl, geschmolzene Butter und das Kakaopulver einarbeiten. Anschließend den Eischnee unterheben.

In einer erhitzen Pfanne einen Eßlöffel Butter schmelzen lassen und die Masse in die Pfanne füllen.
Vorsicht! Die Pfanne darf nicht zu heiß sein, da sonst der Schmarrn zu schnell Farbe annimmt.

Den Teig in der Pfanne kurz stehen lassen bis die ersten Blasen aus dem Teig kommen. Im vorgeheizten Backofen bei ca. 180 Grad für 15-18 Minuten backen lassen.

Danach den Schmarrn in kleine Stücke reißen oder schneiden. Mit Staubzucker und Schokoraspeln bestäuben und mit Beerenragout servieren.

Zutatenliste

4 Eier *(Größe L) trennen*
80g Zucker
1 Teelöffel Vanillezucker oder
8g echte Mexikanische Vanille
Schotten mit Zucker
375ml Rahm oder **180g Milch**
180g Schlagobers *flüssig*
140g Mehl
40g weisse Mandeln *gerieben*
40g Butter *geschmolzen*
40g Kakaopulver
Staubzucker und Schokoraspeln
zum Garnieren
Mandelsplitter *zum Garnieren*
100g Waldbeeren Marmelade *zum Garnieren*

Blumenkohlröschen mit Erdnuss/Kakao-Mus

Mexikanisches Rezept von Eric Guerrero

mittel

Bei unseren vielen Aufenthalten auf den Vanilleplantagen in Paplanta/Mexiko haben wir Erik Guerrero ein Starkoch aus Veracruz/Mexiko kennengelernt. Er hat uns ein etwas anderes Rezept mitgegeben und er zeigt auf, wie vielfältig Kakao einsetzbar ist.

BLUMENKOHL

Den Blumenkohl reinigen, indem man die Blätter und den Strunk derart entfernt, dass der ganzen Blumenkohlkopf übrig bleibt.
Die Butter und den Blumenkohl in einen Topf geben, abdecken und bei mittlerer Hitze 15-20 Minuten garen lassen, bis der Blumenkohl in der Mitte weich ist.
Den Blumenkohl aus dem Topf nehmen und auf einem Teller abkühlen lassen.

Zutatenliste Blumenkohl
1 Stück Blumenkohl
100g Butter

ERDNUSS-MUS

Geschälte Erdnüsse in der Pfanne leicht rösten. Knoblauch und Zwiebel in Julienne zusammen mit den in Stücke geschnittenen Tomaten in einem Topf anbraten. Pflaumen, Erdnüsse, Zimt und Allspice hinzufügen. Bei schwacher Hitze ca. 40 Minuten kochen.

Alle Zutaten in einem Mixer zu einem Mus (Püree) zerkleinern.
Das Mus (das Püree) wieder in den Topf geben und erneut bei schwacher Hitze etwa 1 Stunde kochen.

Zutatenliste Erdnuss-Mus
250g Erdnuss
250g Tomaten
50g Zwiebel *(Julienne geschnitten)*
1 Knoblauchzehe
5g AllSpice *(Jamaikapfeffer oder Nelkenpfeffer)*
50g Pflaume
½ Zimtstange

Auf der nächsten Seite geht es weiter...

NUSS-KAKAO-MUS

Alle Samen (Sesam/Kürbis/ Erdnüsse/Kakao) getrennt leicht anrösten.
Die gerösteten Samen in einem Mixer zerkleindern bis sie eine Püree Konsistenz erreicht haben. Es sollten kleine Stücke im Püree übrig bleiben.
In einer Pfanne das Öl etwas erwärmen und mit dem Nuss-Kakao-Mus parfümieren.

Das Mus einmal aufkochen, von der Herdplatte nehmen und abkühlen lassen.

Zutatenliste Nuss-Kakao-Mus

100g **Erdnüsse** *geschält*
100g **Kürbiskerne**
100g **Kakao-Nibs**
100g **Sesam**
110ml **Olivenöl**

ANRICHTEN

Die Blumenkohlröschen vom Kopf abschneiden und mit etwas heißem Öl in einer Pfanne goldbraun anbraten.
Das Erdnussmus erhitzen und mit Salz würzen.

Auf dem Teller einen Spiegel aus Erdnuss-Mus anrichten, die Blumenkohlröschen darauf verteilen, mit dem Nuss-Kakao-Mus baden und leicht mit Kakaopulver bestreuen.
Falls vorhanden kann man das Gericht auch noch mit Kakaonibs bestreuen.

229

Birne Helene

Andreas Döllerer

schwer

Andreas stammt aus einer berühmten Salzburger „Genußfamilie". Viele Döllerers haben mit Genuß zu tun. Er jedoch steht jeden Tag in der Küche seines Haubenlokals in Golling bei Salzburg und verzaubert seine Gäste. Auguste Escoffier war in Paris und London sowie an der Côte d'Azur. In Golling war der erfindungsreiche Meisterkoch hingegen nie, obwohl Golling schon zur vorletzten Jahrhundertwende ein ausgewiesener Treffpunkt von Wanderern und Sommerfrischlern war. So bleibt es an den Patissiers beim Döllerer, der endgültigen Kreation der „Birne Helene" noch eine Variante mit Bier hinzuzufügen – ein etwas aufwendigeres Rezept zum Abschluss.

Die schöne Helene, wäre sie damals nicht nach Troja, sondern nach Golling ins Salzburgische gekommen, hätte sich über ein kühles Weizenbier (und ein paar Frische) sichergefreut. Man muss aber zur Kenntnis nehmen, dass in der Antike die Alpen noch nicht so angesagt waren wie heute.

EINGELEGTE BIRNEN

Die Birne schälen, vierteln und entkernen.

Den Zucker karamellisieren mit Weißwein ablöschen, die Gewürze dazugeben und einkochen lassen.

Mit Birnensaft auffüllen und die Birnenstücke beigeben. Diese weich garen und im Sud ziehen lassen.

Zutatenliste Birnen

1 **Birne** (*Abate*)
25g **Zucker**
60ml **Weißwein**
200ml **Birnensaft**
Mark einer ½ **Vanilleschote**
½ **Zimtstangerl**

Auf der nächsten Seite geht es weiter...

BIEREIS

Das Eidotter mit dem Kristallzucker in eine Schüssel geben und über einem Wasserbad warm aufschlagen. Milch, Obers, Milchpulver und Glucose in einem Topf erhitzen, die eingeweichte Gelatine darin auflösen und die aufgeschlagene Ei-Zuckermischung dazu rühren.

Alles Zusammen nochmals unter ständigem Rühren auf 81°C erwärmen. Die Masse in Pacojet Becher abfüllen und einfrieren.

Die gefrorene Eismasse im Pacojet zum ersten Mal runterlassen, das Bier dazu rühren und wieder einfrieren. Eine Stunde vor dem servieren das Eis zum zweiten Mal runterlassen und dann wieder einfrieren.

Falls man kein Eis selbst produzieren kann – soll man ein gutes Vanilleeis verwenden.

Zutatenliste Biereis

2 Eidotter
100g Kristallzucker
1 Stück Mexikanische Vanille Schote *(ausgekratzt)*
300g Milch
100g Obers
15g Milchpulver
50g Glucosesirup
1 Blatt Gelatine
140g Weizenbier

SCHOKOLADENGANACHE

Die Schokolade schmelzen und das Obers dazu rühren. Ei, Dotter und Kristallzucker in eine Schüssel geben und über einem Wasserbad aufschlagen.

Die Schokolade nach und nach unter rühren.

Die Masse kalt stellen bis sie fest geworden ist. Anschließend auf Zimmertemperatur temperieren und dann nochmal aufrühren.

Wenn nötig einen Schuss Obers unterühren.

Zutatenliste Schokoladenganache

180g Vollmilchschokolade
40g dunkle Schokolade
80g Obers
1 Ei
1 Eidotter
40g Kristallzucker

BIRNEN-GEL

Die Birne schälen, entkernen und fein schneiden. Den Zucker in einer Sauteuse karamellisieren, die Birnen dazugeben und mit Weißwein ablöschen. Die Zimtstange beigeben und einkochen lassen.
Mit Bier und Birnensaft auffüllen und etwa 15 Minuten leicht köcheln lassen, sodass die Birnen komplett weich sind.

Die Zimtstange entfernen und den Rest im Thermomixer mixen. Ca. 250 g Birnenmark in einen kleinen Topf geben, das Agar Agar dazu und 2 Minuten simmern.

Mehrere Stunden kühl stellen und sobald es fest ist mit dem Thermomix zu einem glatten Gel mixen.

Zutatenliste Birnen-Gel

3 **Birnen** *essreif*
25g **Zucker**
100ml **Weißwein**
100ml **Weizenbier**
250ml **Birnensaft**
1 **kleine Zimtstange**
3g **Agar Agar** *(oder 1 Blatt Gelantine)*

SCHOKOLADENCRUMBLE

Alle Zutaten zu einem bröseligen Teig kneten. Ein Backblech mit einer Silikonmatte vorbereiten und den Backofen auf 180°C vorheizen. Den Teig auf die Silikonmatte bröseln und 5 Minuten backen.

SCHOKOLADENSAUCE

Die Schokolade schmelzen und das Pflanzenöl unter rühren. Warm servieren.

LIMETTENCREME

In einem kleinen Topf Wasser zum Kochen bringen und die Limettenschale darin blanchieren. Das Wasser abgießen und den Vorgang weitere 4 Male wiederholen. Beim letzten Mal werden die Limettenschalen weich gekocht. Anschließend mit den restlichen Zutaten vermischen und in einen Pacojet Becher füllen. Diesen über Nacht einfrieren. Das Gefrorene im Pacojet mehrere Male bearbeiten. So dass eine glatte Creme entsteht. Die Creme durch ein feines Sieb streichen.

Zutatenliste

Schokoladencrumble

70g **Butter**
30g **Kakao**
94g **Mehl**
87g **Kristallzucker**
1g **Salz**

Schokoladensauce

100g **dunkle Schokolade**
45g **Sonnenblumenöl**
Pistazien *fein gehackt*

Limettencreme

1-2 **Limetten**

234

Weißes und dunkles Schokomousse

Johann Georg Hochleitner
mittel

Wir haben es mit der ausgezeichneten Kamelmilchschokolade Al Nassma produziert, natürlich kann man hier auch alternativ klassische weiße Schokolade verwenden.

DUNKLES SCHOKOLADENMOUSSE

Obers aufkochen und Schokolade darin schmelzen; dannvauf 30 Grad abkühlen.
Das Eigelb schaumig rühren und mit dem abgekühlten Schokoobers und Kakaopulver samt Rum/Cognac vermischen und den geschlagenen Obers vorsichtig untermelieren und für mind. 5 Stunden kaltstellen.

Dann mit einem Löffel Nockerl herausstechen und auf einem Teller anrichten. Das Mousse kann man auf passiertem Püree von Himbeeren und Passionsfrucht anrichten und mit Schokoladespänen und klein gehackten Pistazien garnieren.
Oder man garniert die Schokomoussenockerl mit rischmarinierten Erdbeeren (mit Läuterzucker und etwas Maraschino) und dezent gewürzt mit Pfeffer und altem Balsamico-essig.

Zutatenliste Dunkles Schokoladenmousse

250g dunkle Schokolade (> 60 % *Kakao oder Augustoschokolade*)
150ml Obers
3 Eigelb
50g Kakaopulver
400ml Obers *geschlagen*
2cl Rum oder **Tequila Vanilla**

WEISSES SCHOKOLADENMOUSSE

Obers leicht cremig schlagen und kühl stellen. Kuvertüre über Wasserdampf schmelzen. Parallel dazu über einem zweitem heißen Wasserbad Ei mit Dotter und einer kleinen Prise Salz so lange dickcremig aufschlagen, bis die Masse deutlich an Volumen zugenommen hat.
Masse vom Dampf nehmen und Orangenlikör unterrühren. Dann die geschmolzene Kuvertüre in die Eimasse rühren.
Zuletzt Obers unterheben. Mousse in eine Schüssel füllen und mit Frischhaltefolie zugedeckt ca. 5 Stunden kühl stellen.

Zutatenliste Weisses Schokoladenmousse

500ml Schlagobers
250g weiße Kuvertüre (*fein gehackt*)
oder **weiße Al Nassma Kamelmilchschokolade mit Pistazien**
1 Ei
1 Ei Dotter
2 Esslöffel Orangenlikör
1 Prise Salz

Ruben's Souffle mit Schokocreme auf

Josef Steffner

schwer

SOUFFLE

Die Eiklar und den Zucker in einer Rührschüssel über Wasserbad heiß (ca.65°C) aufschlagen danach die Masse mit der ausgekratzten Vanilleschote in der Rührmaschine kalt schlagen (nicht zu lange rühren/kalt schlagen). Das Ganze in einen Spritzsack mit eine Achter- oder Zehner-Thüle geben. Jetzt die Masse auf ein befeuchtetes Backpapier spritzen, mit gehobelten Mandeln bestreuen, mit einem Sieb die Stärke-Puderzuckermischung darüber sieben und bei 200° ca. 12–14 min. goldgelb backen.

Damit die Souffles innen noch saftig bleiben und sich lösen, wäre es ideal das befeuchtete Backpapier auf ein feuchtes Holzbrett zu geben und damit im Ofen backen, wie oben beschrieben!

Sobald die Souffles leicht überkühlt sind, vom Backpapier durch eine leichte Drehung lösen und verkehrt in eine Papierkapsel legen.

Zutatenliste Souffle
5 Eiklar
200g Zucker
½ Schote Vanille, ausgekratzt
Etwas gehobelte **Mandeln**
Je 50g Puderzucker und **Stärke**
vermischen

SCHOKOCREME

Ruben's Schokolade ist die wohlbestschmeckende lactosefreie Rahmmilchschokolade aus der Schweiz, und daher sollte man eine lactosefreie Creme bereiten: Lactosefreies Schlagobers aufschlagen, Die Gelantine aufweichen, erwärmen, mit frischen Espressi kurz die halbe Menge des Schlagobers unterheben. Den Rest des Schlagobers mit Schokoladepulver unter die Masse heben.

Die Obersfülle auf die eine Seite des Souffles aufdressieren und den Deckel darauf geben. Leicht mit Staubzucker bestäuben.

TIP: Im Sommer mit frischen Beeren servieren: Einen Himbee-Mousse Spiegel (prürrierte Himbeeren) auf den Teller geben, Schokosouffle platzieren und mit frischen Beeren garnieren.

Zutatenliste Schokocreme
250ml lactosefreier Schlagobers
75g Ruben's Schokolade *fein gerieben/gemahlen*
Kaffeextrakt oder **2 Espressi**
(kurz und frisch)
1 Blatt Gelantine *(einweichen)*

Schokoladensouffle

Johann Georg Hochleitner

schwer

SOUFFLE

Das Förmchen mit flüssiger, fast kalter Butter gleichmäßig einfetten und mit Zucker ausstreuen, Seitenwände und Boden müssen lückenlos bedeckt sein. Den restlichen Zucker ausschütten.

Die Milch in eine Topf gießen. Die Kuvertüre zerkleinern und zugeben. Das Kakaopulver dazu sieben und unter Rühren aufkochen.
Die Mehlbutterstücke nacheinander in die kochende Milch rühren, bis das Mehl die Flüssigkeit vollständig zu einer homogenen Masse gebunden hat und sich leicht löst.

Die Weiterverarbeitung erfolgt in einem kleinen Kessel Das Eigelb nacheinander in die lauwarme Soufflé Masse rühren und so lange weiterrühren, bis die Masse wieder glatt und cremig ist.

Das Eiklar mit dem Zucker aufschlagen. Zuerst etwa ¼ des Eischnees unterrühren, damit die Masse leichter wird. Den restlichen Schnee mit dem Kochlöffel vorsichtig darunterheben.

Die Soufflé Förmchen bis etwa 1.5 cm unter den Rand füllen, in das heiße Wasserbad stellen und ca. 40 Minuten im vorgeheizten Ofen garen.

Danach wird es noch in der Form angezuckert und kann klassisch mit einer feinen Vanillecreme oder Vanilleschlagobers serviert werden.
Auch ein Bananen-Limettenpüree wäre eine noch nicht bekannte Alternative.

Zutatenliste

50g weiche Butter
50g Mehl
25g Mandeln, fein gerieben
150ml Milch
100ml Obers
50g Kuvertüre *(dunkle Schokolade)*
30g Kakaopulver
5 Eiweiß
4 Eigelb
70g Zucker

240

Torta Augusto

Johann Georg Hochleitner

schwer

Georg ist Chocolatier/Konditormeister und lebt in Österreich & Dubai. Er hatte vor vielen Jahren auch eine Auszeichnung von Fr. Gürtler (Hotel Sacher Wien) für eine seiner Kreationen in einem Österreich weiten Wettbewerb zur „Besten Torte Österreichs" erhalten. Damals mit seiner Schafmilchschokolade „Chocolina". Er hat nun das Rezept angepasst, da er alle Hauptbestandteile der Rezeptur mit Büffelmilchschokolade/Italien in Zusammenhang bringt – hat er Ihr den neuen Namen gegeben: TORTA AUGUSTO.

Wenn man diese Torte richtig machen will, muss man sich 3 Tage Zeit geben.

Eine Torte mit feinen gebackenen dünnen Schichten aus Wiener Masse verfeinert mit Mandeln. Gefüllt mit Mandelnougat, Bergamott Orangen Marmelade und getränkt mit Orangen-Mandellikör von der Amalfi-Küste oder Grand Marnier. Überzogen mit feinster Augusto Büffelmilch-Schokolade. Augusto hat den Segen von Neapel – San Genaro wäre verliebt in diese Torte, von Sophia Loren gar nicht zu sprechen.

1. Tag

SCHOKOMANDEL-OBERSCREME

Obers aufkochen, Schokolade und Nougat zugeben – mixen/emulgieren. Rasch abkühlen und 24 Std. bei 4 Grad reifen lassen.

Und am nächsten Tag wie Schlagobers aufschlagen und ev. noch 1 Blatt Gelatine (mit Amaretto) unterheben).

**Zutatenliste
Schokomandel-Oberscreme**

600ml Obers
100g flüssige Augusto Büffelmilchschokolade oder **Zartbitterschokolade** *70%*
100g flüssiges Mandelnougat

Auf der nächsten Seite geht es weiter…

1. Tag

WIENER MASSE MIT MANDELN

Eier mit Kristallzucker über Wasserdampf warm und danach kalt aufschlagen (Rührmaschine)

Mehl/Stärke sieben und mit fein geriebenen Mandeln und Vanille vermischen.
Danach unter die aufgeschlagene Eimasse melieren / unterheben, sowie zum Abschluss die flüssige Butter vorsichtig einrühren.

Man schneidet aus einem Pappkarton (ca. 0,5-0,8 mm Stärke) einen Kreis von 24 cm aus. Legt ihn auf das Backblech gibt mit der Teigkarte entsprechend die Wiener Masse rauf – verstreicht sie mit der Palette und hebt den Karton ab.
Damit hat man nun gleichmäßige, dünne Mandelblätter (7-9 Stk) und bäckt Sie bei 180 Grad ca. 10 Minuten im Backrohr. Danach bewahrt man Sie an einem kühlen Ort für den nächsten Tag auf.

TIP: Falls zuviel Masse vorhanden ist, kann man diese zu kleinen Biskotten backen.

> **Zutatenliste Wienermasse**
> 8 Eier
> 240g Kristallzucker
> 120g Weizenmehl
> 60g geriebene Mandeln
> 60g Weizenstärke oder Maizena
> Etwas Mexikanische Vanille
> 70g flüssige Butter *(nicht zu warm)*

MANDELMÜRBTEIG *besonders knusprig*

Man knetet einen Teig und stellt ihn über Nacht in den Kühlschrank

> **Zutatenliste Mandelmürbteig**
> 50g Puderzucker
> 50g Kristallzucker
> 200g Butter
> 130g Mehl
> 130g Weizenpuder
> 50g Mandeln
> 1 Prise Salz
> 1 Ei *(kann man auch weglassen)*
> Vanille

2. Tag

BERGAMOTT-ORANGENMARMELADE
oder gute passierte Orangenmarmelade

Man bäckt aus dem Mandelmürbteig einen Unterboden von 24 cm Durchmesser mit ca. 0,8 mm Stärke.
Man produziert die Schoko-Mandelcreme sowie das Orangenlikör-Läuterzucker Gemisch.

Ein Tortenreifen von 24 cm Durchmesser wird nun wie folgt zusammengesetzt: Mürbteig / Bergamott-Orangenmarmelade / Mandelbiskuit / Schokocreme / Mandelbiskuit insgesamt können es mehr 14 Schichten werden

Der Mandelbiskuit wird je Schicht mit einem Pinsel zart getränkt, die letzte Schicht jedoch nicht. Man presst die Teile immer leicht gleichmäßig an. Danach gibt man den eingesetzten Tortenreifen für mind. 12 Std. in den Kühlschrank und noch kurz vor dem Ausfertigen auch für 2-3 Stunden in den Tiefkühler.

> **Zutatenliste Marmelade**
>
> **200ml Läuterzucker**
> *(50% Wasser : 50 % Zucker aufkochen)*
> **50ml Orangenlikör** *aus Kalabrien*
> *oder* **Grand Marnier**
> **50ml Mandellikör** *aus Kalabrien*
> *oder* **Amaretto**

3. Tag

AUGUSTO-GLASUR

Kurz aufkochen – Gelantine zugeben 1

Flüssige Schokolade zugeben und mixen und dann die 2 Torte damit glasieren.

Man nimmt den eingesetzten Tortenreifen aus dem Tiefkühlschrank und löst die Torte aus dem Reifen. Danach bestreicht man die Torte dünn mit vorher aufgekochter Bergamott-Orangenmarmelade (passiert) und streicht Sie mit der Palette schön ab.
Man lässt die Marmelade erkalten und anziehen, danach glasiert man die Torte mit der Augusto-Nougat Glasur – legt ein Augusto-Schokoladenstück samt einer in Zucker dickgezogenen Orangenspalte in die Mitte der Torte und das Meisterwerk ist vollbracht.

> **Zutatenliste Mandelmürbteig**
>
> **4-5g Pulver Gelantine** *(=2 Blätter), (+ 15g Wasser verrühren)*
> **50g Milch + 50 g Obers**
> **20g Kristallzucker**
> **30g Wasser**
> **30g Stärkesirup** = *Glucosesirup*
>
> 1
>
> **250g flüssige Augusto-Schokolade** *(oder Zartbitter Schokolade 70%)*
>
> 2

 QR-Code für *Chocolat* Rezepte Website

Epilog

Heute ist Schokolade von Europa aus auch in die anderen Teile dieser Welt getragen worden. In China errichtet Barry Callebaut gerade große Schokoladewerke. An den Dutyfree Märkten auf der ganzen Welt finden Sie Schokoladeprodukte im Angebot. Die Bean-to-Bar-Produzenten nehmen stark zu. Die Kleinbauern bekommen mehr für ihren hohen Einsatz. Viele kreative Menschen beschäftigen sich mit Schokolade. Kakao von Montezuma bis heute, es gibt viele neue Initiativen, der Mythos Xocolatl findet seine unendliche Fortsetzung.

Dieses Buch sollte Ihnen umfassende, aber nicht zu viel wertende Information zum Thema Schokolade liefern.

Die Wertung, sein Urteil, soll jeder für sich selbst finden, „Chocolat" schafft hierzu Grundlagen zur Entscheidungsfindung. Genießen Sie weiterhin die vielen guten Schokoladen dieser Welt und finden Sie Gefallen an den Rezepten. Wie Sie gelesen haben, ist schlechtes Gewissen wahrlich fehl am Platz.
Ich werde meinem Lebensthema noch lange treu bleiben und hoffe, Ihnen über das positive Ende meiner Suche nach dem Manna berichten zu können. In meinem nächsten Buch werde ich von der Reise nach Persien erzählen und vielleicht das Thema „Brot" aufgreifen und es so wie in diesem Buch katholisch (allumfassend) betrachten.
Falls Sie mir beim Thema „Manna" helfen können, so schreiben sie mir bitte unter: asm@chocolat.at

Sie wissen, die Schweizer sehen sich nicht so gerne in der großen Öffentlichkeit. Ich selbst bleibe in meinem Leben gerne im Schatten meines Vaters, das hat mir immer gut getan. Ich bemühe mich, gute, qualitativ hochwertige Schokoladen zu produzieren und bleibe weiterhin sehr schwer in der Öffentlichkeit auffindbar – bitte respektieren Sie diese meine heilige, kleine Privatsphäre.

Herzlichen Dank!

Ihre Alessandra Sophia

Literaturnachweis

URL's:
www.wikipedia.de
www.theobroma-cacao.de

International Cocoa Organization (ICCO)
Bundesverband der deutschen Süßwarenindustrie

Acosta, José (1590): Historia Natural y Moral de las Indias, en que se tratan las Casasnotables des Ciela, elementas, metales, plantas y govierno y guerras de los indios.
Sevilla: Juan de Leon

Anders, Ferdinand und Maarten Jansen (1988): Schrift und Buch im alten Mexico
Graz: ADEVA.

Cox, Sophi D. und Michael D. (1997): Die wahre Geschichte der Schokolade. Frankfurt am Main: Fischer

Berlitz-Grosch-Schieberle "Lehrbuch der Lebensmittelchemie"

Friedrich Kiermeier, Erika Lechner " Milch und Milcherzeugnisse"

Helles Köpfchen. de, Felicia Chacón und Björn Pawlak "Seit wann trinkt der Mensch Milch?" Geschichte der Milchprodukte

Die Presse, Thomas Kramar "Kulturgeschichte: Siebentausend Jahre Milch"

netdoktor, Dr. med. Matthias Thalhammer, Dr. Kurt König, Dr. med. Kerstin Lehermayr, Thomas Auinger "Laktoseintoleranz"

Landwirtschaftlicher Informationsdienst LID, Schweiz, Dossier Nr. 456: "Vom Euter zum Milchglas"

Plotz, Robert (1986): Von der Kakaobohne zur Schokolade. Ausstellungskatalog. Kevelaer: Niederheinisches Museum für Volkskunde und Kulturgeschichte

Roman Rossfeld (2007): Schweizer Schokolade, 1860-1920. Baden: Hier + Jetzt Verlag

Markus Mergenthaler: Schokolade. Nahrungmittel oder Pausenfüller. Verlag J.H. Röll

Georg Bernardini: Schokolade - Das Standardwerk.

Jochen Hörisch: Theorie Apotheke, Suhrkamp Verlag

Mose ben Maimon: Der Führer der Unschlüssigen. Felix Meiner Verlag

Arno Watteck: Die Zahlen - Bausteine der Schöpfung. W. Pfeifenberger Verlag

Bildnachweis

Seite	Bild	Seite	Bild
2-3	Luca Catalano Gonzaga	128-129	Ralf Baumgarten
5	Luca Catalano Gonzaga	130	Eddie Zaletas
6	Luca Catalano Gonzaga	134-135	Eddie Zaletas
8	Luca Catalano Gonzaga	136-137	Eddie Zaletas
11	Sarahi Aquino	138-139	Eddie Zaletas
13-15	Luca Catalano Gonzaga	144-145	Eddie Zaletas
19	Luca Catalano Gonzaga	146-147	Eddie Zaletas
20	Luca Catalano Gonzaga	148-149	Eddie Zaletas
24-25	Luca Catalano Gonzaga	152	Pablo Merchan-Montes
26	Luca Catalano Gonzaga	153	Archiv Chocolat Bernrain
29	Archiv Manner	155	Archiv Chocolat Bernrain
33	Archiv Manner	156	Archiv Chocolat Bernrain
37	Archiv Manner	161	Archiv Chocolat Bernrain
40-41	Luca Catalano Gonzaga	162-163	Archiv Chocolat Bernrain
44	Eddie Zaletas	166	Archiv Chocolat Bernrain
47	Eddie Zaletas	170-171	Archiv Chocolat Bernrain
48-49	Eddie Zaletas	172-173	Ralf Baumgarten
50-51	Eddie Zaletas	178	Luca Catalano Gonzaga
60-61	Eddie Zaletas	186-187	Ralf Baumgarten
62-63	Eddie Zaletas	188-189	Archiv Chocolat Bernrain
64-65	Eddie Zaletas	190-191	Archiv Chocolat Bernrain
66-67	Eddie Zaletas	198-199	Archiv Manner
68-69	Archiv Chocolat Bernrain	200-201	Julius Meindl am Graben
73	Archiv Chocolat Bernrain	202-203	Agentur Kastner
79	Archiv Chocolat Bernrain	204-205	Agentur Kastner
80-81	Archiv Chocolat Bernrain	206-207	Agentur Kastner
82-83	Archiv Chocolat Bernrain	208-209	Victor Hunt
84-85	Archiv Chocolat Bernrain	212-213	Manuel Zauner Blickwerk Fotografie
86-87	Archiv Chocolat Bernrain	214	Manuel Zauner Blickwerk Fotografie
88	Eddie Zaletas	216	Manuel Zauner Blickwerk Fotografie
90-91	Eddie Zaletas	218	Manuel Zauner Blickwerk Fotografie
92-93	Eddie Zaletas	220	Manuel Zauner Blickwerk Fotografie
94-95	Eddie Zaletas	222	Manuel Zauner Blickwerk Fotografie
97	Eddie Zaletas	224	Manuel Zauner Blickwerk Fotografie
98	Eddie Zaletas	222	Manuel Zauner Blickwerk Fotografie
100-101	Eddie Zaletas	226	Manuel Zauner Blickwerk Fotografie
108	Erich Auderer	229	Manuel Zauner Blickwerk Fotografie
114-115	Werner Lorenz	230	Manuel Zauner Blickwerk Fotografie
116-117	Werner Lorenz	234	Manuel Zauner Blickwerk Fotografie
121	Ralf Baumgarten	236	Manuel Zauner Blickwerk Fotografie
123	Ralf Baumgarten	238	Manuel Zauner Blickwerk Fotografie
124-125	Ralf Baumgarten	240	Manuel Zauner Blickwerk Fotografie
126-127	Ralf Baumgarten	247	Luca Catalano Gonzaga

Herausgeber:
K&K Chocolat AG
Alte Steinhauserstrasse 1
6330 Cham
Schweiz

Verlag und Rechte bei HM-Chocolate GmbH
Kirchengasse 13
5580 Tamsweg
Österreich

ISBN: 978-3-9504892-3-1

chocolat@hm-chocolate.com